두 번 사는 랭커

ORIGINAL FANTASY STORY & ADVENTURE

사 도 연 판 타 지 장 편 소 설

dream
books
드림북스

두 번 사는 랭커 6 각성(覺醒)

초판 1쇄 인쇄 2019년 9월 9일
초판 2쇄 발행 2020년 11월 30일

지은이 사도연
발행인 오영배
편집 편집부
일러스트 우문
표지·본문 디자인 오정인
제작 조하늬

펴낸곳 (주)삼양출판사 · 드림북스
주소 서울시 강북구 도봉로 173
대표 전화 02-980-2112 팩스 02-983-0660
편집부 전화 02-987-9393 팩스 02-980-2115
블로그 blog.naver.com/dreambookss
출판등록 1999년 3월 11일 제9-00046호

ISBN 979-11-283-9665-6 (04810) / 979-11-283-9659-5 (세트)

드림북스는 (주)삼양출판사의 판타지 · 무협 문학 브랜드입니다.

사도연 판타지 장편소설
ORIGINAL FANTASY STORY & ADVENTURE
6
두 번 사는 랭커
| 각성(覺醒) |
dream books
드림북스

목차

Stage 20.
전쟁 준비

『머리가 아프군.』

검무신은 치밀어 오르는 짜증을 어떻게든 억지로 눌러 담아야 했다.

외뿔부족에서 식객으로 있던 그가 창무신과 함께 손을 잡고 밖으로 나와 독립을 한 뒤.

세상은 언제나 그에게 있어 커다란 장벽이나 마찬가지였다.

어딜 가더라도 험준한 장애물이 있었고, 고난과 역경이 있었다.

하지만.

검무신은 최후엔 언제나 승리를 거뒀다.

적들을 쓰러뜨리고, 빼앗았다. 짓밟고, 일어섰다.

그러다 보니 어느새 그의 주변에는 그와 비슷한 사람들이 잔뜩 모여 있었고, 지금의 청화도를 일구는 초석이 되었다.

그랬다.

검무신에게 있어 세상은 언제나 장벽이었지만, 그만큼 극복하고 약탈을 해야만 하는 대상이었다.

최근에는 아르티야가 그러했고.

지금은 레드 드래곤이 그러했다.

하지만 어떻게든 꺾을 수 있었던 아르티야와 다르게, 레드 드래곤은 도무지 넘을 수 없는 철옹성으로 다가왔다.

하긴 그럴 수밖에 없을 것이다.

레드 드래곤은 탑을 지배한다고 해도 무방할 만큼 탄탄하고 견고했다. 그리고 도무지 아래는 보지 않는다는 올포원에 유일하게 대항할 만큼 강했다.

그랬던 곳과의 싸움은 여러모로 불리할 수밖에 없었다.

물론, 청화도가 적은 인원수에 비해 많은 고수들을 보유하고 있는 편이긴 했다.

그리고 외부에서도 수적으로 우세한 레드 드래곤과 유일하게 부딪칠 만한 곳은 청화도일 거라고 말을 하는 사람들도 더러 있었다.

하지만.

정작 청화도의 주인인 검무신은 잘 알고 있었다.

그런 말들이 모두 헛소리라는 걸.

청화도의 전력과 하부 세력들을 전부 끌어모은다고 해도, 실제로는 레드 드래곤에 비하면 새 발의 피에 불과했다.

유명한 81개의 눈은 시작에 불과했다.

소속만 두고 제대로 외부 활동은 하지 않는 랭커들이 수천 명에 달했고, 또 그보다 훨씬 많은 숫자가 따로 양성되고 있었다.

무엇보다.

레드 드래곤에게는 다른 클랜들이 가지지 못하는 그들만의 무기가 있었다.

역사와 전통.

레드 드래곤의 태생은 아주 오랜 과거로 이어진다.

당시에도 77층에 자리를 잡으며 거대한 장벽으로 군림했던 올포원을 잡고자 수많은 랭커들이 모여 조직을 이뤘다. 그리고 누대에 걸쳐 조직을 확장하고, 선대가 남긴 유산을 발전시켰다.

그러다 보니 레드 드래곤은 외부에 드러난 것보다, 내부에 숨겨 둔 힘이 몇 배는 더 크다고 할 정도로 탄탄한 조직이 되어 버렸다.

당장 11층에 파견된 전력만 하더라도, 레드 드래곤이라는 빙산의 일각에 불과했다.

하지만 그것만으로도 청화도와 맞먹을 정도였으니.

아니, 오히려 앞서고 있었다.

창무신이 뿔을 꺾으면서 외뿔부족을 끌어왔다지만, 레드 드래곤이 크게 마음만 먹는다면 함께 짓밟힐 운명이었다.

다만, 레드 드래곤도 그런 큰 피해를 감수하기 싫어서 잠깐 주춤거리는 것일 뿐.

하지만 레드 드래곤이 쉽게 물러날 생각이 없는 건 분명했다.

결국.

검무신은 깊은 고심에 잠겼다.

그는 애초 레드 드래곤과 전쟁을 치를 마음이 추호도 없었다. 저쪽에서 리언트를 공격했기에 전쟁을 시작했을 뿐, 할 수 있다면 당장이라도 끝낼 의향이 있었다.

물론, 그렇게 했다가는 아홉 왕이라는 수식어가 사라지는 건 물론, 청화도가 레드 드래곤에 꼬리를 말았다는 오명을 씻을 수 없게 된다.

그리고 그때는. 청화도가 무너지는 신호탄이 되고 말겠지.

불굴과 자존. 이 두 가지야말로 오늘날 검무신이 청화도를 세울 수 있었던 절대 명제였으니.

그걸 사라지게 할 수는 없었다.

그래서.

검무신은 고민했다.

『결국 남은 방법은 '칼' 밖에는 없나?』

아무리 청화도가 레드 드래곤에 비하면 작은 규모라지만, 그래도 거대 클랜은 거대 클랜.

숨겨 둔 무기는 있었다.

다만, 그것을 발동하기 위해서는 상당한 마력을 필요로 했다. 검무신조차도 자칫 휘둘릴지 모를 정도였다.

검무신은 검을 쓰기에 '칼' 이라 부르지만.

그것은 사용하기에 따라서 창이 될 수도, 활이 될 수도, 도끼가 될 수도 있었다.

신의 이름, 아니, 신 그 자체라고도 불리는 신물(神物).

그렇기에 여태껏 얻어 놓고서도 쓸 생각을 한 번도 하지 않았지만, 이제는 생각을 조금 다르게 해야 할 것 같았다.

『아직 미완성일 테지만. 리언트를 이제 슬슬 꺼내야겠어.』

그리고 '칼' 을 사용하기 위해서 여태껏 리언트가 뭘 하는지 알면서도 묵인해 왔다.

돌. 만능의 비보이기도 한 그것이라면. 충분히 '칼' 을 다루는 데 있어 큰 도움이 될 것이다.

결국 검무신은 그렇게 생각을 정리했다. 리언트는 버리기로. 그리고 미완성이더라도, 조금 일찍 '칼'을 취하기로.

『밖에 누구, 있는가?』

판단이 끝났다면 명령은 즉각적으로 이어져야 한다.

어기전성으로 밖에다 의념을 실어 보내자, 곧 수하가 안으로 들어와 고개를 숙였다.

"부르셨습니까?"

『권무신에게 할 말이 있으니 따로 찾아오라고 이르라.』

"예."

수하가 그림자 속으로 녹아 조용히 사라졌다. 그렇게 리언트가 오기만을 기다리는데, 리언트 대신에 수하가 다시 돌아왔다. 뭔가 좋지 않은 표정을 한 채로.

"큰일입니다."

『무슨 일인가?』

"도무신께서…… 권무신을 해하려 하고 있습니다."

『뭐?』

검무신의 얼굴이 딱딱하게 굳었다.

＊　　＊　　＊

쾅!

쐐애액—

"이런 미친놈이! 몇 번을 말해! 그딴 건 나에게 없다고!"

"난 너에게 물건이 어디 있는지 묻지 않았다. 가져오라고 했지. 살고 싶다면 가져오는 게 좋을 거야."

리언트는 잔뜩 긴장한 얼굴로 침을 꿀꺽 삼켰다.

칼을 세게 내려친 도무신의 눈동자는 불꽃처럼 활활 타오르고 있었다.

맹렬한 투기는 이미 회오리치면서 리언트가 머물던 건물을 무너뜨렸고, 바닥 곳곳에 깔린 9자루의 칼은 금방이라도 날아들어 그를 난도질해 버릴 것만 같았다.

한때 아르티야에서도 곤혹을 면치 못하게 만들었던 투견답게. 도무신이 발산하는 살기는 리언트의 숨통을 단단히 옥죄었다.

방에서 쉬고 있던 리언트에게 도무신이 찾아와 꺼낸 말은 아주 간단했다.

"돌, 내놔라."

리언트는 그 말을 들었을 때 머릿속이 하얗게 되고 말았다.

여태껏 숨긴다고 숨겼던 사실을, 어째서인지 도무신이 알고 있었으니까.

하지만 한편으로는 울컥하는 심정도 들었다.

여태 자신이 고생했던 이유가 돌 때문이었는데. 갑자기 사라진 걸 내놓으라고 하니 어이가 없었던 것이다.

그래서 리언트는 자신에게 없다고 했다. 아니, 무슨 말인지 전혀 모르겠다고 대답했다.

그랬더니 돌아온 대답이 바로 이것이었다.

살의.

흉흉하게 빛나는 도무신의 두 안광은 당장이라도 리언트를 찢어발길 것만 같았다.

"가져와."

으르렁대는 목소리.

리언트는 울대가 파르르 떨렸지만, 끝내 눈에 힘을 잔뜩 주고 버럭 소리를 질렀다. 그 역시 랭커이자 같은 무신. 이렇게 협박을 받는 게 자존심이 상했다.

"없……!"

촤아악!

리언트가 어떻게 말을 잇기도 전에 갑자기 도무신이 몸을 옆으로 뒤틀었다.

칼날이 섬광이 되어 공간을 쪼개고, 단숨에 리언트의 목젖으로 다다랐다.

리언트가 뒤늦게 섬광을 읽고 뒤로 주춤 물러섰지만,

'늦었다' 는 생각이 머릿속에 먼저 들었다.

안색이 창백하게 변할 무렵.

갑자기 하늘에서부터 리언트 앞으로 벼락처럼 뭔가가 빠르게 툭 떨어졌다.

쾅!

결국 섬광은 목적대로 리언트의 목젖을 가르지 못하고 도로 튕겨나야만 했다.

도무신은 반탄력을 옆으로 흘리면서 자세를 바로잡았다.

그리고 짐승처럼 일그러진 얼굴로 지면에 꽂힌 창을 보고, 뒤따라 조용히 착지하는 창무신을 노려봤다.

"무슨 짓이지? 비켜라, 창. 너에게는 볼일이 없다."

"도. 너야말로 이게 무슨 짓이냐? 레드 드래곤이 바로 코앞에 있는 상황에서 아군끼리 칼부림을 해? 요즘 마성으로 고생하더니 정말 미치기라도 한 거냐?"

창무신은 리언트를 도무신에게서 가리면서 창을 뽑아 얼굴을 일그러뜨렸다.

그 역시 리언트가 마음에 들지 않는 점이 한두 가지가 아니었지만. 그래도 같은 소속원으로서 가져야 하는 기본 규율은 지키려 하는 입장이었다.

하지만 지금 도무신이 보이는 행위는 명백한 적대 행위. 조직에 피해를 끼치는 반란이었다. 절대 용납할 수가 없었다.

"비켜."

하지만 도무신은 그런 것 따위 모르겠다는 듯, 옆에 있던 다른 칼을 뽑으면서 한 발 앞으로 다가갔다. 창무신도 다시 자세를 갖췄다.

하지만 도무신은 걷다 말고 도중에 걸음을 멈췄다. 좌측 사각지대에서 찌릿하게 뭔가 느껴지는 게 있었다.

고개를 돌리자, 궁무신이 먼 나무 꼭대기 위에서 차갑게 웃으며 시위를 이쪽으로 겨누고 있었다.

궁무신의 활 솜씨는 탑에서도 비교할 사람이 거의 없다고 알려져 있었다.

아는 사람들이나 간혹 뱀 사냥꾼 갈리어드와 비교하기도 했지만, 그래도 무신으로 손꼽힐 만큼 대단한 건 사실이었다.

도무신도 그를 상대하는 걸 꺼려 할 만큼.

앞에는 창무신. 뒤에는 궁무신. 앞뒤가 꽉 막힌 채로 리언트를 잡으려면 둘의 위협을 동시에 상대해야만 한다.

도무신이 아니라, 검무신이라도 쉽사리 승부를 장담하기 힘든 싸움이었다.

하지만 도무신은 이번에도 아랑곳하지 않는다는 듯 앞으로 성큼 나섰다.

도리어 얼마 남지 않은 마력을 잔뜩 끌어 올리면서 심령으로 연결된 모든 칼들을 울렸다.

우웅─ 웅─

따라서 창무신의 인상도 더 굳어졌다.

도무신이 정말 진심으로 싸우려 한다는 걸 알았으니까. 아홉 자루의 칼을 전부 쓰는 도무신은 그만큼 위협적이었다.

콰콰콰!

세 무신들이 일제히 내뿜는 기세는 서로 부딪치고 깨지기를 반복했다.

지축이 위아래로 요동치고, 곳곳의 공간이 휘어졌다.

군영에 있던 사람들은 일제히 외곽으로 물러나기 시작했다. 혹시 기세 다툼에 휘말리기라도 하면 시체도 남기지 못할 수 있었다. 그리고 그들의 생각처럼, 그들이 떠난 자리는 얼마 안 가 가차 없이 뭉개졌다.

이윽고 도무신이 칼을 쥐고 창무신에게 달려들려던 그때.

『이게 대체 무슨 짓이냐!』

갑자기 하늘을 따라 어기전성이 크게 울렸다. 그리고 어마어마한 중압감이 군영 전체에 내려앉으면서 세 무신이 내뿜던 기세를 단번에 부숴 버렸다.

창무신이 핑 도는 현기증에 주춤 물러섰다. 궁무신은 활을 내려놓고 창백해진 얼굴로 숨을 골랐다.

가장 큰 타격을 입은 도무신이 울컥 피를 토하면서 바닥에 칼을 꽂아 균형을 지탱하려 했다. 하지만 이미 한쪽 무릎이 지면을 찍고 있었다.

화라락!

그 위로, 검무신이 조용히 바닥에 내려왔다.

그는 외뿔부족이 주로 입는다는 복장에 얼굴에는 나무로 만든 사자 탈을 쓰고 있었다.

그리고 그의 주변으로 네 자루의 검, 통칭 옛 금오도의 통천교주가 애용했다는 '사선검'이 그를 지키듯이 주변을 맴돌고 있었다. 검의 날에 각각 '주(誅)·육(戮)·함(陷)·절(絕)'이라고 적힌 글자가 유독 눈에 띄었다.

『이게 대체 어떻게 된 일이지? 말해 보아라, 도.』

검무신은 쑥대밭이 된 주변 상황을 둘러보다가, 곧 도무신이 있는 쪽으로 고개를 돌렸다.

사자 탈 아래에 비치는 두 안광은 매섭게 타오르고 있었다. 섬의 기강을 가장 중요하게 여기는 그에게 도무신의 이런 태도는 절대 묵과할 수 있는 게 아니었다.

도무신은 이를 악물며 억지로 자리에서 일어났다.

마력이 빠른 속도로 메마르면서 억눌러 놨던 마성이 조금씩 고개를 들었지만, 그래도 최근에 흡수한 4대 신수의 내단으로 버티면서 입을 열었다.

"내가 원하는 건 단 하나뿐. 난 권에게 그것만 내놓으라고 요구했을 뿐이다."

무엇을 요구했단 거지? 검무신은 물욕이 없는 도무신이 무엇 때문에 이렇게 생떼를 부리는지 알 수가 없었다.

『권이 뭘 갖고 있다는 것이냐?』

"돌."

『……』

검무신은 아주 잠깐 침묵을 지켰다.

"역시 검, 너는 뭔가를 알고 있는 모양이군."

도무신의 한쪽 입술을 비틀면서 말을 이어 나갔다.

"난 그 돌이란 게 뭔지 모른다. 관심도 없고, 안다고 해도 쓸 줄도 모른다. 하지만 어떻게든 그걸 가져야겠어."

『왜?』

"아들놈이 저들에게 붙잡혀 있으니까."

『……!』

검무신의 눈이 살짝 커졌다.

주변은 도무신의 말을 이해할 수가 없어 혼란스러운 표정이었지만, 그의 사정을 알고 있는 검무신은 어떻게 된 일인지 단번에 알아차리고 말았다.

도무신의 못난 아들, 한빈이 레드 드래곤에 납치되어 협박을 당하고 있는 것이다. 그리고 요구 대가는 돌.

"그러니 내놔라. 나중에 어떤 벌을 내리더라도 달게 받을 테니. 난 지금 아들부터 구해야겠다."

도무신의 흉흉한 눈동자는 아무리 검무신이라고 해도 가로막는다면 칼을 휘두를 거라고 말하고 있었다.

하지만 검무신은 섣불리 대답하지 않았다.

돌은 그로서도 필요한 물건이었으니까. 그러나 도무신도 그에게 반드시 '필요'한 사람이었다.

검무신은 자신들이 지독한 함정에 빠졌다는 사실을 깨달았다.

레드 드래곤에서 이런 판을 깐 게 누군지는 알 수 없어도, 판을 깔아도 아주 제대로 깔았다는 생각에 이가 갈렸다. 이대로 있다가는 충돌은 불에 보듯 뻔한 일이었다.

결국 검무신은 빠르게 생각을 정리해야만 했다.

『일단은 상황 파악이 안 되니, 우선 화를 가라앉히고 마저 이야기를 나누도록 하지.』

"난 지금 한시가 급하……!"

『기다리라고 했다. 도.』

도무신은 버럭 소리를 질렀지만, 곧 돌아오는 검무신의 싸늘한 목소리에 입을 닫아야만 했다.

검무신의 사선검이 일제히 날을 세우며 어느새 도무신의 주변을 빼곡 채우고 있었다.

압도적인 힘의 차이.

도무신은 아랫입술을 질끈 깨물었다. 아무리 화가 난다고 해도 상황은 가려야만 했다. 돌을 구하기도 전에 자신이 죽어 버린다면, 아들의 목숨도 끝이었다.

게다가 어느새 다른 플레이어들도 모여 언제든지 그를 노릴 준비를 하고 있었다.

결국 도무신은 쥐고 있던 칼을 신경질적으로 바닥에 냅다 꽂아 넣는 걸로 화를 풀어야만 했다.

검무신도 꼿꼿하게 날을 세우던 사선검을 되돌리고, 자세를 풀었다.

『일단은 방에 들어가서 머리를 식히고 있도록. 이쪽이 정리되는 대로 바로 불러 줄 테니.』

말은 배려로 가득 찬 것 같았지만, 명백한 근신령이었다.

도무신은 이를 악문 채, 수하들에 양팔이 붙잡혀 자신의 방으로 되돌아가야만 했다.

와장창!

도무신은 집무실에 있던 집기란 집기는 모두 내리치면서 부수고 또 부쉈다.

하지만 그래도 도무지 화는 가라앉질 않았다. 대신에 자꾸 초조감이 들었다.

지금 이 순간에도 아들은 적들에게 붙잡혀 있다. 어떤 고문을 당하고 있는지 모르고, 어떤 협박을 받고 있는지도 몰랐다.

그 연약한 아들이, 언제나 아프기만 하던 아들이 또 모진 고생을 하고 있다고 생각하니 도무지 가만히 앉아 있을 수가 없었다.

하지만 그에게는 힘이 없었다. 검무신을 무시하고, 리언트에게서 돌을 빼앗을 힘이 없었다.

아버지로서 너무 못났다는 사실이 억울하기만 했다. 그리고 아들에게 너무 미안했다. 아버지가 조금만 더 힘이 있었더라면 그런 고생을 하지 않아도 되었을 테니.

그때.

똑. 똑.

누군가가 집무실의 문을 두들겼다.

도무신의 머리가 그쪽으로 쏠렸다. 분명 자신은 연금된 상태라 허락 없이는 아무도 접근을 하지 못할 텐데, 누가?

게다가 기척은 갑자기 거짓말처럼 사라졌다. 절대 그의 아래가 아니란 뜻이었다.

'설마?'

순간, 도무신은 등골을 따라 오한이 스쳤다. 뭔가 불안한 생각이 머릿속을 지배했다. 처음 아들의 새끼손가락이 든

상자를 열었을 때와 똑같은 기분이었다.

도무신은 다급하게 달려가 문을 활짝 열었다.

아니나 다를까. 문 앞에는 이전과 똑같은 모양을 한 나무 상자가 덩그러니 놓여 있었다.

또?

도무신은 덜컥 내려앉는 마음에 무릎을 꿇고 상자를 짚었다. 손이 얼마나 심하게 떨리는지 뚜껑이 쉽게 열리지 않았다.

그리고 그 안에 있는 것을 봤을 때. 도무신은 더 이상 이성을 유지할 수가 없었다.

아들의 것이 분명한 한쪽 눈이 그를 빤히 바라보고 있었다.

한 장의 쪽지와 함께.

아들을 찾고 싶다면. '돌'을 가져와라.

이전과 똑같은 글씨체에, 똑같은 내용으로 직힌 문구.

"아아악!"

도무신은 결국 참지 못하고 악다구니를 질렀다. 이미 겨우겨우 억눌러 놨던 마성은 고개를 높이 들어 그의 이성을 가득 물들이기 시작했다.

시뻘게진 눈가 사이로 탁한 안광이 맺혔다. 마기가 그를 따라 퍼져 나갔다.

"도, 도무신님."

그때, 소란을 듣고 마도단의 단장이 다급하게 들어왔다. 도무신을 존경하고, 오랫동안 그를 따르던 단장은 도무신을 따라 감도는 마기를 보고 흠칫 굳고 말았다.

마력 폭주.

외뿔부족과 검무신은 '주화입마'라고 부르는 징조가 도무신에게서 풍기고 있었다.

"너."

"예."

"너는. 너는…… 누구의 편이냐?"

단장은 마른침을 삼켰다. 충혈된 도무신의 눈을 마주하는 순간, 그가 뭘 바라는지를 직감적으로 알 수 있었다.

또한, 여기서 내리는 선택에 따라 운명이 달라지게 될 거란 것도.

그리고 이미 대답은 정해져 있었다. 설사 잘못된 걸 알고 있다 하더라도.

단장은 한쪽 무릎을 꿇었다.

"주군께서 홀로 전장에 버려져 언제 죽을지 모르던 절 구해 주셨을 때부터…… 이미 저는 주군의 칼이었습니다.

칼에, 생각이 어디 있겠습니까?"

도무신의 안광이 차갑게 번뜩였다.

"그렇다면. 당장 아이들을 모아라. 밤이 깊어지는 대로, 반란을 일으킬 것이다."

＊　　　＊　　　＊

"도무신이 움직이기 시작했다는군. 하하! 카인, 자네 덕분에 참 일이 순조롭게 풀리고 있어."

바할이 웃으면서 내뱉은 말에 연우의 눈이 살짝 빛났다.

"저쪽에 심어 둔 끄나풀이 있으십니까?"

바할은 피식 웃었다. 그 모습이 왠지 모르게 조금 차갑게 보였다.

"하나만 가르쳐 줄까?"

"……?"

"레드 드래곤의 눈과 귀가 닿지 않는 곳은 어디에도 없어."

"……!"

"어디에나 있지. 정말 어디에나."

바할은 가볍게 웃으면서 마시고 있던 와인 잔을 가볍게 빙글빙글 돌렸다.

너무 기뻐서 그런지, 한 잔 두 잔 들어가다 보니 어느새 콧잔등이 살짝 붉어져 있었다.

마력을 한 바퀴 돌리면 금방 사라질 취기였지만, 바할은 지금 이 순간만큼은 한껏 즐기고 싶어 하는 눈치였다.

연우는 그런 바할의 술잔에 다시 술을 채워 줬다. 그리고 그가 건네는 술을 받았다.

"여하튼 이게 전부 자네 덕분이야. 회의장에서도 다들 까무러치더군. 벌써 다음 작전도 시작하고 있어. 그리고."

바할은 술잔을 탁상에 세게 올렸다. 술이 찰랑이면서 일부가 밖으로 쏟아졌다.

"그거면 모든 게 끝날 거야. 지금의 전쟁도. 청화도도."

바할의 눈이 활활 타올랐다.

화권이라는 별칭에 어울리지 않게 웃음기가 많다고 알려진 그였지만. 지금 이 순간만큼은 별칭이 무색하지 않게 뜨겁고 단단한 눈빛이었다.

"그리고 그 뒤로 나는 입지를 완전히 굳힐 수 있겠지. 허구한 날 배신자라며 혀를 차는 미친놈들의 낯을 일그러뜨리면서. 더불어 자네는 앞으로 탄탄대로를 밟게 될 테고. 서로가 서로에게 아주 유리한 길만 남는 거야. 아주 좋은 길만."

"……."

"앞으로도 같이 잘 커 보자고. 나는 앞에서. 자네는 뒤에서. 나는 당기고, 자네는 밀어주고. 어떤가? 참 좋은 그림이지 않나?"

바할은 다시 한번 기분 좋게 웃었다.

지금 이 순간이 너무 즐거워 죽겠다는 듯. 앞으로도 이런 순간만 가득 남았다는 듯.

그리고.

연우는 그 모습에서 일기장에서 봤던 어떤 모습을 떠올렸다.

처음 팀 아르티야가 만들어지던 날.

동생과 바할, 리언트, 헤노바 등 원년 멤버들이 술잔을 기울이면서 즐겁게 웃고 떠들던 모습.

동생은 그때의 추억을 마지막까지 가슴에 묻어 두고 살았다.

하지만.

바할은 그때의 추억을 이미 모두 버린 것 같았다. 죄책감은커녕, 그냥 잊은 것 같았다.

오로지 출세와 권력만을 탐하고, 남들보다 위에 올라서서 그들을 발아래에 두고 싶어 했다.

그리고 그 과정에서 옛 동료를 이용해 먹는 것 따윈, 아무런 감흥도 느끼지 못하고 있었다.

지금 녀석이 자신을 가리켜 동아줄이라며 같이 가자 말하고 있었지만, 이마저도 쓰임이 다하면 금방 버려질 걸 알고 있었다.

그렇기에.

연우는 즐겁게 술잔을 기울이는 바할 앞에서 웃을 수가 없었다. 이럴 때만큼은 자신이 가면을 쓰고 있다는 사실이 얼마나 고마운지 몰랐다.

'어디에도 있다고 했지?'

그래서 연우는 다시 술잔을 기울이는 바할을 보면서 속으로 중얼거렸다.

'아르티야에는. 그게 너였단 뜻이겠지. 처음부터.'

*　　　*　　　*

연우는 술자리를 끝내고 자신의 방으로 돌아왔다. 안에는 판트와 에도라가 앉아서 기다리고 있었다.

"오셨수? 술자리는 어떱디까? 그래도 총사령관이랑 마시는 자리인데 여자도 나오고 즐겁……."

"오라버니?"

"험험! 아무튼 뭐 건진 건 있수?"

판트는 철없이 떠들다 에도라의 눈총을 받고 가볍게 헛

기침을 했다. 그리고 눈을 가늘게 좁히면서 물었다.

"짐작했던 그대로야. 도무신은 길길이 날뛸 거고, 청화도에서는 큰 분쟁이 발발한다. 레드 드래곤은 그 틈을 놓치지 않고 기습을 시작할 거다."

"흐흐. 이제야 진짜 제대로 날뛸 수 있겠구먼."

판트는 가볍게 콧방귀를 뀌면서 시시덕거렸다.

16층에도 같이 올라가지 못해 애석해하던 차에 이제야, 그것도 아주 크게 날뛸 거라고 생각하니 기분이 좋아졌다.

그리고 이번 작전은 외인부대 2조의 공이 컸으니, 선봉도 그들이 맡을 수 있도록 허락이 떨어진 상태였다.

하지만 좋아하는 판트와 다르게 에도라는 조금 걱정 어린 눈빛이었다.

도무신을 잡고자 하는 연우의 의도는 알 것 같았지만, 판이 자꾸 커져서 이제는 걷잡을 수 없게 된 것 같다는 우려가 들었던 것이다.

하긴, 판이 크고 작은 건 상관없다. 하지만 그것을 제대로 관리하지 못하고 연우의 손을 벗어났을 때. 어떤 재앙으로 닥치게 될지가 우려되었던 것이다.

그러면서도 한편으로는 연우가 얼마나 철두철미한지를 잘 알기 때문에, 뒤에서 더 얼마나 많은 것들을 준비하고 있을지 알 수가 없어 조금 걱정이 되기도 했다. 에도라조차 짐작이 가지 않아 실질적인 도움을 줄 수 없었기 때문이다.

그녀에게 가장 중요한 건, 결국 연우의 안전이었으니까.

하지만 여기에 대한 우려를 표시해도, 연우는 괜찮다는 말만 되풀이할 뿐. 이렇다 할 속내를 드러낸 적은 없었다.

결국 이번에도 마찬가지.

판트와 에도라는 언제 떨어질지 모르는 다음 작전에 대비해 2조가 머무는 곳으로 이동했다.

이미 전 군영에 비상 경계령이 내려져 있는 상태였다.

그사이.

연우는 방에 홀로 남아 가볍게 호흡을 골랐다.

조장급 이상 인사들에게 따로 배정되는 방에서는 무엇을 해도 외부에 쉽게 노출이 되지 않았다.

그래도 혹시 몰라 마력을 한껏 방출시켜 방어막을 만들어 외부와 일절 차단시켰다.

'일단 떠나기 전에. 준비부터 해야겠지.'

한빈을 잡아 오는 것으로 이미 판은 깔렸고, 바할은 그 위에다 눈덩이를 굴리기 시작했다. 눈덩이는 구르고 구르면서 자꾸 커지다 이제 판을 부수려고 한다.

부서진 판 위에서 취하고 싶은 건 취하고, 버리고 싶은 건 버리려면.

그만한 준비를 갖춰야 했다.

그리고 그런 준비의 일환은.

'전력 증강.'

당장 그가 가지고 있는 전력을 최대로 끌어올리는 것이었다.

연우는 아공간 포켓을 꺼냈다. 12층부터 15층까지, 용병들을 시켜서 히든 피스를 챙겨 오게 한 건 바로 지금을 위해서였다.

"나와라."

츠츠츠.

오른쪽 손목에 감긴 검은 팔찌에다 마력을 불어 넣자, 팔찌가 잘게 떨리면서 잿빛 안개를 조금씩 뿌리기 시작했다.

그리고 잿빛 안개는 허공에 잔뜩 뭉치면서 형태를 갖추기 시작했다.

허공에 떠다니는 유령의 형태가 된 부가 바닥에 납작 엎드렸다.

「주…… 인님. 뵙습…… 니다.」

원래 플레이어의 영혼이었기 때문일까.

한계까지 강화되어도 여전히 사고 능력이 짐승의 범주를 벗어나지 못하는 다른 사귀들과 다르게, 부는 이제 어느 정도 대화도 가능할 정도가 되어 있었다.

물론, 그래도 여전히 사고 능력이 떨어져서 드문드문 단어를 잇는 게 고작이었지만.

하지만 그것만으로도, 연우는 여러 사귀들 중에서 부를 선택하게 된 이유가 되었다.

'지금부터 하려는 건, 그래도 어느 정도 사고 체계가 잡혀 있어야 가능한 거니까.'

연우도 일기장에서 보기만 했던 거지, 실제로 해 본 적이 없었다. 처음으로 시도해 보는 것이었다.

"지금부터 너에게 물건을 순서대로 건넬 거다. 그럼 그걸 차례대로 흡수해. 마력이 조금이라도 밖으로 새어 나가게 해서는 안 되고."

「알…… 겠습니다.」

"명심해 둬. 조금이라도 새어 나간다면 모든 실험이 엉망이 되니까."

「알…… 겠습니다.」

부는 무슨 일이 있어도 반드시 해 보이겠다는 듯이 고개를 크게 끄덕였다.

연우는 조금 걱정스럽기도 했지만, 검은 팔찌가 주는 힘을 믿었다.

광기가 잔뜩 어린 절대적인 충성심.

이것이 있는 한, 사귀들은 언제나 자신들이 가진 한계 이상의 역량을 보였다.

특히 클랜 연합들을 박살 냈을 때에는 연우가 생각지도 못한 힘을 많이 선보이기도 했다.

'순서는 불의 보옥 배분 2, 얼음 수정 배분 5, 황금꽃 9…….'

연우는 일기장에 적혀 있는 대로 히든 피스들을 순서대로 꺼내 부에게 건넸다.

부는 아무 의심 없이 그것을 받아 흡수하기 시작했다. 망령의 구슬을 삼켰을 때처럼.

화아악!

[부(부두술사의 영혼)가 불의 보옥을 성공적으로 흡수했습니다.]

[화 속성이 1만큼 올랐습니다.]

[화 속성이 3만큼 올랐습니다.]

……

연우는 히든 피스를 건넬 때 배합을 중요시했다. 조금이라도 한 치의 실수가 있으면 처음부터 다시 해야만 했다.

용병들이 구해다 준 히든 피스의 양이 많다지만, 그래도 상당한 양을 필요로 해서 허투루 쓸 수 없었다.

게다가 부의 강화가 성공하고 난다면 다음에는 다른 사

귀들에게도 써야만 했다.

'이게 성공한다면, 부는 지금보다 한 단계 이상으로 진화를 하게 된다.'

연우는 조금씩 강화되는 부에게서 잠시도 시선을 떼지 않았다. 용마안을 활짝 열어 혹시 실수로라도 새어 나가는 마력이 있을까 경계하면서.

지금 연우가 노리는 건, 부의 진화였다.

베이럭은 자신이 오랜 연구 끝에 만든 영약의 이름을 '증강환'이라고 불렀다.

이름처럼 마력을 증강시켜 주는 약이란 뜻이었다.

하지만 그걸 보고 있던 우리들은 고개를 절레절레 흔들었다. 녀석이 만든 증강환이 절대 단순한 영약이 아니란 걸 알고 있었으니까.

갖가지 몬스터들의 피, 신체 조직, 비싼 히든 피스들을 대량으로 소모하면서 만든 증강환은 마력의 양을 늘리는 것보다, '질'까지 바꾸는 데 특효가 있었다.

보다 순도가 뛰어나게. 보다 효율이 좋게.

원래 상위 층계로 올라가면서 조금씩 마력 계수가 오르고, 여기에 따라 등급도 저절로 조절이 되는 편이었지만.

성격이 급한 베이럭은 그런 시기를 기다리기만 하면 발전이 없다며 인위적으로 등급을 올릴 수 있는 방법을 찾았다.

누가 보면 미친 짓이라 할 수 있었지만.

너무 많은 시간과 자본이 소요되었지만, 우리가 아니면 누가 같이 미친 짓을 하겠냐는 생각에 적극 동참했다.

저런 걸 만들면 재미있겠다는 생각도 있었고.

그런데 녀석은 보란 듯이 만들어 낸 것이다. 진짜 미친놈이었다.

하지만 그 덕분에.

우리는 남들이 도저히 따라잡을 수 없을 만큼 아주 빠른 성장을 이룰 수 있었다.

팀 아르티야가 큰 활약을 벌일 수 있었던 건, 크게 두 가지 이유가 있었다.

첫 번째는 동생이 11층에 있을 때 이뤄졌던 고룡 칼라투스와의 만남.

두 번째는 바로 베이럭이 갖가지 실험 끝에 만들어 낸 증강환이었다.

고룡 칼라투스는 아직 용체가 완성되지 않았기 때문에 그의 유산과 접촉할 방법이 없다. 하지만 계승 작업이 곧 끝날 거란 걸 알기 때문에 크게 걱정하지 않았다.

하지만 증강환은 다르다.

동생은 증강환이 어떻게 만들어지는지 정확하게 알지 못했다. 연금술에 대한 지식이 없어서 관심이 없었기 때문이다.

베이럭이 만들었으니 '대단하다'고 여기기만 했을 뿐.

그래도 혹시 나중에 분실할 우려가 있어서 기본 재료와 배합 비율은 따로 적어 놨었다.

그게 일기장에 고스란히 남은 것이다.

'하지만 배합 비율을 안다고 해도 쉽게 만들 수 있으면. 베이럭의 전유물이 되지는 않았겠지.'

배합을 할 때에도 어떤 재료는 바짝 얼려야 하고, 또 어떤 재료는 물에 희석을 시켜야 하는 등 자질구레하게 손이 많이 가기 마련이었다.

그러나 연우는 당장 그런 것을 일일이 확인해 볼 만한 시간이 없었고, 그러려면 그 전에 연금술 지식부터 획득해야만 했다.

언젠가 연금술 쪽에도 손을 댈 생각이긴 했지만. 그래도 지금은 아니었다.

하지만 다행히 사귀는 그런 걸 걱정할 필요가 없었다.

사귀는 영체로 이뤄져 있다. 영체는 마력이 잔뜩 응집된 비정상적인 형태에 사념이 깃든 것.

따라서 주는 대로 받아먹고, 그것을 효율적으로 흡수할

수 있는 능력이 있었다.

따로 관리 방법을 생각하지 않고, 배합만 적절하게 해 줘서 건네주면 알아서 소화를 할 수 있다는 뜻이었다.

'사귀가 여기서 알아서 한 단계 위로 진화를 할 수 있다면 좋겠지만. 당장 검은 팔찌의 한계 때문인지 그게 되질 않으니. 이렇게라도 편법을 찾을 수밖에.'

당장 검은 팔찌에 내장된 옵션은 사귀 사역이 전부. 당장 사귀 이상으로 만들 수 없다는 의미였다.

하지만 연우는 그보다 더 높은 등급을 원했고, 그래서 대안으로 찾은 것이 바로 증강환이었다.

[부(부두술사의 영혼)가 푸른색 자수정을 성공적으로 흡수했습니다.]

[마기가 3만큼 올랐습니다.]

[수 속성이 2만큼 올랐습니다.]

......

[부(부두술사의 영혼)의 강화가 한계에 부딪혔습니다. 더 이상의 강화는 영체에 부담을 줄 확률이 큽니다.]

[부(부두술사의 영혼)이 계속된 에너지 흡수로 괴로워하고 있습니다. 그릇이 한계 용량에 부딪혀 영

체가 흐트러지기 시작합니다.]

　　[부(부두술사의 영혼)이 검은 장미를 흡수했습니다. 능력치에 변화가 주어지지 않습니다.]

　　……

「크…… 으으.」

부는 계속된 섭취가 괴로운지 몸을 크게 비틀었다.

아무리 좋은 것도 과다 복용이 심해지면 몸에 무리가 가해지는 법이다. 그런데 히든 피스를 닥치는 대로 욱여넣었으니, 영체 안에서 마력이 폭주해도 이상하지 않았다.

실제로 녀석의 몸은 크게 비틀렸다. 형태가 흐트러지면서 영체가 터지려는 것을, 연우가 흑기를 덧대어 강제로 봉합시켰다.

그런 상황에서도 부는 절대 의식이 꺼지지 않았다. 어떻게든 힘을 다스리고자 했다.

주인인 연우가 내렸던 명령. 어떻게든 버텨라. 그리고 흡수해라. 이 두 가지만 기억하면서 버티고 버텼다.

주인의 명령을 따르는 건 사귀로서 당연히 해야만 하는 일이었다.

그리고.

부는 마구 폭주하는 마력을 억눌렀다. 그 과정에서 흐릿했던 정신이 점차 또렷해지고, 영체를 지배하는 감각이 뚜렷해졌다. 그리고 그사이에도 섭취는 계속 이어졌다.

'성공해라. 어떻게든. 의식을 갖고 있는 너를 선택한 것도 이 때문이니까.'

연우는 흑기를 꾸준히 녀석에게 불어 넣었다. 부디 성공하기를 바라면서. 그리고 이 녀석의 진화가 성공한다면, 이어 작업할 다음 타자도 벌써 생각해 두었다.

'마법사 다음에는 기사여야겠지.'

다행히 연우에게는 부만큼이나 괜찮은 영혼이 있었다.

'샤논.'

세미 랭커였던 그의 힘을 가져올 수 있다면. 전력 증강은 더 이상 걱정하지 않아도 된다.

그렇게 여러 생각을 하던 중.

쿠쿠쿠―

부가 마지막 히든 피스를 섭취했다.

밖으로 팽창하지 못한 마력 덩어리는 영체 안에서 소용돌이지면서 저들끼리 마구 뒤섞였다.

그러다 마지막에 다다랐을 때.

쾅―

부의 영체가 크게 들썩였다. 풍선처럼 크게 부풀어 올랐지만, 터지지 않고 다시 가라앉았다.

그리고 새로운 변화가 시작되었다.

[부(부두술사의 영혼)이 한계를 극복했습니다.
'완전한 사악한 사념'을 획득했습니다.]
[진화를 시작합니다.]

콰드득. 콰득.

연우가 금강체를 이뤘을 때처럼. 부에게서도 뭔가가 재조립되는 소리가 울렸다.

흐릿했던 영체가 또렷해지고, 점차 물리적 실체를 갖췄다. 조금씩 사람의 형상을 갖추면서 뼈마디가 하나둘씩 드러났다.

사기와 흑기가 자욱하게 퍼지다가 안쪽으로 갈무리되면서 누더기처럼 칙칙한 천이 되었다. 녀석은 천을 로브처럼 두르면서 천천히 연우 앞에 무릎을 꿇었다.

「주인을. 뵙습니다.」

사귀 때와는 비교도 할 수 없을 정도로 또렷해진 목소리. 확실한 사고 의식이 갖춰졌다는 뜻이었다.

[부(부두술사의 영혼)이 성공적으로 진화하였습
니다. 죽음의 마법사, 리치가 탄생했습니다.]

[축하합니다! 죽음을 사역하는 방법을 찾아냈습니다. 앞으로도 더 많은 방법을 찾아내십시오. 어둠의 힘이 당신과 함께할 것입니다.]

[누구도 쉽게 이루지 못할 업적을 이뤄냈습니다. 추가 공적치가 제공됩니다.]

[공적치를 5,000만큼 획득했습니다.]

[추가 공적치를 3,000만큼 획득했습니다.]

[이 공적치는 개인의 업적에 따라 획득한 것으로, 11층 시련의 공적치에는 추가되지 않습니다.]

……

[칭호 '죽음을 이끄는 자'를 획득했습니다.]

[칭호: 죽음을 이끄는 자]

세상은 삶과 죽음이라는 두 개의 양면으로 나눠져 있다. 두 가지는 서로 섞이지 못한 채 서로를 미워한다. 하지만 이 칭호를 가진 당신은 예외적으로 산 사람으로서 죽은 자들에게 많은 사랑과 추앙을 받을 것이다.

효과: 모든 언데드 계통에 대한 속성력 우위. 어둠 계통의 속성력 및 지배력 +20.

연우는 새롭게 얻은 칭호를 보면서 주먹을 꽉 쥐었다.

칭호를 얻었다는 것은 남들이 쉽게 해내지 못할 분야를 통달했거나, 자신의 한계를 훨씬 뛰어넘는 어떤 업적을 성취했다는 뜻이었다.

원래 연우에게 주어진 한계는 사귀 사역이 전부였지만. 이보다 뛰어넘는 리치를 만들어 냈으니 시스템이 바로 이것을 인정한 것이다.

그리고.

[죽음에 관한 새로운 지식을 획득했습니다. 사고 지식이 넓어졌습니다. '용마안'의 스킬 숙련도가 올랐습니다. 35.1%]

덩달아 연우는 용체에게서 주어지는 용의 지식이 한 단계 성장하는 것을 느낄 수 있었다.

자신을 둘러싼 세계가 한 폭 더 넓어지는 느낌이었다.

그러면서도 조금 우려스러운 마음 역시 들었다.

만약 리치로 진화한 부가 검은 팔찌의 통제에서 벗어난다면 어떻게 될까.

바로 손을 써서 제압할 수는 있겠지만, 연우로서는 히든 피스만 날리는 손해를 보게 되는 셈이니 그건 피하고 싶었다.

다행히 부는 진화를 해도 여전히 그대로였다.

「주인님은. 깊은 곳에 가라앉은 저를. 꺼내 주신 고마우신 분. 어떤 것이라도. 명령을 내려 주십시오. 달게. 수행하겠습니다.」

뚝뚝 끊어지는 목소리. 아직 사고 체계가 완전하게 자리 잡히질 않아 생긴 후유증인 것 같았지만, 대화를 나누는 데는 전혀 문제가 없었다.

"그럼 현재 네가 가능한 마법 계통은 어떤 쪽이지?"

리치는 연우가 전쟁을 시작하는 데 있어 가장 필요한 재원 중 하나다. 녀석의 전력을 확실하게 파악할 필요가 있었다.

「생전. 아니. 전생에서의 마법 능력은 대부분 펼칠 수 있습니다.」

"대략적이면, 어떤?"

「우선. 보여 드리겠습니다. 혹시. 갖고 계신. 망령 중 일부를. 주실 수 있으시겠습니까?」

연우는 각 층계를 통과하면서 망령을 대거 수확해 뒀었다. 소유자의 역량이 커졌기 때문인지 컬렉션의 크기도 1,500마리까지 대폭 늘어난 상태.

우선 세 마리만 뽑아서 꺼내자, 부는 숙였던 머리를 천천히 들었다.

로브로 가려진 머리 부위로 해골 두상이 나타났다. 푹 꺼진 두 눈덩이 사이로 푸른색 도깨비불이 찬란하게 피어올랐다.

부는 세 망령이 있는 쪽으로 손을 뻗었다. 그러자 손끝에서 불빛이 피어났다.

첫 번째 망령이 폭죽처럼 터졌다. 그리고 가루가 떨어진 자리로, 땅이 갈라지더니 누더기처럼 얼룩덜룩한 들개가 대가리를 꺼냈다. 두 눈이 꺼멓게 죽어 있었다.

「'사령 소환'이란. 것입니다. 영혼을 매개체로 삼아. 저승에 기거하는. 소환수를. 꺼내 부릴 수. 있습니다. 사체가 있으면. 스켈레톤과 좀비도. 꺼낼 수. 있습니다.」

부는 손을 다시 흔들어 소환수를 역소환시키고, 이번에는 두 번째 망령을 터뜨렸다.

그러자 잿빛 안개가 자욱하게 퍼지면서 실내를 가득 메웠다.

예전에 연우도 본 적이 있는 기술이었다. 클랜 연합과의 싸움 때 적들에게는 공포 상태를 낳고, 아군 사귀에는 버프를 걸었던 광역 범위 스킬.

「'피의 안개'라는 것입니다. 보시다시피. 적에게 공포를. 나아가서는 집단 실성이나 환각을. 부여할 수. 있습니다. 때에 따라서는. 적에게 빼앗은. 체력과 마력을. 아군에게 불어 넣기도. 합니다.」

연우는 눈을 반짝였다. 피의 안개는 이전보다 효과가 훨씬 좋아졌다.

단순한 공황 상태뿐만 아니라, 체력까지 갈취할 수 있다면.

대규모 전장에서 이보다 좋은 건 없을 것이다.

「그리고. 이것은. '시체 흡착' 입니다.」

마지막 망령이 터졌다. 그러자 그 자리로 불덩이가 잠깐 피어올랐다가 사라졌다.

「시체나. 망령이. 얼마나 있냐에 따라. 불과 얼음의. 기초 마법을. 사용할 수. 있습니다.」

부는 고개를 숙였다.

「저는. 전생에. 부두술사였습니다. 부두술사는. 강령술사나 흑마법사. 주술사와 달리. 시체와 저주를. 다루는 데 특화되어 있습니다.」

말을 하는 그의 목소리는 칙칙했지만, 어딘지 모르게 단단하게 느껴졌다.

「그래서. 당장 할 수 있는 건. 이게 전부이지만. 더 강해지겠습니다. 틀을 벗어나. 제대로 된. 리치가. 되어. 주인님을 실망시켜 드리지. 않겠습니다.」

부두술사는 시체와 저주를 다루는 만큼 기초 마법에는 많이 약할 수밖에 없었다.

그래서 부는 이것을 안타깝게 여겼다.

만약 자신이 평범한 흑마법사이기만 했었어도, 더 많은 마법으로 연우를 도울 수 있을 거라고 생각했으니까.

부두술사로서는 한계가 있다고 생각한 것이다.

하지만 연우는 담담하게 고개를 가로저었다.

마법이야 앞으로 스킬북을 구해서 습득하면 그만이지만, 망령과 시체를 다루는 부두술은 전혀 달랐다.

연우는 일인군단을 꿈꾼다. 하지만 개인으로는 한계가 있을 수밖에 없는 마당에, 자신을 옆에서 든든하게 보좌하고 지원할 수 있는 녀석을 만난 셈이었다.

'그렇지 않아도 사귀들을 부리면서 나도 같이 싸우기가 힘들었는데. 앞으로는 마음 놓고 지휘권을 맡길 수 있겠어.'

사체를 다루는 녀석이니 사귀도 곧잘 다룰 것이다. 거기다 피의 의식과 사령 소환, 시체 흡착 같은 스킬들을 번갈아 사용하다 보면 전장을 연우의 입맛대로 바꿀 수도 있었다.

그래서 연우는 괜찮다며 녀석을 달랬다.

부는 그런 연우가 감사한지, 더 크게 고개를 숙였다.

「주인님의. 기대를. 저버리지 않겠습니다.」

부는 그 말을 남기면서 조용히 안개가 되어 사라졌다.

"그럼 이제 남은 건."

지원을 맡을 마법사를 구했으니, 이제는 정면에서 같이 싸울 기사를 구해야겠지.

연우는 컬렉션 목록 중에서 샤논의 망령을 꺼내 소환했다.

세미 랭커의 영혼답게 다른 녀석들과는 질적으로 달랐다. 색깔이나 풍기는 기운이 짙었다.

연우는 남은 망령을 전부 흑기로 치환시켜 샤논의 망령에다 불어 넣었다.

빠각. 뭔가가 깨지는 소리와 함께 망령이 소용돌이를 치면서 조금씩 커져 사귀가 되었다.

「여긴…… 어디지?」

샤논의 사귀가 천천히 고개를 들었다. 확실히 녀석은 사귀인데도 불구하고 의식이 어느 정도 잡혀 있었다.

"레드 드래곤의 군영입니다. 샤논."

「넌……!」

샤논은 주변을 두리번거리다 자신을 부르는 목소리에 고개를 돌렸다. 그리고 눈을 크게 떴다.

「난 분명…… 너에게 죽었을 텐데?」

샤논은 어떻게 된 일인지 몰라 잠깐 혼란스러워하다가, 곧 뭔가를 떠올렸는지 고개를 끄덕였다.

「그렇군. 난 죽었다가, 다시 살아난 건가? 부두술사나 흑마법사 중에 영혼을 다루는 자들이 있다는 말은 들었지만. 그래도 이렇게 영혼을 재생시킨다는 말은 못 들었는데.」

검은 팔찌는 아스트라페를 집어삼켰을 정도로 뛰어난 아티팩트. 당연히 다른 직업군과 비교할 수준이 아니었다.

물론, 연우는 군이 언급할 필요가 없었기에 검은 팔찌에 대해 설명하지는 않았다.

대신에 차분한 샤논을 보면서 어떻게 해야 그를 포섭할 수 있을지 생각했다. 사귀라고 하기엔 너무나 뛰어난 모습에 욕심이 들었다.

'의식 수준만 따지면 리치가 된 부보다 훨씬 또렷해. 이 사람을 데스 나이트로 만들 수 있다면.'

보통 사귀들이 갓 깨어났을 때, 망령 때의 습관이 남아 본능만 앞세운다는 것을 감안해 본다면. 샤논은 원래 정신적으로도 뛰어났던 사람이 틀림없었다.

「아. 그러고 보니. 내가 부탁했던 건. 어떻게 되었지?」

자신이 죽더라도 수하들은 무사히 보내 달라던 부탁.

연우는 고개를 끄덕였다.

"전부 보내 드렸습니다. 다만, 이전에 당하신 분들은……."

「아아. 괜찮아. 그 정도쯤은. 거기까지 바란다면 욕심쟁이일 뿐이지.」

샤논은 손사래를 치면서 연우의 말허리를 잘랐다. 그리고 가늘게 눈을 좁히면서 연우를 바라봤다.

「아무튼. 이렇게 날 불러냈다는 건, 용건이 있다는 뜻이겠지? 자네가 청화도가 아닌 레드 드래곤에 있다는 것도 이상한 일이고.」

연우는 고개를 끄덕이면서 자신이 겪은 일에 대해서 간략하게 설명했다.

레드 드래곤에 투신하게 된 이유. 도무신과 싸울 거란 이야기와 그를 불러낸 목적까지.

샤논은 눈을 동그랗게 뜨다가 크게 웃음을 터뜨렸다.

「하하! 인연이 있어 도무신과 적대 관계로 돌아섰다……그건 마음에 드는군. 그래도 알려진 것처럼 욕심만 많은 건 아니었던 모양이야.」

수하들을 목숨처럼 아꼈던 샤논이니만큼 그는 연우의 목적을 마음에 들어 하는 듯했다.

하지만.

「그런데 나더러 데스 나이트가 되라고? 그 말은 자네의 밑에 들어오라는 뜻이겠지?」

"그렇습니다."

「거절하지.」

"……."

「물어볼 것도 없어. 내가 몸을 담았던 곳은 레드 드래곤이었고, 자랐던 곳도 레드 드래곤이었어. 죽어서도 그곳을 떠날 마음은, 없다네.」

샤논은 처음 태어났을 때부터 레드 드래곤의 '아이'로 자랐던 사람이었다. 조직에 대한 충성심은 말로 표현할 것도 없었다.

수하들에 대한 마음도, 사실 그런 조직의 충성심에서 발로했다고 봐도 틀리지 않았다.

연우는 속으로 혀를 찼다.

쉽지 않을 거라고 짐작은 했었지만. 이렇게 완고할 줄이야.

'그래도 어떻게든 손에 넣어야만 해.'

샤논 같은 영혼은 쉽게 구할 수 있는 게 아니다. 그리고 그가 가르쳐 줬던 '허초'라는 것도 배우고 싶었다.

되도록 설득으로 회유하고 싶었지만, 안 된다면 강제로라도 굴복시킬 생각이었다.

다만, 그 과정에서 영혼에 훼손이 생겨 생전의 기억이나 자질이 망가질 수 있었지만.

그래도 당장 어떻게 할 방법이 없으니 어쩔 수 없었다.

"어쩔 수 없군요. 그렇다면 강제로 종속시킬 수밖에요."

「음? 방법이라도 있나?」

"당신의 영혼을 수확할 수도 있었는데, 종속시키는 걸 못하겠습니까?"

「으음. 그것도 그렇군. 그러면 안 되는데. 이런.」

샤논은 뭔가 계면쩍어하는 투로 중얼거렸다. 연우는 손길을 뻗으려다가 잠깐 멈췄다. 뭔가 그의 생각이 바뀐 것처럼 보였다.

「그냥 저승으로 보내 주는 건 안 되겠지?」

"안 됩니다."

「욕심이 많군. 죽어서도 쉬지 못하게 하고. 으음. 뭐, 그래도 이것도 나쁘지 않으려나. 한평생 레드 드래곤에 얽매여 있었으니, 이젠 바깥을 둘러보는 것도.」

샤논은 잠깐 생각에 잠기다, 다시 연우를 바라봤다.

「그럼 조건을 걸지.」

연우는 손길을 거뒀다.

"말씀하십시오."

「자네에게 복종은 하지. 하지만 되도록 내 자유 의사는 남겨 놓을 것. 그리고 날 강하게 만들어줄 것. 생전보다 훨씬. 세미 랭커나 랭커 따위가 아닌. 하이 랭커만큼이나.」

샤논의 흐릿한 눈동자가 또렷하게 빛났다.

사실 그에게는 레드 드래곤에 대한 충성심보다 앞서는 게 있었다.

강자가 되고 싶다는 열망.

49층이라는 벽에 가로막혀 세미 랭커로만 남아야 했던 그에게. 남은 미련이 있다면, 그것은 랭커가 되고, 하이 랭커가 되어 77층을 올라 보는 것이었다.

강하다는 기준의 끝을 보고 싶었다.

그리고.

그건 연우가 바라던 바이기도 했다.

"저 역시 강해질 겁니다. 남들보다 훨씬."

「그럼 됐어. 사실 자네를 처음 봤을 때부터 알았거든. 나와 똑같은 종자라는 걸. 흐흐!」

"하지만 제게는 그보다 먼저 해야 할 일이 있습니다. 어쩌면 레드 드래곤과 싸워야 할지도 모르고요. 옛 동료와 부딪쳐야 할지도 모릅니다."

마지막 남은 시험.

충성을 깨야 할지도 모른다고 이야기한 것이지만.

「그 정도는 각오해야겠지. 새 삶을 시작하는데, 굳이 옛 것에 미련을 둘 필요는 없지 않겠어?」

아까 전과는 인격이 확 바뀐 것처럼 너무 달라 보였다.

"왜 갑자기 생각이 바뀌신 겁니까?"

「괜히 악을 쓰기는 싫거든.」

"……."

「그리고 내가 망가지는 것도 싫고. 어차피 넘어가게 될 거라면. 그래. 내 의식이 온전한 상태로 넘어가고 싶어. 그리고.」

연우는 샤논이 웃고 있는 것 같다는 생각이 들었다.

「자네가 앞으로 어떤 길을 걸을지 궁금하기도 하고. 바로 옆에 있으면 그걸 볼 수 있지 않을까?」

연우는 고개를 절레절레 흔들었다.

아무래도 샤논은 자신이 생각했던 것보다 더 이해하기 힘든 존재인 것 같았다. 어떤 면에서는 강직하면서도, 또 어떤 면에서는 너무 부드럽다 못해 휘어지고 있었으니까.

하지만 한 가지만큼은 알 것 같았다.

이자가 있으면 앞으로의 여정이 훨씬 쉬워질 것 같다는 것.

연우는 아공간 포켓을 꺼냈다.

"그럼 제가 드리는 순서대로 기운을 온전히 흡수하십시오."

*　　　*　　　*

[사귀가 성공적으로 진화하였습니다. 죽음의 기사, 데스 나이트가 탄생했습니다.]

[누구도 쉽게······.]
······

[데스 나이트가 당신에게 충성을 맹세했습니다. '칠흑왕의 절망'에 귀속되어 앞으로 든든한 당신의 칼이자 방패가 될 것입니다.]

[이름을 지정하시겠습니까?]

"샤논."

[데스 나이트의 이름이 '샤논'으로 지정되었습니다.]

[충성도가 15만큼 올랐습니다.]

[지배력이 5만큼 올랐습니다.]

「새로운 주인께, 인사를.」

칠흑빛 갑주와 투구. 그리고 생전에 쓰던 소드 브레이커를 바닥에 꽂은 채, 데스 나이트가 된 샤논이 한쪽 무릎을 꿇었다.

"앞으로도 잘 부탁······."

「이제부터 하대를 하십시오. 저는 당신의 종이며 기사. 주인은 종에게 존대를 하지 않는 법입니다.」

뚝뚝 떨어지는 목소리를 하면서 샤논이 고개를 들었다.

퀭한 어둠이 내려앉은 투구 속에는 아무런 것도 보이지 않았지만, 왠지 모르게 웃음소리가 흘러나오는 것 같았다.

「물론, 저는 가끔 반말도 섞을 생각이지만.」

연우는 유쾌한 데스 나이트를 보면서 피식 웃었다.

앞으로 부와는 전혀 다른 방식으로 한쪽 팔이 되어 줄 것 같았다.

그렇게.

연우만의 군단이 하나둘씩 만들어지고 있었다.

✳   ✳   ✳

"그러니까 허초는, 감각적으로 읽어 내는 수밖에는 없다는 뜻이란 거지?"

연우가 샤논을 원하는 대로 완성시키자마자 시작한 건, 지난번에 당했던 허초에 대한 질문이었다.

「맞아. 여러 개의 가능성을 동시에 품고, 그중에 하나를 취사선택하는 것. 미래를 읽는 예지자가 아니고서야 감각에 의존할 수밖에 없지. 물론, 이때 말하는 '감각'이라는 건, 원래 육체가 가지는 오감과는 별개의 영역이고.」

그게 바로 육감(六感).

오감과는 별외의 영역으로, 도무지 알 수 없는 사물의 본질을 직감적으로 포착하는 작용을 의미한다. 보다 본능에 가까운 성질이기도 했다.

연우도 이런 육감을 느껴 본 적이 몇 번 있었다.

한창 아프리카를 뛰어다닐 때. 이동하던 중에 갑자기 등골이 섬뜩할 때. 혹은 두통으로 머리가 따끔거릴 때면 그 주변에는 높은 확률로 매복조가 있곤 했다.

그래서 연우는 자신의 육감도 아주 잘 발달되어 있다고 여기는 편이었다.

하지만 샤논은 그것보다 더 뚜렷하고 확실한 육감을 말하고 있었다.

직감적인 결정. 어쩌면 그것은 미래 예지의 영역에 가까운 것인지도 몰랐다.

「보통 이런 건, 자네쯤 되는 수준이면 금방 터득하기 마련인데. 조금 어렵나 보군. 하긴. 나도 자네가 직접 제대로 된 무술을 익힌 게 얼마 되지 않았다는 말을 들었을 때는 까무러치는 줄 알았으니까.」

샤논은 이해한다는 듯이 고개를 끄덕였다.

사실 그가 봤을 때 연우는 여러 모로 성장 속도나 방향이 다른 타인과는 다르게 뒤죽박죽 섞여 있었다.

남들이 탄탄하게 지반을 쌓아 나가면서 자신만의 길을

정립한다면, 연우는 무작정 탑부터 쌓아놓고 부족한 부분을 덧대는 형식이라고 해야 할까.

보통 그렇게 성장을 하면 무너지기 마련인데. 또 막상 이상하게 연우의 탑은 견고했다.

「앞으로 상위 층계로 올라갈수록. 더 많은 고수들을 만날수록. 허초는 주인의 발목을 붙잡을 가능성이 높아. 그러니 최대한 빨리 터득할 걸 추천해.」

"빨리 배울 방법이 없을까?"

「있기야 있지.」

연우의 눈이 반짝였다.

"뭐지?"

샤논이 당연하지 않느냐는 듯 웃는 소리를 냈다.

「더 많이 싸우고, 더 많이 겪어 볼 것.」

"그야 당연하⋯⋯."

「그리고 패턴을 전부 외울 것.」

연우는 가볍게 감탄사를 터뜨렸다. 샤논의 말은 일리가 있었다. 알 수 없다면 외워 버리면 그만. 원래 자신이 자주 하던 행동이기도 했다.

「이럴 때는 주입식 교육도 필요한 법이지. 많이 외워 두면 나중에 상황에 맞춰서 빠른 판단도 가능할 테니.」

연우는 샤논을 따라 같이 웃었다. 그가 뭘 말하고 싶어

하는지를 눈치챘으니까.

"그리고 그 패턴은 네가 가르쳐줄 수 있을 테고?"

「그렇지. 똑똑해, 주인. 수하는 바로 그럴 때 쓰라고 있는 거지.」

샤논은 천천히 자리에서 일어났다. 칠흑빛으로 칙칙하게 물든 소드 브레이커가 손에 잡혔다.

「말이 나온 김에 빨리 시작해 보자고. 보아하니 주인도 시간이 촉박한 것 같으니까.」

*　　　*　　　*

하지만 샤논과의 수련은 길게 이어지지 못했다. 허초에 대한 것을 숙지하던 중에, 갑자기 전군 호출령이 떨어졌다.

연우는 판트, 에도라와 함께 외인부대를 이끌고 중앙으로 이동했다.

그리고 그 순간.

두근.

두근.

연우는 갑자기 빠른 속도로 뛰는 심장을 거세게 움켜쥐어야만 했다. 등골이 딱딱해졌다. 마력회로를 돌리지 않았는데도, 마력이 마구 돌아다녔다. 용마안이 저절로 열리면서 하늘을 응시했다.

갑자기 신체가 왜 이러나 싶어 하늘을 봤을 때.

연우는 뒤늦게 이유를 깨달을 수 있었다.

사위를 압도하는 어마어마한 패기가 하늘을 뒤덮고 있었다. 마치 하늘과 땅 사이에 자신만 존재한다는 듯, 오롯이 자신만이 위대한 존재라고 과시하듯, 녀석은 그렇게 우뚝 서 있었다.

붉은색으로 빛나는 비늘. 탄탄한 턱과 세로로 찢어진 동공. 30미터에 달하는 거체.

'……용.'

여름여왕이 본체로 돌아와 그곳에 앉아 있었다.

클랜에 레드 드래곤이라는 이름을 가져다 준 존재가, 올 포원 다음으로 기나긴 세월을 살았다는 존재가, 붉은 용이 그곳에 앉아 기세를 흘려 대는 중이었다.

드래곤 피어(Dragon Fear).

용종이 가진 수많은 권능 중 하나라는 기세가 플레이어들을 휘어잡고 있었다.

연우는 어떻게든 침착함을 되찾고자 했다.

가슴이 두근거리는 이유는 아마도 체내에 일부 새겨진 용의 인자(因子)가 다른 용종의 등장에 반응했기 때문인 것 같았다.

하지만 그런 걸 드러낼 수는 없는 일. 연우는 최대한 마음을 다잡았다. 다행히 용마안이 가라앉으면서 마력회로도 잠잠해졌다.

하지만 드래곤 피어가 깔린 곳으로 입장하는 건, 등골이 서늘해질 정도로 위협적인 것이어서 연우는 바짝 긴장해야만 했다.

다행히 그녀는 이쪽을 보고 있지 않았다.

보는 것만으로도 섬뜩하기 짝이 없는 세로로 찢어진 동공을 하고서, 하늘을 응시하고 있었다.

새카만 밤이 깔린 하늘. 맑은 달을 바라보면서 뭔가를 엿보려는 것 같았다.

그러다 그녀는 천천히 상체를 일으키면서 접혀 있던 날개를 활짝 펼쳤다.

『……열린다.』

여름여왕의 것으로 보이는 목소리와 함께.

하늘을 따라, 군영을 뒤덮는 거대한 녹색 포탈이 활짝 열렸다.

*　　　*　　　*

그리고 그 시각.

"날 돕는다고 해서 너희들이 얻을 건 없다. 오히려 배신자라는 멍에만 뒤집어쓰는 꼴이지. 마지막으로. 지금이라도 떠날 기회를 주겠다. 이후에는 절대 항명을 받지 않겠다."

도무신은 수하들을 모아 놓은 자리에서 말을 건네고 있었다.

그의 휘하에는 마도단을 중심으로 신도단, 진도단을 비롯한 9개의 전투 부대가 만들어져 있었다. 그들이 모두 모였다.

이제부터 다리를 건널 예정이니, 지금이라도 멈출 사람은 멈추라고. 별다른 제지를 하지 않을 것이라고.

마성에 눈이 멀었어도 여전히 이성이 일부는 남아 있다는 뜻이었다.

그리고 그런 모습이 수하들에게는 더 크게 와 닿았다.

아들을 구하고 싶다는 열망으로 가득하지만, 어떻게든 이성을 유지하려는 모습에서 절실함이 느껴졌던 것이다.

결국.

도무신의 계속된 재촉에도 수하들은 아무도 떠나질 않았다. 그들은 굳은 결의가 가득한 눈빛으로 도무신을 바라봤다.

도무신은 이를 악물었다. 자신이 삶을 헛되게 살지 않았다는 것을 절실하게 깨달을 수 있었다.

"너희들의 목숨, 감사하게 받아 가마."

도무신의 눈동자가 광기로 번들거리기 시작했다.

"그럼 가자."

＊　　　＊　　　＊

마도단을 비롯한 신도단, 진도단 등이 가장 먼저 손을 쓴 곳은 검무신의 지시에 따라 도무신을 감시하고 있던 호검단이었다.

"너…… 희들……!"

호검단의 단장은 자신의 턱밑에 붙여진 칼날을 보고 입술을 파르르 떨었다.

지금 너희들이 하려는 짓이 뭔지 알고 있냐는 눈빛.

"몰랐다면 시작하지도 않았어."

하지만 마도단장은 가감 없이 칼을 휘둘렀다. 호검단장의 머리가 떨어지면서 바닥을 굴렀다.

그래도 불과 몇 시간 전까지만 해도 같이 술잔을 기울이던 동료였건만.

씁쓸한 감정이 들 거라고 예상했던 것과 다르게 이상하게 아무런 감정도 들지 않았다.

어쩌면 죽음을 각오하고 있기 때문에 그런지도 모르겠다

는 생각이 들었다.

그리고 이런 죽음도 절대 나쁘지 않겠다는 생각이 들었다.

칼을 쥐고, 칼을 위해서 살아왔던 인생. 언젠가 다른 사람의 칼에 맞아 죽을 인생이라면, 자신을 인정해 주는 주인을 위해 죽는 것도 절대 나쁘지 않은 것 같았다.

마검단장은 주변을 훑었다.

몇몇을 제외한 단원들이 모두 그의 앞에 모여 있었다. 이미 모든 정리가 끝났는지, 그들의 옷은 온통 핏물로 시뻘겠다.

"표적의 위치는?"

표적. 리언트를 말하는 거였다.

"현재 검무신께서…… 아니, 검무신이 자신의 집무실로 데려가 보호 중이라고 합니다."

"떨어질 가능성은?"

"일단은 없습니다. 무슨 이야기를 나누는지는 몰라도, 긴 이야기를 나누는 듯합니다."

마도단장은 혀를 찼다.

"결국 검무신을 치는 수밖에는 없는 건가. 많이 힘들겠어."

사실 리언트만 잡으면 되는 것이라면 처리는 아주 쉽다.

하지만 검무신의 거처에 있다면 그렇게 쉽게 처리가 될 것 같지는 않았다. 검무신과 충돌한다는 것 자체가 너무 큰 부담이었다.

다른 무신들을 휘어잡는 무력이며 무슨 생각을 하는지 알 수 없는 빼어난 지략까지.

검무신은 같은 청화도의 사람들에게도 공포나 다름없었다.

물론, 그렇다고 해서 포기할 생각은 없었지만.

"신호 보내."

부단장은 즉각 품에서 화약을 꺼내 허공에다 터뜨렸다. 퍼퍼펑. 어두운 밤하늘을 따라 붉은 폭죽이 잔뜩 퍼져 나갔다.

이쪽은 준비가 모두 끝났으니 시작하자는 뜻.

그리고 약속대로 군영 곳곳으로 퍼져 나가 대기하고 있던 다른 부대들이 일제히 일어났다.

콰콰쾅!

"불이다!"

"폭발이다! 보급 창고에서 불이 났다!"

"레드 드래곤이 쳐들어왔다!"

작전은 아주 간단했다.

마도단이 도무신의 거처 주변 정리가 끝나면, 군영 내 주요 지점으로 흩어져 있던 다른 부대들이 일제히 불을 지르고 소란을 일으킨다는 내용이었다.

그럼 결계를 뚫고 레드 드래곤이 기습을 해 온 것으로 착각한 수뇌부가 혼란해지는 사이, 도무신과 마도단이 리언트가 있는 곳으로 빠르게 진격할 예정이었다.

다행히 첫 번째 작전은 성공한 것 같았다.

군영 위로 불길이 높게 치솟기 시작하면서 갑자기 플레이어들이 바쁘게 뛰어다니는 소리가 들렸다.

곳곳에서 물을 가져와라, 레드 드래곤이 어디에 있느냐, 비명을 질러 댔다.

앞으로도 각 부대들은 바쁘게 뛰어다니면서 혼란을 더 크게 키울 생각이었다.

바람잡이 역할도 할 예정이었기 때문에 불길을 진압하고, 사태를 온전히 파악하려면 상당한 시간을 필요로 할 게 분명했다.

그사이.

도무신이 연금되어 있던 서처에서 천천히 길이 나왔다.

철함을 등에 인 그의 눈빛은 차갑게 번들거리고 있었다. 그리고 투기와 마기가 물씬 풍기면서 회오리를 치는 중이었다.

이미 진작 삼켰지만, 이질적인 특색으로 아직까지 완전

히 소화할 수 없었던 4대 신수의 내단이 속에서 회오리를 치고 있었다.

그는 이미 소싯적 전성기 때의 힘을 되찾은 상태였다. 아니, 오히려 그때보다 더 풍부한 마력과 마기를 품고 있었다.

혹시나 하는 마음에 오래전부터 보관하고 있던 '역혈단'의 효능이었다.

다른 8대 클랜, 마군(魔軍)의 6번째 주교를 죽였을 때 얻었던 환단.

마력을 폭주시키고, 마성을 강화시키는 대신에 일정 시간 동안 육체의 잠재적 능력을 최대로 증폭시키는 효능을 가지고 있었다.

원래는 자폭용으로 쓰이거나 위기 시에 사용하는 물건이었지만.

도무신은 그런 것을 전혀 개의치 않았다.

어차피 자신은 계속된 마력 적출로 몸이 망가져 주화입마로 인한 마성에 시달리고 있는 중이었고, 죽음을 각오한 이상 검무신을 꺾을 수 있는 방법이라면 무엇이든 할 수 있었다.

그리고 역혈단의 효과는 아주 뛰어났다.

여태껏 마력 부족으로 기근을 겪다시피 했던 체내가 마

력으로 가득 찼다. 쉽게 흡수되질 않아 한동안 고생을 해야 했던 4대 신수의 기운도 같이 뒤섞여 힘이 되어 주었고, 육체에도 부쩍 힘이 실렸다. 마성도 강화되어 본능이 앞섰다.

파괴 충동과 함께 무엇이든지 할 수 있을 것 같다는 자신감이 들었다.

이 힘만 있다면 검무신은 물론, 녀석을 따르는 다른 무신들도 전부 꺾어 리언트의 목을 분질러 버릴 수 있을 것 같았다.

하지만 본능에 너무 휩쓸리면 도로 아미타불이 된다는 것을 알기 때문에. 도무신은 가까스로 이성을 유지하면서 천천히 걷기 시작했다.

예민해진 감각이, 군영 어디에 리언트 녀석이 숨어 있는지를 말해 주고 있었다.

그래서 도무신은 아무런 망설임 없이 그쪽으로 걸음을 옮겼다. 마도단이 다급히 따라와 그 뒤에 붙었다.

여유로운 보폭과 다르게 이동 속도는 아주 빨라 도무지 육안으로 쉽게 따라잡을 수 없을 정도였다.

간혹 이동하는 도무신을 본 사람들도 있었지만, 그들은 빠르게 목이 달아나 쓰러져야만 했다.

그러다 어느새 리언트의 마력이 풍기는 곳까지 다다랐다.

"도무신님!"

"여기에 오시면 안 되는……!"

검무신의 거처는 평소와 달리 갑작스런 소란으로 플레이어들이 밖으로 대거 빠져나가 경계가 많이 느슨해져 있는 상태였다.

그런 와중에 도무신과 마도단이 들이닥치니 당황할 수밖에 없었다.

하지만 도무신은 그들이 어떻게 방어 대책을 구성하기 전에 칼을 거칠게 휘둘렀다.

역혈단과 4대 신수 내단의 힘이 함께 뒤섞이면서 폭발을 일으켜 그들을 깡그리 밀어 버렸다.

콰콰콰—

수십 명의 플레이어들이 피떡이 되어 사라졌다. 피보라가 자욱하게 퍼지고, 먼지구름이 치솟았다.

그 안에는 리언트와 검무신만이 멀쩡하게 남아 있었다.

리언트는 양팔을 교차해 겨우 공격을 막아 낸 상태. 옷은 누더기가 된 채로, 먼지를 뒤집어쓴 몰골로 두 눈에 불을 잔뜩 켰다.

"도무신! 네가 결국 끝까지!"

"돌만 내놔라. 그럼 목숨만은 살려 줄 테니."

"없다고 몇 번이나 말해! 그딴 거! 없……!"

정말 있는 상태에서 내놓으라고 한다면 모를까. 정말 잃어버렸기에, 리언트는 억울함을 참지 못하고 버럭 소리를 질렀다.

하지만 말은 길게 이어지지 못했다.

검무신이 손을 뻗어 그의 말허리를 잘랐다. 그리고 사자탈을 쓴 얼굴 그대로 도무신을 바라봤다. 탈 위로 보이는 이맛살에 살짝 골이 팼다.

『정말 끝까지 이렇게 해야겠나?』

검무신은 도무신의 상태를 정확하게 꿰뚫어 보고 있었다.

역혈단을 이용한 4대 신수 내단의 소화. 그리고 마성의 강화. 도무신은 이미 기존에 그가 알고 있던 도무신이 아니었다.

풍기는 위세만 따진다면 검무신에 못지않은 힘을 풍기고 있었다.

"나야말로 묻지. 지금이라도 돌, 나에게 넘겨. 그런다면 당장 내 목을 내놓으라고 해도 내놓을 테니."

『늘 말하였듯. 무신의 사이는 대등히다. 자빌직으로 내놓는 게 아닌 이상, 다른 무신을 강제할 근거는 어디에도 없다.』

검무신은 원론을 이야기했지만, 도무신은 비웃음을 던졌다.

"그게 아니겠지. 그럴듯하게 포장하지 마라. 사실 그 돌이란 것, 검, 너에게도 필요한 것 아닌가? 넌 지금 그걸 위해 저 얼간이 놈과 이야기를 나누고 있었던 거고. 내 말이 틀렸나?"

리언트의 눈이 살짝 흔들렸다. 도무신은 정확하게 사실을 찌르고 있었다.

분명 방금 전까지 그와 검무신은 돌에 대해 긴히 이야기를 나누던 중이었다.

『……결국 끝까지 반란을 고수하겠다는 뜻이군.』

"어차피 여기까지 온 이상, 달라질 건 없다. 저 반편이를 내놔라."

『계속 고집을 피우겠다면 어쩔 수 없지.』

사자 탈 아래로 비치는 검무신의 눈살이 살짝 일그러졌다.

그러다 한 손을 높이 들자, 주변 공간이 찢어지면서 사선검이 나와서 그를 뱅글뱅글 감쌌다.

그리고.

화아악!

주변 일대의 대기가 흔들리면서 수채화처럼 흐려지더니, 곧 결계가 무너지고 새로운 광경이 드러났다.

검무신과 도무신이 서 있는 주변을 따라.

수천 명도 넘는 플레이어들이 빼곡하게 에워싸서 이쪽으로 칼을 겨누고 있었다.

『이래도. 계속할 것이냐?』

검무신이 싸늘한 눈빛으로 물었다.

그 광경을 지켜본 마도단장의 눈동자가 흔들렸다.

환각 결계.

여태껏 자신들이 봤던 것들은 전부 환각에 지나지 않았다는 것을 깨닫고 말았다.

여태 일어났던 소란은 전부 저쪽에서 그들을 속이기 위해 파 놓은 함정에 불과했을 뿐. 폭발이나 불길도 전부 환각이 빚어낸 눈속임이었다.

그들은 여태 그것도 모르고, 작전이 통했다고 생각하며 군영을 가로질러 호랑이 아가리 속으로 스스로 걸어 들어온 꼴이었고.

마도단을 노려보는 이들의 발치에는 죽은 신도단과 진도단 등의 머리통이 가득했다.

『혹시나 했었다. 그래도 기회를 주고자 했다. 그대는 창과 내가 처음으로 의기투합을 했던 벗이었으니까. 하지만 그대는 기다리라는 말을 믿지 못해 이런 짓을 저지르고 말았지. 꼭 이렇게 해야만 했나?』

검무신은 이글거리는 눈빛으로 도무신을 노려봤다.

이게 전부 너의 탓이라는 듯. 네가 배신을 했기 때문에 저 아이들이 모두 희생되고 만 것이라는 듯.

하지만 도무신은 무미건조한 눈길로 죽은 수하들을 바라봤다. 그러다 천천히 입을 뗐다.

"하나부터 열까지, 모든 걸 계산해 판단하는 너는 이해 못 하겠지. 아마 저들은 모두 웃으면서 눈을 감았을 것이니. 저들을 동정하는 건, 오히려 욕보이는 일밖에는 되지 않는다."

도무신은 딱 잘라 그렇게 말하고, 발로 걷어차 가져온 철함의 뚜껑을 열었다.

"그리고 한 가지는 알았으면 좋겠어."

도무신의 안광이 차갑게 번뜩였다.

"하나가 되든, 열이 되든, 백이 되든. 결국 내가 잡으려는 놈은 딱 한 놈뿐이라는 것을."

안광이 검무신의 뒤에 있던 리언트에게 닿았다.

그리고 그것이 시작이었다.

촤라락!

철함 안에 수북하게 담겨 있던 아홉 자루의 칼이 일제히 허공으로 튀었다. 도무신은 그중 크고 작은 두 자루를 양손에 쥐고 리언트가 있는 곳으로 달렸다.

"주군을 엄호하라! 아무도 방해할 수 없게 막아라!"

마도단은 도무신이 달릴 수 있도록 주변을 경계했다. 이 쪽으로 달려오는 플레이어들에 맞서 함성을 지르며 돌격했다.

콰쾅!

쿠쿠쿠—

청화도 내에서도 세 손가락에 꼽힌다고 알려진 마도단답게, 그들은 같은 동료였던 자들을 베는 데도 전혀 망설임이 없었다. 그리고 훨씬 강했기 때문에 오히려 압도적으로 밀어붙이기까지 했다.

그사이.

도무신은 검무신의 지척에 다다르면서 거칠게 칼을 휘두르고 있었다.

잔뜩 응집된 마력이 폭발하면서 강풍을 불러일으키며 와류를 형성하고, 반대 방향으로 돌린 다른 칼날이 다시 다른 방향의 와류를 일으키면서 서로가 톱니바퀴처럼 맞물려 거대한 태풍을 형성했다.

콰드드득—

공기가 발기발기 찢어지는 소리가 가득 울렸다.

도무신이 바닥에 꽂힌 칼을 잇달아 뽑아 휘두를 때마다 폭발을 거듭하고, 와류 형성이 연속적으로 이뤄졌다.

태풍의 범위는 계속 커져 나가면서 검무신을 잇달아 밀

어붙였다.

[칼날 소용돌이]
[아홉 칼의 무덤]

도무신이 자랑하는 두 시그니처 스킬의 연계기는 이미 탑에서도 모르는 사람이 없을 정도로 널리 알려져 있었다.

바닥에 꽂힌 칼을 순서대로 뽑아 가며 형성되는 소용돌이는 주변의 모든 것을 쑥대밭으로 만든다.

바람은 오러가 잔뜩 응집된 칼바람으로, 휘말리는 건 흔적조차 남기지 않고 갈가리 찢어 버릴 정도로 위력적이었다.

거기다 평소에는 자제하던 '아홉'까지 꺼내 들었으니. 4대 신수의 내단과 역혈단까지 가미된 위력은 말 그대로 일진광풍(一陣狂風).

제아무리 검무신이라고 해도 마치 풍랑 치는 바닷속에 표류하는 돛단배처럼 위태로워 보였다.

콰콰콰—

하지만 검무신은 표류하지 않았다. 오히려 수없이 휘몰아치는 풍랑 속을 겁 없이 돌진하는 상어처럼 일직선으로 주파했다.

그리고 그럴 때마다 사선검이 차례대로 움직이면서 태풍을 일일이 부숴 나갔다.

주선검은 소용돌이를 깊이 꿰뚫어 부쉈다. 육선검은 사선으로 그어져 와류를 산산조각 냈다. 함선검은 태풍을 짓눌러 으깨 버렸으며, 절선검은 모든 걸 잘라 나갔다.

'신선을 죽인다'는 흉측한 이름을 가진 4개의 보검은 검무신의 지시에 따라 길을 활짝 열었고, 검무신은 금세 도무신에 다다를 수가 있었다.

이렇게 빨리 간격을 내어 주게 될 줄 몰랐던 도무신은 흠칫 놀랐다. 하지만 곧 송곳니가 드러나라 흰히 웃었다.

제 발로 걸어 들어온 멍청한 놈이다.

이런 좋은 기회를 놓칠 수 없었기 때문에 마침 근처 바닥에 꽂혀 있던 칼을 뽑아 대각선으로 검무신의 허리를 쓸었다.

하지만.

터억!

칼이 검무신의 허리를 휩쓸기 직전에 갑자기 튀어나온 손날에 가로막혔다.

검지와 엄지, 두 개의 손가락 사이에 칼이 단단히 붙잡혔다.

도저히 있을 수 없는 상황.

이렇게 쉽게 가로막힐 줄 몰랐던 도무신이 흠칫 놀라 주춤거렸고, 그사이 검무신은 두 손가락에 힘을 주었다.

칼이 부서지면서 조각들이 허공으로 튀었다. 악마의 이름이 담겼다는 마검은 그렇게 어이없을 정도로 허망하게 부서졌다.

그리고 검무신은 파편 사이로 손날을 깊게 찔러 넣었다. 때마침 주선검이 도착해 검무신의 손에 잡혔다.

쉬쉬쉭!

주선검이 잇달아 궤적을 그리며 도무신의 어깨, 가슴, 허리를 깊게 베어 나갔다.

도무신은 궤적에 휘말릴까 싶어 뒤로 물러서면서 바닥에 있던 다른 칼을 뽑아 쳐올렸다.

어떻게든 검무신을 튕겨 낼 속셈이었지만.

채채챙!

오히려 주선검은 반갑다는 듯이 도무신의 칼을 분지르며 더 깊게 파고들었다.

다음 칼도, 다다음 칼도 차례로 부서져 나갔다.

신의 이름이 담겼다는 칼도, 옛 영웅이 쓴 보구도, 검무신이 휘두르는 일격을 버티지 못하고 산산조각 나면서 손잡이만 횅하게 남아 버렸다.

그러다 마지막 아홉 번째 칼도 완전히 부서졌을 때. 주선검이 그대로 도무신의 오른쪽 허벅지에 깊숙하게 박혔다.

퍼퍼퍽!

그리고 기다렸다는 듯이 잇달아 다른 세 자루의 검이 도무신의 육체를 과녁 삼아 꽂혔다. 그의 몸이 크게 흔들리다, 무릎을 꿇으면서 왈칵 피를 토해 냈다.

"어…… 떻게?"

도무신은 도무지 믿기지 않는다는 표정으로, 떨리는 눈빛으로 검무신을 올려다봤다.

분명히 마력도 잔뜩 끌어 올렸다. 실력도 전성기 때보다 위로 훨씬 높였다.

위세만 따진다면 절대 검무신에 못지않다고 자부했다.

하지만.

정작 결과는 너무 압도적인 차이가 있었다.

검무신에게 생채기 한 번 내 보지 못하고, 아홉 자루의 칼이 모두 부서지는 굴욕을 맛봐야만 했다. 시그니처 스킬은 발동하기도 전에 전부 무너졌다.

검무신은 고요한 눈빛으로 말했다.

『경지란. 그런 것이다.』

"……!"

도무신은 눈을 크게 떴다. 그러다 쓰게 웃었다.

뒤늦게 왜 자신이 청화도에 합류를 했는지 과거가 떠올랐던 것이다.

철없이 강자만 찾아 방랑하던 시절. 더 강한 힘을 갈구하며 정처 없이 떠돌던 시절.

검무신을 만났고, 패배했다. 그리고 그때 받았던 충격을 메우고자, 그를 배워 보고자 뒤를 따랐었다.

그리고 세월이 흐르면서 그때의 격차는 훨씬 커졌다. 마력이나 아티팩트로는 도저히 메워지지 않을 만큼. 훨씬, 그리고 깊이.

어쩌면 당연한 것인지도 몰랐다.

그 뒤로도 수련을 게을리하지 않았던 검무신과 다르게, 자신은 연인을 만나고 아들을 낳았다. 거기에 정신이 팔리는 동안, 경지는 지체되는 것으로도 모자라 퇴보하기까지 했으니. 감각이 죽는 것도 당연했다.

결국 여기까진가.

도무신은 그렇게 생각했다.

어떻게든 아들을 구해 보고자 마지막 남은 희망까지 걸었는데. 덧없게 되어 버렸다.

최후의 끈을 놓친 기분. 눈빛에서 독기가 빠졌다. 슬픈 감정이 고개를 치켜드는데.

『하지만. 그대에게 고맙게 생각은 한다.』

갑자기 검무신이 꺼낸 말이 도무신의 머릿속을 혼란스럽게 했다.

"무슨…… 소리냐?"

검무신은 여전히 어기전성으로만 대답했다. 하지만 이 목소리는 도무신에게만 들리는 것이었다.

『그대가 역혈단을 섭취한 덕분에. 언제 끝날지 몰랐던 신수들의 내단이, 드디어 하나로 뒤섞였으니까. 그것만 고스란히 빼내면 되는 일이 아닌가.』

"너……!"

『고맙게 생각한다. 아주. 이렇게 빨리 건네받을 줄은. 정말 생각도 못 했으니. 이번 일만큼은 레드 드래곤에게 고맙다고 해야 하는 건가?』

"……!"

순간, 도무신은 그동안 어떻게 된 일인지 깨달을 수 있었다. 검무신이 여태 뭘 노렸는지도.

왜 굳이 쓸데없이 4대 신수를 잡으라고 했던가. 간단하다. 도무신이 먼저 삼켜 전부 융화시키고 나면, 그것을 고스란히 자신이 빼앗으려 했던 것이다.

리언트를 왜 끝까지 지키고자 했던가. 이깃도 간난하다. 돌인지 뭔지 모르지만, 마력 기관일 게 분명한 것을 손에 쥐기 위해서다.

아주 오래전부터 이랬다.

검무신은 어떤 일을 하더라도 몇 수를 내다보면서 진행

했고, 반드시 결과를 손에 넣고 말았다.

이것도 그중 하나였다.

"하! 하하! 하하하!"

도무신은 자기도 모르게 웃음을 터뜨리고 말았다.

이러나저러나. 결국 자신은 이용만 당했던 셈이었으니까. 레드 드래곤에게도. 청화도에게도.

자신은 그저 필요에 의해 쓰이는 꼭두각시 인형에 지나지 않았다.

남들이 무신이라고 치켜세워 줘도, 하이 랭커라며 추앙을 받아도, 결국 절대자들이 버리려고 마음먹으면 버려지는 말에 불과했다.

하지만 이제 더 이상 억울한 마음을 풀 길은 없었다. 자신은 당했고, 아들은 죽어 가고 있다.

『오라. 내게로.』

검무신은 오른손을 활짝 펼쳐 도무신의 왼쪽 가슴으로 내뻗었다. 심장과 내단을 함께 적출할 생각인 게 분명했다.

그 짧은 순간.

도무신은 그걸 보면서 자신이 뭘 할 수 있을지를 떠올렸다.

이대로 당하는 건 원통했다. 그리고 자신이 죽는다면, 효용 가치가 없어진 아들도 같은 신세가 될 게 분명했다.

한평생 고통 속에서만 허덕여 살아왔던 아들은. 결국 꽃도 제대로 피우지 못하고 스러져야만 하는 것이다.

그것이 싫었다. 아들만은 살려 주고 싶었다. 그렇다면 가치를 만들어 줘야만 했다.

가치를 만들어 줄 수 있는 일이 무엇이 있을까. 레드 드래곤이 좋아할 만한 일이 뭐가 있을까?

그러다 문득 쪽지가 떠올랐다.

아들의 눈알과 함께 동봉되어 있던 쪽지. 돌을 찾아오라는 말 뒤에 한 줄 더 문구가 적혀 있었다.

좌표.

그건 레드 드래곤의 본영이 위치한 좌표였다. 처음에는 왜 그런 걸 적어 놨나 싶었지만, 이제는 알 것 같았다.

거기에 생각이 미친 순간, 도무신의 눈동자가 다시 화려한 빛을 틔웠다.

지옥 불처럼 뜨겁게 타오른 두 눈은 옛 전성기 때의 그를 연상케 했다.

"검. 네가 실수한 게 있다."

『무슨 말을……!』

"내단이 섞였다는 말을. 하지 말았어야 했어."

도무신이 한쪽 입술 끝을 비틀었다. 비웃음. 검무신이 뭔가 불안한 마음에 급하게 녀석의 왼쪽 가슴을 꿰뚫으려는 순간.

퍼엉!

그보다 먼저 도무신은 마력을 역으로 돌려 자신의 심장을 부쉈다. 그리고 응집되었던 내단도 같이 으깨 버렸다.

그러자 안에 수용되어 있던 마력이 밖으로 방출되었다. 아니, 폭주했다.

마력의 급격한 팽창은 도무신이라는 육체를 풍선처럼 터뜨렸다. 남은 기운은 갈 곳을 잃고 소용돌이를 그리면서 하늘로 치솟아 올랐다.

그리고.

아무것도 없는 허공에다 빛의 무늬를 그리기 시작했다.

갈 곳을 잃은 신수들의 힘이, 도무신이 남긴 마지막 사념을 따라, 이리저리 거미줄처럼 얽히면서 거대한 마법진을 형성했다.

그게 무엇인지 눈치챈 검무신의 눈동자가 부릅떠졌다. 도무신의 본명을 부르는 새된 비명 소리가 터져 나왔다.

『한려어어엉!』

하지만 그가 어떻게 손을 쓰기도 전에 마법진이 흩어지면서 거대한 포탈을 형성했다.

검무신과 청화도 군영의 하늘을 따라. 그들의 머리 위로 엄청난 크기의 녹색 포탈이 열리면서.

그 아래로.

붉은색 비늘로 반짝대는 거대한 머리가 천천히 드러났다.

세로로 찢어진 동공과 흉측한 이빨, 그리고 사위를 압도하는 맹렬한 투기. 드래곤 피어.

용.

지금은 탑에서도 멸종되어 아주 적은 개체 수만 남았다는 붉은 용이. 여름여왕이. 청화도 한복판 위에 강림하는 순간이었다.

*　　　*　　　*

여름여왕의 뒤를 따라 레드 드래곤의 플레이어들이 일제히 소나기처럼 떨어졌다.

그리고.

그 속에는 연우도 섞여 있었다.

연우는 용마안을 활짝 열어 고개를 들었다. 녹색 포탈을 따라 갈 길을 잃은 4대 신수의 마력들이 흩어지려는 것이 보였다.

다만, 그것들은 이미 한데 섞여 있어 쉽게 떨어지려 하지 않았다. 역혈단과 도무신의 내력도 복잡하게 얽혔으니.

하지만 연우는 오히려 잘되었다는 생각에 그쪽으로 왼손을 뻗었다.

바토리의 흡혈검이 활짝 열렸다. 하늘을 가득 물들인 기운이 소용돌이를 그리면서 왼손으로 빨려 들어오기 시작했다.

[4대 신수의 마력을 흡수하기 시작합니다. 칭호 '신수의 계승자'의 특성이 적용, 빠른 수용이 가능해집니다.]

[마력이 5만큼 상승했습니다.]

[마력이 10만큼 상승했습니다.]

……

['마력회로'의 스킬 숙련도가 대폭 상승했습니다. 55, 56…… 61, 62…… 68%…….]

……

[그릇이 확장되었습니다. 영혼의 성장이 확인되었습니다. 중단되었던 계승 작업이 재기되어 부족 부분을 채웁니다.]

[현재 작업량: 100%]

[모든 계승 작업이 완료되었습니다.]

[용체 각성이 시작됩니다.]

Stage 21.
각성(覺醒)

계승 작업의 마무리.

그것은 언제가 연우가 해내야만 하는 일이었다.

회중시계와 마찬가지로 동생이 남긴 유품이었으니까. 그리고 동생이 탑에서 살았던 흔적이자 증거였다. 동생을 대신해 살아가려는 연우에게 있어 반드시 해내야만 하는 일이었다.

하지만.

용이라는 존재는 너무 지고하기 때문에 그들의 힘을 이어받는 건 도무지 쉬운 일이 아니었다.

역대 최고 성적으로 튜토리얼을 졸업하고, 초심자 구역을 통과해도.

신의 이름이 담긴 아티팩트를 손에 넣고, 신수들과 계약을 맺은 계승자가 되어도.

무공을 단련하고 마력회로를 전부 개척해도.

도저히 획득하기가 쉽지 않았다.

손에 들어올 듯 말 듯 하면서 너는 아직 멀었노라고, 용의 한계는 한낱 인간 따위가 바랄 수 있는 게 아니라며 오만하게 굴었다.

하지만 지금.

연우는 도무신이 하나로 뒤섞었던 4대 신수들이 품고 있던 막대한 마력을 손에 넣었다.

마치 제자리를 찾아가듯. 죽은 도무신을 대신해 허공을 떠돌아다니던 마력들은 아주 당연하다는 듯이 신수의 계승자라는 호칭을 가진 연우에게로 깃들었다.

바토리의 흡혈검이 효율적인 흡수를 도왔다. 마력회로가 최고로 가동되면서 들어오는 기운들을 닥치는 대로 수용했다.

그 양은 너무 어마어마해서 여태껏 연우가 어렴풋하게 짐작했던 것을 훨씬 월등하게 넘어설 정도였다.

언제 다 채울까 싶을 정도로 방대한 크기를 자랑했던 마력회로가 가득 차 버릴 정도였으니까.

아니, 차다 못해 넘쳐흐를 정도였다.

그리고 남은 양은 마력회로를 벗어나 다른 곳으로도 스며들었다.

뼛속으로 들어가며 골수를 물들였다. 밀도가 더 농밀하게 단단해지면서 웬만한 아티팩트도 튕겨 낼 정도를 자랑하는 용골(龍骨)이 되었다.

세포로 들어가 용의 인자를 깨워 그 위로 용문(龍紋)이 잔뜩 퍼졌고, 마력회로는 더 확장되면서 용맥(龍脈)으로 거듭났다.

콰드득.

콰득.

모든 신체 조직이 낱낱이 해체되었다가 다시 재조립되었다.

그리고 동시에.

샤논이 연우를 가리켜 '무작정 쌓았던 탑'이라고 말했던 모든 성취들이 와르르 무너졌다가, 용체라는 단단한 기반을 바탕으로 차곡차곡 다시 쌓였다.

그리고.

그 모든 것들이 쌓였을 때.

포탈을 모두 통과하고 지상에 착지했을 때.

연우는 육체에서부터 영혼을 관통하는 짜릿한 뭔가를 만끽할 수 있었다.

마치 알을 깨고 세상으로 나온 것 같은 기분이었다.

촤륵. 촤르륵!

연우의 가슴팍에서부터 목덜미까지. 사파이어처럼 반짝이는 푸른색 비늘이 상체를 뒤덮은 채 기분 좋은 소리를 냈다. 용린(龍鱗)이었다.

[용의 인자(因子)를 모두 깨우는 데 성공했습니다. 각성이 완료되었습니다.]

[성질 변환이 성공적으로 이뤄졌습니다. 특성 '금강체'가 '용체(龍體)'로 변경되었습니다.]

[위대한 업적을 달성했습니다. 추가 경험치가 제공됩니다.]

[공적치를 10,000만큼 획득했습니다.]

[추가 공적치를 15,000만큼 획득했습니다.]

……

[상태가 '미완전한 용체'에서 '완전한 용체'로 변경되었습니다. 할당된 용종의 보고를 열람할 권한을 획득했습니다.]

[여태 잠겨 있었던 '용의 보고' 중 일부가 해제되었습니다.]

[여태 잠겨 있었던 '용의 지식' 중 일부가 해제되었습니다.]

[여태 잠겨 있었던 '용의 권능' 중 일부가 해제되었습니다.]

[특성 '금강체'가 '용체'로 변경되었습니다.]

[특성: 용체(龍體)]

설명: 고룡 칼라투스는 한때 신과 악마에 비견될 정도로 위대했던 종족이 옛 거인족처럼 사멸하는 것을 늘 안타깝게 여겼다.

그래서 눈을 감기 직전에 자신이 가진 모든 유산들을 남기면서, 언젠가 종족의 위대함을 널리 알려주길 바랐다.

그리고 그 업(業)은 이제 다시 새로운 연자에게 전해지며, 다시 화려한 꽃을 틔웠다.

위대한 고룡의 가호와 축복이 따르는 육체외 영혼은 용종의 위대함을 다시 재현케 할 것이다.

* 용의 영역

자격 여부에 따라 일정한 범위에 걸쳐 가진 권능을 최대한으로 발휘할 수 있는 자신만의 영역, '비나'를 선포할 수 있게 된다.

  * 용의 지식

  자격 여부에 따라 용종들이 탐구하고 이해했던 지
식의 체계, '호크마'를 열 수 있게 된다.

  * 용의 권능

  자격 여부에 따라 용종들이 터득한 진리의 힘, '케
테르'를 열 수 있게 된다.

  휘휘휘—

  연우는 육체가 달라진 것뿐만 아니라, 영혼이 부쩍 성장
하고, 나아가 자신을 둘러싼 세계가 너무 많이 달라졌다는
것을 깨달았다.

  이전에도 조금씩 지식이 확장되면서 보다 많은 것을 볼
수 있게 되었지만, 지금은 그것과는 비교도 할 수 없었다.

  당시에는 '관측'만 할 수 있었다면. 지금은 조금만 더 연
습을 한다면 '제어'도 가능할 것처럼 느껴졌으니까.

  만물의 진리를 탐구하고, 이해하며, 그것을 오롯이 가지
게 되는 힘.

  그게 바로 용종이었으니.

  아주 짧은 시간 차이인데도 불구하고. 불과 몇 분 전과
지금은 현저한 차이가 있었다.

아예 '격'이 달라져 있었다.

모든 게 가능할 것 같은 무한한 자긍심과 자신감이 풍겼다.

이게 모든 용종들이 가졌다는 오만함의 발로겠지. 그럴 만도 하겠다는 생각이 들었다.

그리고 무엇보다 연우에게 가장 크게 와 닿은 것은 따로 있었다.

'권능.'

고룡의 축복을 받은 용체는 가진 능력치에 비례해서 원래 용종이 가지고 있다는 8단계의 권능을 차례대로 열 수 있게 된다.

당장 연우에게 주어진 권능은 1단계에 불과했지만. 그것만 하더라도 용의 권능이니만큼 대단할 수밖에 없었다.

연우는 당장에라도 쓰고 싶은 마음이 굴뚝같았다.

그래서 바로 목적지로 이동하려는데.

그 순간.

『……새로운 계승자인가? 그 아이가 말했던.』

연우는 머릿속으로 울리는 어떤 목소리에 고개를 높게 들었다.

나지막하지만 굵직한 목소리. 일기장 속에서 몇 번이고 들었던 목소리였다.

'칼라투스!'

연우의 눈이 커졌다.

고룡 칼라투스는 환룡을 통해 정우를 만났고, 그에게 모든 유산을 남기면서 눈을 감았었다. 용종의 위대함을 널리 알려 달라는 유언과 함께.

그런데 그게 아니었었나?

『……여기서. 기다리고 있겠다. 그대가 찾아올 때까지.』

하지만 연우가 어떻게 말을 걸 방법을 찾기도 전에 칼라투스의 목소리가 옅어지더니 툭 하고 끊어졌다.

마치 깊은 잠에라도 든 것처럼 보였다.

연우는 칼라투스와 다시 연결할 수 있는 방법이 있나 머릿속을 빠르게 굴렸다. 하지만 용체로 거듭나면서 원활하게 빨라진 사고 능력으로 되짚어 봐도 이렇다 할 방법은 떠오르지 않았다.

결국.

연우는 거기에 더 이상 신경 쓰지 못했다. 방법은 나중에 따로 찾아야 할 것 같았다.

용체 각성을 위해 전투 집중으로 한없이 느려지게 만들었던 시간이 원래대로 돌아왔다.

소란과 비명, 투기와 살기가 잔뜩 불어 닥치는 전장 한복판의 소란스러운 광경이 고스란히 눈에 들어왔다.

망막 한쪽에서 떠오른 새로운 메시지와 함께.

[히든 퀘스트(허무룡의 두 번째 시험)을 완수했습니다.]
[보상으로 '심연의 구슬'과 '허무룡의 역린', '허무룡의 둥지'를 획득했습니다.]

아마 빨려 들어온 기운 중에 도무신의 마력이 섞여 있어 퀘스트를 성공한 것으로 받아들인 것 같았다.

아니, 그런 게 아니더라도, 이 판을 만든 게 자신이었다. 허무 속에 잠들어 있을 허무룡도 상당히 만족했을 거라고 생각했다.

하지만.

연우는 여기서도 끝낼 생각이 없었다.

그래서 구천으로 사라지려는 도무신의 영혼을 찾아 검은 팔찌의 컬렉션으로 밀어 넣었다. 하이 랭커의 영혼. 아주 요긴하게 쓰일 수 있는 재료였다.

『……고마워, 주인. 정말로.』

돌 속에 잠들어 있던 쨱쨱이의 목소리도 아주 잠깐 들렸다.

연우는 조금 더 쉬고 있으면 끝난 뒤에 지금보다 재미난 걸 보여 주겠다고 말한 뒤, 고개를 주변으로 돌렸다.

'첫 번째 목표였던 도무신은 잡았으니. 이제는 다음 놈들을 노릴 차례야.'

감각 영역으로 혼란스러운 주변 상황이 빠르게 파악되었다. 용체를 통해 용의 감각까지 깨달으면서, 이미 감각의 범위와 세밀함은 다른 사람들과 비교도 할 수 없을 정도였다.

'여기에는 그에 못지않거나, 못 미치더라도 크게 뒤지지 않는 놈들이 아주 많지.'

연우는 송곳니가 훤히 드러나도록 웃었다.

랭커와 하이 랭커, 그리고 플레이어 중에서도 상위권에 해당하는 자들이 수두룩하게 많은 곳.

연우에게는 더할 나위 없이 좋은 영혼을 수집할 수 있는 최적의 장소였다.

또한.

전장은 원래 연우가 뛰어다니던 곳. 가장 극적으로 활약할 수 있는 최고의 무대이기도 했다.

'카인.'

지구에서부터 시작했던 코드 네임을 제대로 꺼낼 차례였다.

우우웅—

마력회로가 미친 듯이 열을 뿜었다. 어느새 하나로 뒤섞인 마력이 맹렬하게 회전하면서 연우의 육체에 강한 힘을 실었다.

등을 따라 성화가 뒤섞인 불의 날개가 돋아 몸을 칭칭 감으면서. 그리고 비그리드를 천천히 꺼내면서 감각 영역을 더욱 넓게 퍼뜨렸다.

드넓은 청화도의 군영 전체가 감각 속에 잡혔다. 더불어 뇌리 속에는 각 구조가 그림처럼 선명하게 그려졌다.

그 속에서.

표적 대상을 빠르게 물색했다.

'찾았다.'

다행히 녀석은 바로 근처에 있었다.

연우는 지체하지 않고 그쪽으로 몸을 거세게 날렸다.

팟—

두 번째 사냥감, 리언트가 있는 쪽으로.

*　　　*　　　*

크롸롸롸—

마치 유성이라도 떨어진 것처럼. 여름여왕이 청화도의 군영 한복판에 착지하자 지축이 거칠게 흔들렸다. 그리고 뒤따라 이어진 막대한 존재감은 주변 일대의 공간을 출렁이게 만들기까지 했다.

엄청난 영압(靈壓). 태어났을 때부터 초월자에 해당한다는 용종이 발산하는 기세는 그만큼이나 대단했다.

그리고 이어지는 포효는 본능 속에 숨겨진 공포심을 자극했다. 약한 플레이어들은 드래곤 피어를 감당하지 못하고 피를 토하며 쓰러졌다. 웬만한 실력자들도 내상을 입을 만큼 큰 타격을 입어야만 했다.

그나마 세미 랭커 이상은 버틸 만했지만, 그들도 여름여왕이 발산하는 무지막지한 드래곤 피어를 쉽게 극복할 정도는 아니었다.

게다가 여름여왕의 공세는 거기서 그치지 않았다. 머리를 뒤로 살짝 젖혔다가 아가리를 벌리는 순간, 드래곤 피어만큼이나 두렵다는 새로운 권능이 모습을 드러냈다.

브레스.

지옥에서 건졌다는 유황불이, 들끓는 죽음의 한숨이 지면을 휩쓸었다.

콰콰콰—

여름여왕이 있는 곳부터 브레스가 쏘아진 청화도 군영의

반대 방향까지. 화마는 일직선으로 선상 위에 놓인 모든 것들을 지워 버렸다.

그 속에는 랭커도 마찬가지였다. 어떻게 손을 쓸 겨를조차 없었다.

그런 압도적인 광경에.

올포원을 제외하면, 무왕과 함께 탑을 상징하는 최고의 실력자라는 이의 엄청난 위세에.

레드 드래곤과 청화도, 소속을 막론하고, 모든 플레이어들이 완전히 압도되고 말았다.

정말 저런 말도 안 되는 짓이 가능할까 의심이 될 정도였다.

특히 청화도의 소속원들은 심장에서부터 스멀스멀 기어올라오는 공포심에 몸을 떨어야만 했다.

한평생 무(武)를 좇으며 극기와 자강을 추구하는 그들이라지만. 그래서 아무리 대단한 강자를 만나더라도 기가 꺾이는 일이 없는 그들이라지만.

오히려 그렇기 때문에. 도저히 따라잡을 수 없을 정도로 까마득한 벽으로 다가오는 여름여왕의 모습에 더 크게 꺾이고 말았다.

아무리 자신들이 스스로를 단련한다고 하더라도, 저기까지 따라잡을 수는 없을 것 같았으니까.

좌절과 무력감이 그들의 머릿속을 지배했다. 패배감이 청화도 전체로 퍼져 나갔다.

『여름여와아앙! 감히, 네년이!』

검무신은 그런 수하들의 변화를 알았기 때문에 더 크게 분노했다.

가뜩이나 4대 신수의 힘이 허망하게 사라져 속이 끓는 지경이었다. 4대 신수의 힘을 빼앗은 후, 그다음에는 '돌'을 가지고, '칼'을 완전히 손에 넣을 생각으로 기분이 잔뜩 부풀던 차에 모든 계획이 헝클어져 울화가 치미는 상황이었는데.

여기에다 기름을 끼얹는 걸로도 모자라, 이제는 불을 더 크게 질러 모든 걸 망치려 하는 여름여왕을 이대로 내버려 둘 수가 없었다.

검무신은 발밑에 허공을 잇달아 터뜨리면서 빠른 속도로 여름여왕의 머리 위로 쇄도했다.

그보다 먼저 사선검이 빠르게 궤적을 그리면서 떨어져 어마어마한 파공성을 일으켰다. 공간이 발기발기 찢어지고, 폭음이 잇달아 울리면서 여름여왕을 덮쳤다.

그 뒤를 따라.

창무신이 포효를 터뜨리면서 창을 앞으로 내질렀다. 여름여왕과 이어지는 공간이 단번에 압축되었다가 크게 휘어지면서 엄청난 폭발을 일으키며 여름여왕의 복부를 후려쳤다.

〈굴공창〉. 창무신이 외뿔부족을 나오면서 새롭게 정립한 자신만의 철학이었다.

궁무신은 활의 신, 이예의 사도가 되면서 얻었던 활을 하늘 쪽으로 겨누었다.

그는 9개의 태양을 떨어뜨렸을 때에 썼다던 '사일동궁'이 이대로 부러지는 게 아닐까 싶을 정도로 시위를 세게 잡아당겼다가 놓았다.

그러자 허공을 따라 9개의 백색 화살이 나타났다가, 그대로 녹으면서 빛줄기가 되었다. 빛줄기는 다시 수십 수백 갈래로 쪼개지면서 하늘을 따라 거대한 빛의 그물을 만들어 냈으니.

어느 지점에 다다른 그물은 그대로 추락하면서 여름여왕의 머리 위로 작렬했다.

콰콰콰쾅―

세 무신과 여름여왕의 충돌은 그렇게 시작되었다.

콰콰콰―

여름여왕이 브레스를 내뿜으면서 세 무신을 휩쓰는 사이.

다른 레드 드래곤의 랭커들은 각자 전투 부대를 이끌고 청화도 군영 곳곳으로 흩어지고 있었다.

하늘을 따라 스킬 발동을 의미하는 이펙트가 폭죽처럼 잇달아 화려하게 터졌다. 폭발이 일어나고, 뒤따라 탄내와 피 냄새가 자욱하게 퍼져 나갔다.

청화도의 플레이어들은 어떻게든 막아 보려 애썼다.

하지만 워낙에 습격이 기습적으로 이뤄진 데다가, 도무신 등을 막기 위해서 주요 병력이 한자리에 모인 상태였기 때문에 피해가 커질 수밖에 없었다.

특히 여름여왕이 내뿜는 드래곤 피어는 알게 모르게 청화도의 사기를 떨어뜨리고 발목을 붙잡는 역할도 했으니.

레드 드래곤의 랭커들은 그런 약점을 절대 놓치지 않았다. 오러를 휘두르고, 마법을 난사하면서 닥치는 대로 청화도의 플레이어들을 쓸어 나갔다.

세간에 청화도가 훨씬 많은 고수들을 품고 있을 거라는 예상과 다르게. 레드 드래곤의 랭커들도 그에 못지않은, 아니, 오히려 더 대단한 전력을 보였다.

그제야 청화도는 알 수 있었다.

어째서 레드 드래곤이 여태 탑을 지배한다는 평가를 받고 있었는지.

그리고 어떻게 당당하게 올포원을 잡겠노라고 선언할 수 있는지를.

전력 중 일부만 내비쳤을 뿐인데도 불구하고, 이미 그들은 청화도를 압도하고 있었다.

콰콰쾅!

그리고 그중에서 판트와 에도라가 이끄는 외인부대 2조도 맹활약을 벌이는 중이었다.

죽어라 팔진도를 연습한 덕분일까.

그들은 실전에서도 전혀 당황하는 기색 없이 자로 잰 듯 오와 열을 맞추면서 착실하게 청화도를 밀어내는 중이었다.

에도라는 중앙에 서서 혜안을 연 상태로 '좌와 우'를 번갈아 명령하면서 팔진도를 옳은 방향으로 유도했고, 판트는 그보다 앞으로 튀어 나가 뇌정권을 잇달아 터뜨렸다.

그가 지나는 자리로 샛노란 뇌기와 새카만 재가 쉴 새 없이 흩날렸다.

쿠쿠쿠쿠—

그렇게 혼란스러운 전장 속에서.

에도라는 신마도를 꼭 끌어안은 채, 외뿔부족이 아직 청화도에 합류를 하지 않은 것을 감사하게 여겼다.

만약 아버지가 이 자리에 있었더라면 양측 모두 피해가 훨씬 컸을 테니까.

그리고 한편으로는.

이 자리에 없는 연우가 조금 걱정이 되었다.

"잠시 여길 부탁한다."

어떻게 대답할 새도 없이, 짧은 한마디만 남기고 갑자기 종적을 감춘 그.

대체 어디서 뭘 하려는 것일까?

에도라는 여전히 많은 걸 숨기기만 하는 연우가 조금 미웠지만, 그래도 일단 싸움에 집중하기로 했다.

그가 언제 돌아오더라도 이제껏 그가 부재했다는 걸 남들에게 들키지 않도록. 싸움을 승리로 이끌어야만 했다.

*　　　*　　　*

쐐애액—

연우는 전장의 사이사이를 빠르게 이동했다.

4대 신수의 내단과 도무신의 마력, 그리고 용체를 얻으면서 상승한 육체적 한계까지. 상승한 모든 역량을 총동원하면서 순보를 밟자, 곳곳에 그의 잔상만 흐릿하게 남았다.

때문에 플레이어들은 연우의 기척을 미리 읽을 새도 없었다.

워낙에 빠르게 사라지는 데다가, 당장 각자 위치에서 전황에만 집중해야 하는 상태였으니까. 그저 갑자기 주변에 남은 불의 기운 때문에 살짝 놀랐다가, 폭발 때문에 생긴 것이겠거니 하고 넘긴 게 전부였다.

때문에.

연우는 목적지로 움직이면서도, 할 수 있는 것들을 전부 자유롭게 할 수 있었다.

'나와라.'

츠츠츠—

검은 팔찌가 검은빛에 잠기다가 곧 사방팔방으로 사기를 흘렸다. 예민해진 감각으로 주변에 있을 30여 개의 기척이 느껴졌다.

「주인이시여.」

「명령을.」

놀과 카를 비롯한 '괴이'들.

녀석들은 전부 연우가 샤논과 부를 데스 나이트와 리치로 만든 뒤, 같은 방식으로 다른 사귀들을 진화시킨 형태였다.

[괴이(怪異)]

망령과 사귀 등급을 이어 유령이 크게 진화한 형태. 자아가 형성되기 시작해 간단한 의사소통이 가능해진다.

평소에는 그림자 속에 녹아 대기하고 있다가, 원할 때에 물리적인 실체를 자유롭게 가질 수 있다. 대체적으로 악의 성향을 띠며, 욕심이 많아 구천을 떠돌면서 호시탐탐 자신보다 약한 영혼들을 잡아먹으려 기회를 엿본다.

칭호 '죽음을 이끄는 자'는 사귀의 진화를 보다 더 쉽고 간편하게 만들었다. 그리고 기존에 있던 10여 마리는 물론, 20여 개체를 더 추가할 수 있도록 역량을 강화시켜 주기도 했다.

덕분에 탄생한 괴이는 여러모로 아주 편리한 존재였다.

필요에 따라 영적 실체와 물리적 실체를 자유롭게 변환할 수 있을 뿐만 아니라, 가지고 있는 힘도 사귀 때와는 비교도 할 수 없을 정도였다.

영적인 모습을 할 때에는 기척을 완벽하게 차단할 수 있다. 물리적 실체를 띨 때에는 하나하나가 세미 랭커보다 조금 떨어지는 힘을 선보였다.

게다가 조금씩 의사소통도 가능할 정도로 사고가 깊어지면서, 자체적인 판단도 할 줄 알았다.

힘을 세밀하게 다룰 줄 알게 되었다는 뜻이다.

전력 면에서만 따지자면, 이미 클랜 연합들을 휩쓸 때와는 비교도 할 수 없을 정도로 깊어진 것이다.

게다가.

'흩어져라.'

연우는 거기에서 멈출 생각이 없었다.

이곳은 전장. 죽음이 난무하고, 갖가지 귀한 영혼들이 정처 없이 떠돌아다니는 곳이다.

이제 갓 진화를 해서 배가 많이 고픈 괴이들이 포식하기에 이보다 더 좋은 만찬회장은 없었다.

괴이들은 연우의 명령이 떨어지자마자, 기다렸다는 듯이 그림자로 녹아 사라졌다.

지금부터 곳곳으로 퍼져 나가면서 죽은 지 얼마 되지 않아 방황하고 있을 영혼들을 맘껏 집어삼킬 것이다.

그중에 평범한 플레이어는 없다. 전부 하나같이 거대 클랜에 소속될 수 있을 정도로 뛰어난 실력자들이었고, 개중에는 간간이 눈먼 칼에 죽은 랭커들도 있을 것이다.

그런 자들만 먹어 치우는 것이다. 단언컨대, 괴이들은 지금과는 비교도 할 수 없을 정도로 성장할 게 분명했다.

때로는 전투에 개입해서 다 죽어 가는 플레이어들의 목숨을 직접 거두기도 하겠지.

그렇게 차곡차곡 성장하다 보면. 그리고 망령을 채집하다 보면 컬렉션도 뛰어난 녀석들로 가득 찰 게 분명했다.

그래서 연우는 기분 좋게 웃었다.

은밀하게 움직여야 해서 소리는 낼 수 없었지만, 이렇게 빠른 성장을 이룰 수 있도록 무대를 만들어 준 레드 드래곤과 청화도에 너무 감사했다.

그리고 죽어라 남 좋은 일만 하고 있는 저들의 멍청한 꼬락서니를 비웃었다.

물론, 아직 축배를 들기엔 너무 일렀다.

리언트가 남아 있었고, 바할이 있었다. 두 사람을 마저 죽이고, 이 전쟁을 더 극대화시킬 때까지는 긴장의 끈을 놓을 수 없었다.

그래서 연우는 리언트의 기척이 점차 가까워질 무렵부터는 속도를 조금씩 늦추기 시작했다.

대신에 최대한 기운을 갈무리하면서 기척을 죽였다. 은밀하게 움직이면서 리언트의 뒤를 칠 준비를 했다.

리언트가 있는 곳에는 녀석만 있는 게 아니었다. 그를 보호하는 집단도 있었고, 그를 빼앗으려 하는 곳도 있었다. 그곳에는 그곳 나름대로 또 다른 전투가 한창 벌어지고 있는 중이었다.

개중에는 바할의 기척도 섞여 있었다.

'역시 녀석도 리언트를 잡으러 온 거야.'

바할을 처음 탑 외 지역에서 만났을 때. 그는 연우와 인사를 나누고, 곧바로 튜토리얼 지대에서 돌아오던 리언트를 급습했다.

그때는 왜 그런 걸까 의문을 가졌었다.

그저 단순히 레드 드래곤이 청화도에 전쟁을 선포할 이유가 없으니 뭔가가 있을 것이라고.

그 이유 중에 하나쯤은 리언트와 어떤 깊은 관련이 있지 않을까 하고 예상하기도 했다.

그리고.

이제는 그 이유를 정확하게 알고 있었다.

'돌.'

리언트가 튜토리얼 지대에서 수많은 플레이어들을 희생시키면서 만들고자 했던 돌. 여전히 이름이나 정보는 확인할 수는 없지만, 여러 신비를 가진 게 분명한 돌을 바할이 노리고 있었다.

바할의 옆에서 도무신에게로 보낼 거라고 했던 편지를 훔쳐볼 수 있었으니까.

물론, 아직까지 레드 드래곤이 그 돌에 대한 정보를 어떻게 구했고, 어떤 용도로 쓰려는지는 몰랐다.

하지만 당장 녀석들이 찾는 돌이 이곳에 있다는 것을 안 이상, 연우는 전쟁이 발발했을 때에 바할과 리언트가 어떤 움직임을 보일지 쉽게 추론할 수 있었다.

눈치가 빠른 리언트는 자신이 가장 위험에 처했다는 것을 잘 알 테니 어떻게든 도망치려 할 것이다.

검무신의 도움을 빌릴 수도 있고, 자신의 남은 세력을 동원할 수도 있다.

하지만 어떤 방식을 취하든지, 자신을 보호하기 위해 최선을 다할 게 분명했다.

바할은 그런 리언트를 다시 쫓을 것이다.

이렇게까지 궁지로 내몰렸으니 돌을 사용하지 않을 수가 없으리라 여길 테니까.

그리고 원래 리언트의 성격이라면 그렇게 나오는 게 정석이었다. 녀석은 다른 누구보다 자신의 안위를 가장 중요하게 여기는 녀석이었다.

'물론, 그것도 리언트에게 진짜 돌이 있을 때 이야기겠지만.'

결국 리언트는 자신을 뒤쫓는 바할 등에 대비해 만반의 준비를 갖추려 할 것이다. 돌이 없으니 그에 준할 만큼, 아니, 그 이상으로 대단한 전력을 갖춰야만 한다.

그런 상태에서 리언트와 바할이 충돌을 벌인다면.

없는 돌을 두고 끝까지 다툼을 벌인다면, 누가 이기더라도 양측 모두 큰 피해를 입을 수밖에 없었다.

그럼 그 뒤에.

'내가 뒤를 친다.'

연우는 즉각 들이칠 생각이었다.

그 전에 전장을 떠돌아다니면서 포식할 대로 포식해서 무럭무럭 성장했을 괴이 군단을 잔뜩 이끌고서.

용체를 완전히 각성하고, 동생의 얼굴을 하고서.

그리고.

저 멀리.

예상대로 리언트와 바할이 충돌하고 있는 모습이 보였다.

*   *   *

콰콰쾅!

"제…… 기랄!"

리언트는 가슴 속에서부터 치밀어 오르는 울화를 참지 못하고 욕지거리를 내뱉었다.

불길을 마구 쏟아내면서 끝까지 따라붙는 바할의 모습은 지옥에서 올라온 악귀처럼 섬뜩하기까지 했다.

검마칠십이단. 마신검단. 호위검령. 백검무단…….

청화도가 자랑하는 최정예들, 그것도 검무신의 직속 산하에 해당하는 랭커와 플레이어들이 그를 호위하는 중이었다. 개중에는 청화도가 여태껏 비밀리에 숨겨 두고 있던 무신급 인사들도 섞여 있었다.

하지만 바할은 그런 건 아무래도 상관없다는 듯이, 그들을 강제로 밀어냈다.

찢어발기고, 부쉈다.

그를 따라온 플레임 비스트도 이름처럼 짐승이 되어 마구 날뛰었다.

콰콰콰—

한 치도 밀리지 않겠다는 듯, 시간이 흐를수록 접전은 자꾸만 커졌다.

"끝까지 버틸 셈인가, 친구? 자네가 이렇게까지 고집이 있는 친구인 줄은 몰랐는데. 어?"

바할이 내뱉는 비꼬는 언사에 리언트는 버럭 소리를 질렀다.

"젠장! 없다고, 그딴 거! 너희들이 찾는 돌이란 것, 정말로 없단 말이다! 사라졌다고! 있으면 진즉에 내가 썼지, 왜 안 쓰고 있겠냐고!"

원래대로라면 끝까지 숨겼을지도 모른다.

돌을 만들었다는 사실을 인정한 순간, 자신의 원대한 꿈은 사라지는 거니까.

돌은 고스란히 검무신에게 뺏기고, 섬에 해악만 끼쳤다면서 징계를 받을 게 불에 보듯 뻔했다.

하지만 자신으로 인해 전쟁이 발발하고, 다른 무신들이 그를 무시하면서부터 가슴 속에는 울화가 자꾸 쌓였다.

그러다 도무신이 자신을 겁박하면서부터. 검무신이 보호해 주겠다는 말로 꼬드기면서 돌을 내놓으라고 종용하고, 결국 이렇게 레드 드래곤이 습격을 해 오면서 자신의 턱밑까지 칼을 들이대는 순간.

더 이상 억울함을 참을 수가 없었다.

정말 돌이 있다면 모를까. 그렇다면 조금이라도 덜 억울했을 것이다.

그때는 도무신에게 빼앗기든, 검무신에게 상납을 하든 간에 안전을 보장받기 위해 몸부림이라도 칠 수 있었을 테니.

하지만 정말 돌은 감쪽같이 증발해 버렸다. 그런데도 놈들은 증발한 돌을 내놓으라고 자꾸 겁박을 해 댔다. 진짜 없다고 진실만 이야기해도, 돌아오는 대답은 항상 똑같았다.

마음 같아서는 머릿속, 마음속에 든 걸 전부 꺼내 놓고 진실을 밝히고 싶어도, 그럴 수도 없는 노릇이니 억울해 미칠 지경이었다. 자신을 보호하기 위해 붙여진 자들노 사실은 감시 역에 가까웠다.

"끝까지 그렇게 나온다는 거로군. 좋아. 해보자고."

바할은 그런 리언트의 모습을 보면서 아예 녀석을 잡아야겠다고 생각했다.

얼핏 진짜 돌이 사라진 게 아닐까 하는 생각도 들었지만, 지금은 없더라도 있게 만들어야만 했다.

이쪽은 이쪽대로 사정이 급했다.

여름여왕이 언제까지 세 무신을 압도할 수 있을지 아무도 모른다.

다만, 정확한 것은 그리 시간이 길지 못하다는 것.

드래곤 하트가 망가진 그녀가 권능을 발휘할 수 있는 데에는 한계가 있을 수밖에 없었다.

그리고 그녀가 다쳤다는 사실이 세간에 알려지는 건 무슨 일이 있더라도 기필코 막아야 했다. 돌을 찾아서 드래곤 하트를 복구하고, 다시 탑의 최강자로 군림하게 만들어야만 했다.

그래서 바할은 어떻게든 리언트를 포획할 생각이었다.

돌이 없다면 잡아서 만들 방법이라도 토해 내게 하면 된다. 레드 드래곤이 나서서 구하지 못할 재료는 어디에도 없을 테니까.

인간이라면 인간, 엘릭서라면 엘릭서. 무엇이든지 자유롭게 구할 수 있었다.

그런 바할의 생각과 마찬가지로, 플레임 비스트도 끝까지 리언트에게 따라붙었다. 여기에 맞서 리언트의 호위들이 겹겹이 뭉치면서 더 크게 충돌했다.

콰아앙—

그런 상황 속에서 리언트는 이를 악물었다. 으스러져라 어금니를 갈면서 눈에 불을 켰다. 억울한 마음이 커지면 분노가 앞서기 마련이고, 분노는 이성을 잠식하기에 아주 좋은 양식이었다.

"끝까지 이딴 식으로 나선다면……! 좋아. 끝까지 해보자, 바할!"

결국 리언트는 갖고 있던 마력을 전부 터뜨렸다. 나중에 후유증이 크더라도, 우선 눈앞에 있는 녀석을 찢어 죽여야 조금이라도 분한 마음이 가실 것 같았다.

순간. 리언트를 따라 엄청난 마력 폭풍이 불어닥쳤다. 스톰 브링거니, 괴뢰술사니, 하는 별칭으로 불릴 때와는 비교도 할 수 없을 정도로 강렬한 폭풍.

바할이나 다른 무신들과 비교해도 절대 뒤지지 않을 것 같은 힘이었다.

바할은 갑작스레 변한 리언트의 기세를 읽고 흠칫 놀라면서도, 한편으로는 마력에 섞인 익숙한 냄새를 깨닫고 눈살을 찡그렸다.

"이건 설마…… 환룡? 내단이라도 삼킨 거냐? 이걸 어떻게 너희들이 갖고 있었던 거지?"

환룡. 한때, 그들이 깊이 신뢰하고 따랐던 동료가 부리던 환수. 지금은 지우고 싶은 과거를 떠올리게 만드는 이름이기도 했다.

하지만 동료가 죽으면서 같이 사라졌다고 알려졌던 환룡의 내단이 어떻게 리언트에게 있었던 걸까?

하지만 리언트는 대답하기도 싫다는 듯, 환룡의 힘을 가득 풍기면서 잇달아 장풍을 쏟아냈다. 손 그림자가 허공을 한가득 물들이면서 쏟아지는 장풍 세례는 하나하나가 태풍에 비견할 만한 힘을 지니고 있었다.

더구나 환룡은 환수의 최상위종으로서 닿는 모든 속성을 게걸스럽게 먹어 치운다는 특징을 갖고 있었다.

그런 기세가 섞이니, 바할이 내뿌리는 〈불벼락〉도 계속 허공에서 산산이 부서졌다.

그뿐만이 아니었다.

리언트를 따라 갖가지 마법진이 생성되면서 마법 무장(魔法武裝)이 갖춰졌다. 검무신이 도무신으로부터 리언트를 보호하라면서 따로 지시해 놨던 것들이었다.

그런 것들이 일제히 열리면서 리언트의 움직임에 버프를 잔뜩 중첩시켰다.

그리고 반대로 바할에게는 디버프와 저주를 잇달아 걸어 손발을 느리게 만들었다. 실명과 공황, 중독 등이 뒤따랐다가 사라졌다.

쿠쿠쿠—

그렇게 충돌이 계속 커지면서.

플레임 비스트가 잔뜩 쓸려 나갔다. 손길을 한 번 휘저을 때마다 플레이어들이 족족 죽어 나가면서 피보라가 튀었고, 뜨거운 열기에 증발해서 사라졌다.

반대로 리언트 쪽의 피해도 자꾸 눈덩이처럼 불어났다.

어느새 어질러진 전장에서는 조금이라도 집중이 흐려지는 순간이 목숨을 잃는 순간이었으니까. 적아를 막론하고 피해가 클 수밖에 없었다.

그런 상황에서도 그들은 절대 물러서지 않았고, 부딪치기를 반복하다가 어느새 리언트가 바할의 바로 코앞까지 치달았다.

바할은 흠칫 놀라야만 했다.

여태까지 사냥꾼으로서의 역할만 했었는데. 지금은 이상하게 리언트가 사냥꾼처럼 느껴졌다. 한순간에 사냥감으로 전락한 느낌이었다.

게다가 광기까지 느껴지는 리언트의 두 눈을 본 순간. 본능적으로 위험하다는 생각이 들었다.

하지만 이미 때는 늦은 뒤. 리언트는 몸을 비틀면서 여태껏 숨기고 있던 비장의 한 수를 꺼냈다. 손목에 감겨 있던 팔찌가 빠르게 풀리면서 빳빳하게 일어났다.

그것은 '칼'이었다.

아니, 어떻게 보면 '창'으로 보이기도 하고, 모양을 만들기에 따라서 '도끼'나 '채찍' 같은 다른 무기가 될 수도 있을 것 같았다.

그건 검무신이 리언트에게 위기 시에 쓰라고 맡긴 물건이었다.

정말 클랜이 위기에 빠지지 않는 한, 절대 꺼내지 않으려고 했던 최강의 무기.

궁니르.

주신 오딘이 하늘에서 적들을 벌할 때에 내린다는 신의 무기가, 어떤 등급으로도 따질 수 없을 최강의 칼이 샛노란 빛을 토해 내면서 시야를 가득 물들였다.

"죽어라."

악에 받친 리언트의 외침과 함께.

콰아아앙!

콰콰콰—

쿠르르! 콰쾅! 쿠쿠쿠—

폭발이 사방으로 뻗쳐 나갔다. 아니, 회오리를 치면서 공간을 발기발기 찢어 버렸다. 바할을 비롯해 플레임 비스트는 물론, 검무신이 붙여 뒀던 호위들까지 죄다 형체도 남기지 못하고 쓸려 나갔다.

그 속에서. 리언트는 포효했다.

환룡의 내단을 거의 다 소비해 버렸지만, 드디어 빌어먹을 놈을 처치했다는 생각에 기뻐했다.

이 힘만 있다면. 돌이 없어도 될 텐데. 아니, 돌이 있는 상태에서 이것을 가졌다면 어떻게 되었을까. 그렇게 생각하니 다시 울화가 치밀었다.

그러다 한창 예민해진 감각으로, 계속 퍼져 나가는 폭발 사이에서 뭔가가 튀어나오는 게 느껴졌다.

"리언트으!"

바할이 흉측하게 일그러진 얼굴로 달려들고 있었다. 녀석은 왼팔이 날아가고, 얼굴과 전신이 처참하게 뭉개진 상태로 악바리를 지르며 이쪽으로 달려오고 있었다.

두 눈은 분노로 가득 차 어떻게든 리언트를 죽여 버리겠다는 일념으로 가득 차 있었다.

리언트는 그 모습에서 처음 녀석에게 달려들던 자신의 모습을 떠올릴 수 있었다.

그래서 그런 모습이 우습게 느껴졌다.

자신에게는 궁니르가 있는데. 검무신이 와도 자신이 있는 마당에, 달려드는 꼴이라니. 바할이 불나방처럼 느껴졌다.

그래서 다시 한번 궁니르를 앞으로 내지르려 했다. 환룡의 남은 내단을 몽땅 소진해야겠지만, 어쩔 수 없겠다 싶었다.

그리고 한편으로는 여기 있는 플레이어들을 잡아 돌로 만든다면, 얼마나 좋을까 하는 생각도 같이 들었다.

방법을 찾아봐야겠다. 그런 생각과 함께 궁니르를 앞으로 내뻗었다. 환룡의 내단을 몽땅 끌어들이며 칼끝이 다시 한번 번쩍이려는 순간.

퍼억!

리언트는 갑자기 뒤에서부터 일어난 충격에 몸을 뒤흔들었다. 울컥. 입가를 따라 비릿한 핏물이 쏟아졌다. 몸에서 힘이 쭉 빠지면서 궁니르에 맺혔던 마력이 산산이 흩어졌다.

그는 떨리는 눈길로 시선을 아래로 내렸다. 왼쪽 가슴을 따라 처음 보는 칼날이 비집고 나와 있었다. 갑옷을 따라 핏자국이 점차 번지고 있었다.

억지로 뒤로 고개를 돌린 곳에는.

검은 가면 아래로 싸늘한 눈빛을 한 누군가가 검을 단단히 쥐고 있었다.

리언트는 어쩐지 녀석이 가면 아래로 웃고 있는 것 같다는 생각을 했다.

그리고.

어딘지 모르게 얼굴형이 낯이 익은 것 같다는 생각도 같이.

"드디어 만났구나."

연우가 싸늘하게 조소를 흘리면서 말했다.

리언트는 입술을 벙긋거렸다.

마치 자신을 알고 있는 것 같은 말투.

어떻게 보면 아주 반가워하는 것처럼 느껴지기도 했다. 마치 오랜만에 마주친 친구를 본 것처럼.

하지만 리언트는 그 목소리 아래에 깊게 깔린 짙은 살의를 느꼈다.

이자는 대체 누굴까?

이만한 원한을 가지고 있다면 자신이 모를 수가 없을 텐데. 아르티야가 무너진 이후로, 최대한 몸을 사리면서 지냈기 때문에 생각이 미치는 곳이 없었다.

그래서 더 깊게 생각해 보려 했지만. 생각은 더 길게 이어지지 못했다.

스걱!

눈앞에서 섬광이 번쩍인다는 생각과 함께 의식이 아래로 내려앉았다. 그게 리언트가 생전에 마지막으로 한 생각이었다.

푸우우—

리언트의 머리통이 허공으로 튀었다. 잘린 목에서 피보라가 높게 솟구치면서, 그 사이로 연우의 가면 쓴 얼굴이 드러났다.

연우는 왼손을 활짝 펼쳐 쓰러지려는 녀석의 시신에다가 갖다 댔다.

랭커로서 가졌던 생명력과 아직 조금은 형태가 남은 환룡의 내단을 수거하기 위해서.

'이 녀석이 정우의 환수 내단을 먹었을 줄은.'

동생이 쓰러진 뒤, 환룡이 어디론가 사라졌다는 말은 들었지만 설마 청화도에서 잡았을 줄은 생각도 하지 못했다.

하지만 이렇게 우연이라도 수거를 할 수 있어서 다행이었다. 동생과 환룡 사이는 너무나 각별했었으니까. 특히 환룡은 고룡 칼라투스가 동생에게 관심을 가지게 된 계기이기도 했다.

['바토리의 흡혈검'을 사용했습니다. 사체에 남은 정혈을 흡수합니다.]

[힘이 2만큼 올랐습니다.]

[체력이 5만큼 올랐습니다.]

......

연우는 금세 쭉정이만 남아 미라처럼 말라비틀어진 리언트의 사체를 바닥에다 아무렇게나 내버렸다.

퍼석.

충격과 함께 시체가 모래알처럼 잘게 부서져 흩어졌다.

연우는 더 이상 그런 리언트의 시체에 관심을 두지 않았다.

녀석은 동생의 심장에 직접 칼을 꽂았던 자들 중 하나.

그렇다면 그만큼 속이 시원하다거나 통쾌한 마음이 들어야 했지만, 그보다 이제야 겨우 해야 할 일을 하나 끝냈다는 생각이 들었다.

분명 기분은 좋았다.

하지만 그걸로 끝.

연우에게는 당연히 해야 할 일을 한 것에 지나지 않았다.

리언트에게서 캐낼 건 많았지만, 영혼을 미리 컬렉션에 넣어 뒀으니 나중에 따로 소환해서 심문해도 늦지 않았다.

그리고.

지금은 무엇보다 다른 사냥감을 노릴 차례였다.

연우는 몸을 돌렸다. 이쪽으로 달려오다 말고 멈춰선 바할 쪽으로 시선을 보냈다.

"카인?"

바할의 일굴은 도무지 영문을 알 수 없다는 표정으로 일그러져 있었다.

"네가 여긴 어떻게?"

그는 분명 여기로 이동할 거란 것을 연우에게 말하지 않았다. 오히려 2조와 다른 외인부대를 함께 지휘하면서 전장에서 맹활약을 펼치라고 신신당부를 해 둔 상태였다.

눈에 띄는 활약을 벌이면 벌일수록, 앞으로 그를 중용하는 데 있어 크게 도움이 될 거라고 여겼으니까.

바할은 정말 진심으로 연우를 크게 키울 생각을 하고 있었다. 자신의 오른팔로서. 앞으로 레드 드래곤의 이인자로 성장할 자신의 보좌역으로서.

그런데 명령을 내리지 않았는데도 불구하고, 연우가 갑자기 바로 이곳에 나타났다.

그것도 서늘한 눈빛을 하고서. 가면 아래 보이는 두 눈은 아무런 감정이 담겨 있지 않았다. 마치 인형이라고 해도 믿을 정도로 차분했다.

그래서.

바할은 본능적으로 뭔가 잘못되었다는 느낌을 받았다.

여름여왕이 어떻게든 제압해서 잡아 오라던 리언트가 죽고 말았다는 것은 신경 쓰이지 않았다.

돌을 반드시 구해야 한다는 의무감도 머릿속에 떠오르지 않았다.

그저 여기를 피해야 할지도 모른다는 위기감이 들었다.

자신은 현재 너무 크게 다친 상태. 하이 랭커라고 해도, 레드 드래곤이 자랑하는 81개의 눈에 해당하는 고수라고 해도, 지금의 몰골로는 너무 '위험' 했다.

그래서 자기도 모르게 한 발자국 흠칫 뒤로 물러섰다. 그리고 스스로에게 경악하고 말았다.

아르티야를 나온 이후. 레드 드래곤에 들어온 이후.

한 번도 물러서지 않았던 자신이 이상한 모습을 하고 있었다. 절대 물러서는 것을 모르던 자신이, 아무리 힘이 들어도 끝까지 포기를 모르던 자신이, 부끄러운 짓을 했다는 사실에.

그러면서 자신에게 위기감을 불러일으킨 정체가 뭔지를 깨달을 수 있었다.

드래곤 피어.

여름여왕의 것과 비교하면 너무나 약하지만, 그건 분명히 용종만이 가질 수 있다는 살기였다.

생명체라면 누구 하나 가릴 것 없이 압도되고, 공포를 느끼며, 경의를 표하게 된다는 용종의 힘!

그런 힘이 어째서 연우에게서 풍기는지는 알 수 없었지만, 바할은 어떻게든 이곳을 빠져나가야겠다는 생각을 했다.

여름여왕 말고도 용종의 힘을 누군가가 쓰고 있다는 사실은 반드시 알려야만 하는 중요한 사건이었으니까. 그리고 여태 자신들을 갖고 놀았을 게 분명한 녀석에 대해 누군가에게라도 전해야만 했다.

자신이 안 된다면 아직 겨우 숨이 붙어 있는 플레임 비스트의 누군가라도 보내야만 했다.

하지만.

"영역 선포."

연우는 바할이 눈치를 보며 자리를 내빼려 하기 직전, 용체를 각성하면서 자신에게 주어진 권능을 곧바로 시전했다.

[용의 영역, '비나'가 선포되었습니다. 일정 영역에 걸쳐 권능을 행사할 수 있게 되었습니다.]

[1단계 권능이 발현됩니다.]
[권능: 드래고닉 블러드.]
[일정 시간에 걸쳐 모든 능력치가 특정 수치만큼 증가합니다.]
[일정 시간에 걸쳐 물리 방어력이 특정 수치만큼 상승합니다.]
[일정 시간에 걸쳐 속성 방어력이 특정 수치만큼 상승합니다.]
　……

[용의 기운을 각성했습니다.]

[드래고닉 블러드]

설명: 고룡 칼라투스는 계약자가 용체에 빠르게 적응할 수 있도록 8단계에 걸쳐 권능을 세분화시켰다. 그중 첫 번째 단계.

용종의 피는 순수한 마나를 함유하기 때문에 그 자체로 뛰어난 면역력과 항마력을 보유하게 된다. 또한, 용의 인자를 활성화시켜 체내의 잠재 능력을 최대로 증가시키는 효과를 가지고 있다.

* 용혈 각성

용의 피를 계속 수급받는다. 각종 속성력에 뛰어난 면역력을 자랑하며 항마력으로 다른 종류의 마력으로부터 뛰어난 저항력을 지니게 된다. 또한, 빠른 회복력을 보유하여 다친 상처와 지친 체력을 치료할 수 있게 된다.

* 용의 감각

선포 영역에 걸쳐 보다 예민한 공감각을 지니게 된다. 숙련도가 높아질수록 감각이 세밀해지며, 나아가 미래 예지에 가까운 판단도 가능해진다.

연우의 발밑을 따라 정체를 알 수 없는 마법진이 푸르스름하게 깔리더니, 곧 그것은 넓은 영역에 걸쳐 확장되었다.

화아악—

연우는 체내에 바짝 힘이 실리는 것을 느꼈다.

용의 인자가 깨어나면서 체내에 흐르던 피가 용혈(龍血)로 바뀌었다.

신체 곳곳에 힘이 바짝 실리고, 살갗 위로 올라왔던 용린이 남색 빛깔을 띠면서 더 짙게 변했다.

새로운 동공이 열리면서 세상의 이면을 좇기 시작했다.

감각도 좀 더 세밀해졌다. 영역으로 선포된 범위를 전부 머릿속에 담았다. 수십 배로 확장된 의식 영역 속으로 막대한 양의 정보가 홍수처럼 쏟아졌다.

순간 현기증이 돌았지만, 그만큼 연산 처리가 빨라지면서 사고 판단도 덩달아 빨라졌다.

마력회로가 울었다. 코어가 일제히 가동되면서 마력을 사방으로 뿌리며 등 뒤로 불의 날개를 화려하게 꽃피웠다. 마력을 잔뜩 머금은 비그리드가 거칠게 떨렸다.

이것이 바로 용종의 첫 번째 권능, 용혈 각성.

인위적으로 체내에 용의 피를 흐르게 함으로써, 용체가 가진 모든 신체적 능력을 극한까지 끌어올리게 해 주는 힘이었다.

그리고 그의 영역으로 선포된 곳에 걸쳐, 용의 기운이 스며들면서 법칙을 묶어 두기까지 했으니.

바할은 보이지 않는 사슬에 발목이 묶인 것처럼 쉽게 옴짝달싹할 수가 없었다.

강제로 뿌리치려 하면 할수록 반발 작용으로 더 강한 힘이 땅에서부터 기어 올라와 그를 강하게 구속했다.

그건 바할뿐만이 아니었다.

궁니르의 폭발에서 겨우 목숨을 부지할 수 있었던 자들도. 폭발의 범위에서 벗어나 탈출할 기회를 엿보던 플레이어들도.

레드 드래곤과 청화도, 어느 소속에 가릴 것 없이 모두 발이 묶여 버렸다.

그들의 안색이 점점 창백해졌다.

드래곤 피어는 단순히 그들의 육체뿐만 아니라, 영혼마저 속박하려 하고 있었다.

게다가 그것만이 끝이 아니었다.

츠츠츠—

마법진이 깔린 곳을 따라, 갑자기 검은 아지랑이가 피어오르더니 새카만 그림자가 되어 이상한 형체를 갖추기 시작했다.

어떻게 보면 유령 같기도, 또 어떻게 보면 괴물처럼 보이기도 한 것들.

전장에 뿌려 놨던 괴이들이 연우의 명령에 따라 소환된 것이다.

그리고 괴이들의 등장과 함께, 이번에는 대기를 따라 잿빛 안개가 자욱하게 퍼져 나갔다.

상공에서 부가 구슬을 높이 들며 소리를 지르고 있었다.

「죽은. 망자들이여. 주인님의 의지를. 따르라!」

녀석의 선언이 떨어진 순간. 곳곳에 널브러진 사체들이 덜덜 떨리더니 하나둘씩 자리에서 일어나기 시작했다.

스켈레톤과 구울, 좀비 등 언데드들은 산 자가 있는 곳으로 눈알을 데굴데굴 굴리면서 시큼한 악취를 풍겨 댔다.

그 중심에는 어느새 샤논이 서서 언데드 군단을 이끌고 있었다.

마치 생전에 수하들을 이끌었을 때처럼. 그는 데스 나이트만이 가진 기질을 이용해 단번에 망자의 군단을 휘어잡아, 남아 있는 산 자들을 사냥하기 시작했다.

「주인님께 영광을—!」

콰쾅—

"크아악!"

"아악!"

주변은 삽시간에 괴이 군단과 망자 군단에 둘러싸여 하나둘씩 사냥되기 시작했다.

이미 궁니르로 크게 다치고 말았기 때문에 저항할 수 있는 수단이 거의 없었다.

하늘에서부터 쏟아지는 불덩이와 얼음 조각에 사람도 산산이 부서졌다. 망자 군단에 짓밟히고, 괴이들에게 목이 잘려 나갔다.

비명이 울리고, 절규가 퍼졌다.

마치 죽은 자들의 세상에 떨어진 것만 같은 착각을 받을 정도였다.

그리고 그 속에서.

바할은 멍하니 선 채로 중얼거렸다.

"어떻게……?"

용종의 권능과 죽음의 힘.

하나만 하더라도 탑이 발칵 뒤집힐 만큼 대단한 힘일 텐데. 그걸 동시에 다루는 자라니.

하지만.

연우는 그런 걸 말해 줄 이유가 전혀 없다는 듯, 강하게 지면을 박찼다.

팟—

"흡!"

바할은 본능적으로 몸을 뒤로 내빼면서 주먹을 앞으로 내질렀다.

그러면서 생각했다.

지금 자신이 연우에게 느끼는 위기감은 어디까지나 용의 힘에 의해 어쩔 수 없이 겪고 있는 것일 뿐이라고.

얼마 전까지만 해도 세미 랭커를 겨우 이겼던 녀석이었다.

노비스치고 너무 빠른 성장이라지만, 그 짧은 시간 사이에 자신을 당해 낼 수 있을 정도로 강해졌을 수도 있다고 생각하기에는 상식적으로 도무지 말이 되질 않았다.

물론, 궁니르를 상대하면서 육체가 많이 망가진 상태이긴 했다.

한쪽 팔이 날아가고, 마력 기관도 상당히 훼손되었으니까. 당장 쓰러져도 이상하지 않을 만큼 심한 중상을 입은 상태였다.

아니, 빈사 상태에 가깝다고 해도 틀리지 않을 정도였다.

어쩌면 랭커 중에서도 상위 축에 속하는 녀석이 나타나면 위험할지도 모를 정도로.

하지만 그렇다고 해도 연우에게 꺾일 정도는 아니라고 생각했다.

아르티야에서부터 레드 드래곤의 '눈'이 되기까지. 그가 걸어온 길은 절대 쉬운 길이 없었고, 하나하나가 고난과 역경이었으니.

바할은 자신이 성취한 화권이라는 별칭에 자신감을 갖고 있었다.

그래서 있는 힘껏 내지른 주먹에서 피어난 불꽃은 아주 강렬했다.

일대를 초토화시킬 만큼 강한 화력이 피어났다.

하지만.

콰앙!

화력이 폭발하는 것과 동시에 비그리드가 공간을 가로지르면서 튀어나와 그를 거세게 후려쳤다.

"크으윽."

바할은 충격과 함께 뒤로 크게 밀려났다. 휘청거리며 가까스로 균형을 잡는 그의 얼굴에는 불신감이 잔뜩 어렸다.

방금 전 그 충격은 절대 세미 랭커급이 가질 수 있는 힘이 아니었다.

최소한 랭커. 그 정도는 되어야 보일 수 있는 힘이었다.

정말 연우가 이만한 힘을 가지고 있을 거라고 예상하지 못했기에. 얼굴을 따라 경악과 불신이 잔뜩 퍼져 나갔다.

게다가 불길은 연우에게 크게 통하지도 않는 것 같았다.

바할은 혹시 자신이 뭔가 잘못 판단한 건가 싶은 마음이 들었다.

그래서 연우가 바짝 쫓아오는 것에 맞춰 이를 악물며 손을 거세게 아래로 내리쳤다. 마력 기관이 찢어질 것처럼 고통스러웠지만, 지금은 그런 걸 전혀 신경 쓸 겨를이 없었다.

콰콰콰쾅!

하늘에서부터 불벼락이 쉴 새 없이 쏟아졌다. 허공을 가로지르며 떨어지는 벼락은 금방이라도 연우를 집어삼킬 것처럼 굴었다.

하지만.

터터텅!

연우는 이번에도 달려오던 그대로 비그리드를 잇달아 휘두르면서 불벼락을 갈라 버렸다.

그럴 때마다 칼끝에서 성화가 피어났다가 사그라지면서 남은 잔재를 빠르게 흡수했고, 그럴수록 연우를 칭칭 감은 불의 날개는 더더욱 화력을 더했다.

이미 연우는 모든 불꽃의 씨앗이라는 성화를 품고 있었다.

당연히 화 속성을 강하게 띠는 바할의 공격은 번번이 제대로 힘도 쓰지 못하고 흩어질 수밖에 없었다.

속성적으로 우위를 점하고 있기에 벌어지는 일이었다.

그래서 연우는 한번 잡은 승기를 놓치지 않기 위해 바할을 쉴 새 없이 휘몰아쳤다.

코어를 있는 힘껏 가동시키면서 가속도를 극한까지 쥐어 짰고, 비그리드를 휘몰아칠 때마다 성화를 잇달아 터뜨리면서 바할을 계속 궁지로 몰아넣었다.

쾅! 쾅!

콰아앙—

"젠자아앙!"

그럴수록 바할은 더 크게 분노를 내질렀다.

어떻게든 연우를 떨쳐 버리고자 안간힘을 썼지만, 그럴 때마다 신체에 새겨지는 상처가 자꾸 커지고 늘어났다.

불꽃이 터졌다. 연우는 비그리드로 불길을 옆으로 후려치면서 칼의 방향을 안쪽으로 꺾었다.

비그리드가 녀석의 왼쪽 정강이를 깊게 가르고 지나갔다. 바할은 인대가 끊어지면서 한쪽 다리를 후들거리더니 지면에 무릎을 부딪쳤다.

바할은 신음 소리도 내지 않고 다시 이를 악물며 남은 손을 거세게 아래로 내리쳤다.

우르르, 콰쾅!

다시 한번 더 불벼락이 떨어졌다.

이번에는 성화만으로 감당하기 힘들 것 같아 연우는 불의 날개를 활짝 펼쳐 뒤로 살짝 물러섰다.

뜨거운 열기로 대기를 데우면서 움직이기 때문에 이제 진짜 날개처럼 비행을 어느 정도 순조롭게 할 수 있는 수준이었다.

그가 빠르게 떠난 자리로 불벼락이 떨어지면서 시커먼 그을음이 남았다.

그 기회를 놓칠세라 다시 한번 더 불벼락이 떨어졌고, 이번에는 피하기 힘들겠다 싶어서 왼팔을 위로 뻗었다.

그러자 여태 등에 매달고서 숨겨 두고 있던 아이기스가 허공으로 튀어 올랐다.

9겹 중 5겹이 날면서 불벼락을 튕겨 냈다.

그리고 연우의 주변을 뱅그르르 맴돌았다. 아이기스는 외부에서 떨어지는 모든 불벼락을 막아 내고, 튕겨 내며, 흘려 버렸다.

[전투 의지]

[감각 강화]

이제 연우에게 있어 전투에 몰입할 때면 패시브 스킬처럼 따라붙는 두 스킬은 용체를 만나면서 큰 변화를 꾀할 수 있었다.

확장된 사고 능력은 전투 의지를 더욱 깊게 만들었다.

이전보다 한없이 느려진 시간의 흐름 속에서, 연우는 더 집중해서 생각하고 판단을 내리면서 움직일 수 있었다.

감각 강화는 용의 감각과 섞이면서 더 세밀한 정보를 가져다줬다. 수많은 투로들이 머릿속에 그려지면서 바할의 다음 움직임을 빠르게 예측했다.

두 스킬이 안과 밖에서 서로 톱니바퀴처럼 잘 맞물리면서 효과를 극대화시키고 있는 것이다.

덕분에 연우는 바할이 뿌리는 불벼락을 아이기스로 막아내고, 내지르는 주먹의 투로를 읽어 순보를 밟아 쉽게 피했다.

쉭!

[푸른 정령의 가호(임시)]

그리고 어비스 터틀이 선물로 주었던 정령은 4대 신수의 마력이 용체에 제대로 돌아다닐 수 있도록. 용체에 신수들의 가호가 제대로 녹아내릴 수 있도록 적극적으로 도왔다.

천익기공에서 팔극권까지. 마력회로에서 비그리드까지. 마력이 힘차게 공급되면서 팔극권이 다양한 투로를 그려낼 수 있었다.

시야를 따라 잔뜩 퍼져 있는 결을 따라서. 칼끝에 푸른 성화를 있는 잔뜩 담아내면서.

빠른 속도로 바할의 팔다리를 잘라 나갔다.

쉭!

쉭―

비그리드가 바할의 오른쪽 옆구리를 깊게 베고 지나갔다.

늑골이 죄다 부러지고, 장기가 잘려 나갔다. 성화가 체내로 침투하면서 그가 갖고 있던 마력 기관을 모조리 끊어 버렸다.

물론, 바할도 가만히 당하고만 있는 건 아니었다.

아무리 빈사 상태에 가깝다고 해도 하이 랭커는 하이 랭커. 속성에서 우위를 내준다고 해도, 마력의 등급은 연우를 훨씬 능가했다.

불꽃을 터뜨릴 때마다. 주먹을 내지를 때마다 마력 폭풍이 날카롭게 뻗쳐 나가면서 연우에게 계속 상처를 입혔다.

왼쪽 어깨가 부러지고, 오른쪽 허벅지가 눈에 띄게 뭉개지기도 했다. 옆구리가 갈려 나가면서 피가 허공으로 튀었다.

콰드드득―

하지만 연우는 그런 상처를 입어도 전혀 아랑곳하지 않았다.

오히려 불의 날개를 연거푸 거칠게 펼쳤다. 빠른 기동성을 이용해 치고 빠지기를 반복하면서 바할의 시야를 어지럽게 만들었다.

기회가 보인다 싶으면 깊숙하게 파고들어 악착같이 물고 늘어졌다.

이쪽이 상처를 입으면 저쪽에는 중상을 입히겠다는 생각으로. 그사이에 드래고닉 블러드가 계속 돌면서 상처 회복을 도왔다.

귀기가 잔뜩 깃든 비그리드가 허공을 가로질렀다. 대기가 찢어질 때마다 끔찍한 귀곡성이 자꾸만 퍼져 나갔다.

그래서.

쉬쉬쉭—

비그리드는 연이어서 복부에 박히고, 오른쪽 가슴을 훑고 지나가고, 남아 있던 오른쪽 팔을 마저 잘라 버렸다.

퍼퍼퍽!

상처가 커지고, 화상 자국이 번져 전신을 뒤덮을 때까지. 오른쪽 다리가 베이면서 쓰러질 때까지 바할은 절규를 내뱉어야만 했다.

"제기랄! 제기랄! 제기라아알!"

바할은 이대로 처참히게 당할 수 없다는 듯, 악에 찬 비명을 내질렀다.

마지막 남은 마력을 쥐어짰다. 거친 화마가 소용돌이를 그리면서 연우를 덮었다.

〈볼케이노〉

불벼락과 함께 바할을 상징한다는 시그니처 스킬이 작렬
했다. 마치 용암이 지면에서 솟구치듯, 불의 폭풍이 휘몰아
쳤다.

하지만.

스걱!

마지막 공격은 결을 따라 휘두른 비그리드에 처참하게
망가지면서 사라졌다.

그리고 흩날리는 불똥 사이로 비그리드가 화살처럼 쏘아
져 그대로 바할의 가슴에 틀어박혔다.

퍼억!

"컥!"

망가진 바할의 몸뚱이가 그대로 지상에 내리꽂혔다.

팔다리가 전부 잘려 나간 채로 퍼덕이는 녀석의 몰골은
작살에 꽂힌 물고기처럼 처량하기까지 했다.

울컥.

바할의 입가를 따라 핏물이 벌컥벌컥 쏟아졌다.

누군가가 구해 주길 기다렸지만, 그는 뒤늦게야 주변 상
황이 어떻게 되었는지를 확인할 수 있었다.

이미 주변에는 자신과 연우 외에 남아 있는 사람은 아무
도 없었다.

어느새 괴이 군단과 망자 군단에 의해 전멸한 상태. 덕분

에 리언트와 바할이 끌고 왔던 두 클랜의 최정예들이 전부 죽어서 망령 상태로 컬렉션에 귀속된 상태였다.

그야말로 연우에게는 노다지를 발견한 것만큼이나 대단한 쾌거.

반면에.

바할은 잔뜩 공포에 질려 덜덜 떨어야만 했다.

죽음이 바로 코앞까지 다다랐다는 사실이 너무 두렵기만 했다. 한평생 승리만 구가하고, 남들을 약탈하는 입장이기만 했던 그에게 이런 상황은 너무 낯선 것이었으니까.

어떻게든 살려 달라고 소리치고 싶었지만, 성대가 화상으로 다쳐 새된 소리밖에 나오지 않았다.

아니. 그는 그런 소리마저도 내뱉을 수가 없었다.

연우가 바할의 위에 올라탄 채로 가면을 벗는 순간. 그 속에 여태 숨겨진 얼굴이 드러난 순간.

차갑게 웃고 있는 그의 미소를 본 순간.

"……!"

바할은 머릿속이 창백해진 나머지 아무 말도 할 수가 없었다.

절대 있을 수 없는 얼굴이. 분명 죽었어야 할 얼굴이. 바로 눈앞에 있었으니까.

어떻게 되살아났는지, 죽은 사람이 되돌아올 수 있었는

지, 어떤 질문도 던지지 못했다.

충격과 불신, 그리고 공포.

세 가지 감정이 눈가를 메우는 순간, 마장대검의 칼끝이 바할의 미간에 깊숙하게 박혔다.

퍽!

털썩—

바할의 머리가 힘을 잃고 그대로 뒤로 넘어갔다. 두 눈을 부릅뜬 상태 그대로.

연우는 천천히 옆으로 엉덩이를 깔고 앉았다.

입가를 따라 단내가 잔뜩 퍼져 나왔다. 긴장으로 달아오른 육체는 여전히 뜨거웠다.

그러다 가만히 눈을 감았다. 갖가지 감정이 가슴 한복판에서부터 소용돌이치고 있었다.

"……정우야."

처음부터 끝까지. 내뱉을 수 있는 말은 그것뿐.

그리고 그런 연우의 심경을 대변하듯.

쏴아아—

하늘에서부터 비가 내리기 시작했다. 톡톡 두들기는 빗방울이 연우의 어깨를 다독이는 것 같았다.

연우가 다시 눈을 뜬 건 한참 시간이 지난 뒤였다.

갖가지 감정이 소용돌이치던 머릿속이 어느새 차분하게 가라앉았다.

다시 가면을 쓰는 손길에는 주저하는 기색이 없었다.

연우는 바할도 리언트와 마찬가지로 바토리의 흡혈검을 사용해서 똑같이 흡수를 시도했다.

피륙의 정기는 능력치로 환원시키고, 영혼은 검은 팔찌의 컬렉션에 눌러 담았다.

우웅, 웅—

검은 팔찌가 거세게 흔들렸다.

바할과 리언트뿐만 아니라, 이 자리에 있던 플레임 비스트며 검무신의 산하 조직원들까지. 여러 고수들의 영혼이 담겨 있다 보니 망령으로 전락했어도 컬렉션이 꽉 차는 느낌이었다.

안에서 자기들끼리 싸우고 있는 것 같았지만, 연우는 신경 쓰지 않았다.

어차피 녀석들이 아무리 발버둥 쳐 봐도 검은 팔찌의 속박을 이겨 낼 수 없다는 걸 잘 알고 있었다.

'이놈들에게는 나중에 따로 물을 것도 많고.'

연우는 이번 전쟁의 배경에 대해서 리언트와 바할을 심문해 내용을 알아낼 생각이었다.

혹시 자신이 빠뜨리거나 놓친 부분이 있을지 모르니까.

'돌의 쓰임새에 대해서도 알아봐야겠지.'

연우는 원래 돌에 대해서 관심을 가질 생각이 전혀 없었다.

여러 사람들의 희생으로 만들어진 물건을 사용한다는 게 영 꺼림칙했고, 사용할 수 있게 되더라도 제대로 제어할 자신도 없었다.

하지만 레드 드래곤이 전쟁을 걸 정도로 귀한 물건이라면. 당장 사용하지 않더라도 용도에 대해서는 미리 파악해 둬야 할 것 같았다.

짹짹이가 쉬는 장소이기도 해서 더 마음에 걸렸다.

그다음에는. 샤논이나 부에게 아주 좋은 양식이 되겠지. 아니면 괴이들에게 나눠 줘도 될 테고.

연우는 천천히 몸을 일으켰다.

이것으로 목적은 확실하게 전부 다 이뤘다.

바할과 리언트를 잡았고, 레드 드래곤과 청화도의 싸움을 극대화시켰다. 레드 드래곤이 크게 패퇴를 하든, 청화도가 궤멸에 가까운 타격을 입든 간에, 양측이 입은 피해는 모두 컸다.

더 이상 연우가 개입할 요소는 없었다.

오히려 머뭇거리다가는 오해만 사기 쉽겠지.

아직 두 집단 내에 처리하지 못한 자들이 많았지만. 너무 욕심을 부리다가는 오히려 더 위험해질 수 있었다.

아직은 자신을 드러낼 때가 아니었다.

연우는 괴이 두 마리를 꺼내 판트와 에도라에게 보냈다.
자신의 메시지를 담아서.

"둘에게 이만 여기서 철수한다고 전해."

*　　　　*　　　　*

『이건…… 설마?』

여름여왕은 주제도 모르고 다시 검을 휘두르며 덤비는
검무신에게 브레스를 쏟아부으려다 말고 눈살을 찌푸렸다.

흉악한 용의 모습을 하고 있어서 겉으로 크게 드러나지
는 않았지만. 여름여왕은 적잖게 당황하고 있는 중이었다.

그녀는 '용언 계약(Draconic Contract)'을 통해 레드 드
래곤의 간부인 81개의 눈 개개인과 심령으로 연결이 되어
있었다.

그들의 위치나 행방은 물론, 대략적인 표층 심리까지 읽
을 수 있을 정도였다.

그런데.

그중 한 개의 연결 고리가 갑자기 끊어졌다. 그것도 리언
트를 쫓으라고 보냈던 바할과의 연결 고리.

용언 계약은 법칙에 결속되기 때문에 계약 당사자의 자유

의사로는 절대 끊을 수가 없었다. 특히 '을'의 위치에 해당하는 81개의 눈은 여름여왕이 부리는 사도나 마찬가지였다.

그런데 그게 갑자기 끊어졌다는 뜻은 단 하나.

바할이 죽었다는 뜻이었다.

어떻게 된 건지는 모른다. 다만, 확실한 건 바할이 리언트의 뒤를 쫓고 있었고, 레드 드래곤에서도 손꼽히는 정예인 플레임 비스트가 바할을 돕다가 같이 증발해 버렸다는 점이었다.

결국 '돌'의 행방은 감쪽같이 사라져 버린 셈이었다.

당장 드래곤 하트가 부서질 듯 말 듯 위태롭기만 한 상황 속에서. 그녀로서는 돌이킬 수 없는 치명타를 입은 셈이었다.

그래서 여름여왕은 분노했다.

가뜩이나 부족한 마력을 억지로 쥐어짜면서 온 것이나 마찬가지였는데. 도박을 하는 심정으로 찾아온 마당에 모든 걸 잃어버리고 말았다.

속에서 울화가 치밀어 올랐다.

그리고 그런 여름여왕만큼이나 검무신도 당황하고 있었다.

의념으로 사선검을 조종하던 중에 갑자기 오른쪽 팔뚝에 하얀색 팔찌가 착 하고 감겼다.

궁니르. 리언트에게 빌려줬던 '칼'이 돌아왔다. 원래 귀속 아티팩트였기 때문에 원주인이 원할 시에 언제든지 되돌아오도록 되어 있었지만, 검무신은 궁니르가 돌아오길 바란 적이 없었다.

그렇다면 원인은 단 하나. 리언트가 죽어서 돌아왔다는 뜻이었다. 돌의 행방이 감쪽같이 사라진 셈이었다.

『네놈들이, 끝까지……!』

사자 탈 아래, 검무신의 두 눈이 시뻘겋게 충혈되었다.

검무신에게 있어 레드 드래곤은 정말이지 찢어 죽여도 시원찮을 녀석들이었다.

갑자기 전쟁을 걸어오질 않나, 도무신을 이용해서 4대 신수의 내단을 허공으로 날려 버리질 않나, 이제는 돌까지 앗아 갔다.

게다가 이번 습격으로 청화도는 너무 큰 피해를 입었다. 전력 중 절반 이상이 날아갔고, 무신은 두 명이나 잃어버리고 말았다.

이런 피해는 과거 아르티야와 전쟁을 치렀을 때에나 입었었다. 그리고 그것을 복구하기 위해서 얼마나 모진 고생을 했었는지 떠올려 본다면.

아니, 그때보다 타격이 크다는 것을 감안한다면 울분이 터질 수밖에 없었다.

무엇보다.

'돌'이 저쪽으로 넘어갔다는 생각이 든 순간, 더 이상 참을 수가 없었다.

결국 검무신은 궁니르를 사용하기로 마음먹었다. 여름여왕을 잡아 어떻게든 족쳐야만 돌을 되찾을 수가 있었다.

『지금부터 궁니르를 개방할 것이다. 나를 도와 다오.』

검무신은 입술을 달싹여 창무신과 궁무신에게 자신의 생각을 전달했다.

리언트가 사용하던 것과 다르게, 궁니르를 제대로 사용하기 위해서는 상당한 시간을 필요로 한다. 마력을 가공하고, 법칙에 간섭할 대기 시간이 길었다.

그동안 창무신과 궁무신더러 시간을 벌어 달라는 의미였다.

대답은 돌아오지 않았지만, 행동은 즉각 이뤄졌다.

창무신은 왼손으로 허리춤을 뒤지더니 또 다른 창을 하나 더 꺼내 쥐었다.

오른손에는 장창, 왼손에는 단창을 움켜쥐고서 땅을 거세게 박차 여름여왕에게 와락 달려들었다.

공간을 접어서 공격을 퍼붓는 굴공창에 이은 〈연쇄창〉까지. 그는 화려한 창술을 선보이면서 여름여왕을 쉴 새 없이 타격해 시야를 교란시키는 근접전 역할을 맡았다.

반면에 궁무신은 창무신을 엄호하는 역할을 맡았다.

후방에서 여름여왕이 창무신과 검무신을 제대로 공격할 수 없게 화살을 계속 날려 여름여왕을 견제하고, 이따금 강한 일격을 날려 급소를 노리는 방식이었다.

콰콰콰—

창무신이 창을 휘두를 때마다 공간이 갈라져 나갔다.

쩌걱. 쩌걱. 무언가가 부서지는 소리와 함께 단층이 높게 치솟으면서 여름여왕의 몸을 피투성이로 만들어 나갔다. 날아오는 용의 발길질이나 꼬리는 재주 좋게 피해 다녔다.

궁무신은 사일동궁을 계속 잡아당기면서 빛줄기를 잇달아 토해 냈다.

화살이 한 번 쏘아질 때마다 갈라져서 만들어지는 수십 개의 빛줄기는 일정한 방향이나 궤적 없이 날아들다가 꺾이기를 반복했다.

그렇게 늘어난 빛줄기가 수백 수천 개.

빛줄기들은 계속 여름여왕의 주변을 뱅글뱅글 맴돌면서 시야를 잔뜩 어지럽히다가, 창무신이 여름여왕의 목젖을 노리는 사이에 상공 한가운데로 모여들었다.

창무신은 그 빛을 보면서 생각했다.

사일동궁의 힘을 한곳에 집합시켜 날리는 〈낙일시(落日矢)〉는 태양을 떨어뜨렸다는 전설을 담고 있는 신 이예의 스킬.

저 정도라면 궁니르가 완전히 개방되기 전에 여름여왕의 뒤통수에다 구멍 하나쯤은 쉽게 낼 수 있겠다고.

그렇게 모인 빛 뭉치는 단단히 압축되면서 뜨거운 열기를 뿜었다.

마치 새로운 태양이 하늘에 맺힌 것처럼 찬란한 열광을 토해 내다가, 아래로 내젓는 궁무신의 신호에 따라 폭발했다.

길쭉한 빛의 기둥이 그대로 사위를 갈랐다.

이대로 눈이 멀어 버리는 게 아닐까 싶을 정도로 화려한 이펙트를 남기면서.

그리고 그 빛줄기는 여름여왕의 머리 옆을 아슬아슬하게 스치면서 검무신에게 작렬했다.

검무신은 궁니르를 개방하느라 모든 의념을 그쪽에다 집중하고 있었던 까닭에 미처 빛의 기둥을 막을 새가 없었다.

아니, 애초 이쪽으로 날아올 거라고 예상도 하지 못했다.

어느 누구도 궁무신이 갑자기 돌변할 거라고 짐작하지 못했다. 그것이 설사 여러 계략을 머릿속에 담고 있는 검무신이라고 하더라도.

다행히 검무신은 감각적으로 몸을 최대한 틀어 낙일시에 완전히 노출되는 것만은 피할 수 있었다.

하지만 전부 피할 수도 없었다. 왼팔이 그대로 허공으로 튀었다가 녹아 사라졌다. 쓰고 있던 시자 틸이 으스러지면서 경악과 치욕에 가득 찬 잘생긴 중년인의 얼굴이 드러났다.

궁니르에 집중되던 마력이 힘을 잃고 샅샅이 흩어졌다.

"궁무시이인!"

창무신이 뒤늦게 상황을 눈치채고 뒤돌아서 버럭 소리를 질렀다.

그제야 여태껏 가졌던 의문의 조각들이 창무신의 머릿속에서 하나둘씩 짜 맞춰졌다.

갑자기 도무신이 날뛰었던 이유. 도무신에게 리언트가 돌을 갖고 있다면서 언질을 주고, 아들의 눈과 손가락을 몰래 가져다 놓을 수 있었던 세작.

설마 그게 궁무신이었을 줄이야……!

하지만 조각이 맞춰졌다고 해서 달라질 건 없었다. 아니, 오히려 창무신의 시선이 여름여왕에게서 궁무신에게로 돌려진 순간, 그는 자신도 모르게 빈틈을 크게 노출하고 말았다.

여름여왕이 기회를 놓치지 않고 꼬리를 채찍처럼 거세게 휘둘렀다.

콰앙!

창무신의 몸뚱이가 너무나 가볍게 튕겨 났다. 늑골이 죄다 으스러지면서 내장도 크게 파열되었다. 입가로 핏물이 잔뜩 쏟아졌다.

여름여왕이 머리를 뒤로 크게 젖히면서 빠르게 원소의 힘을 잔뜩 응집시켰다.

용의 5단계 권능, 브레스.

의념만으로 특정 원소를 잔뜩 응집시키고, 이것을 가장 순수하고 파괴적인 형태인 숨결로 표현하는 힘이 그대로 창무신과 검무신을 휩쓸었다.

콰콰콰—

창무신은 어떻게든 마력을 쥐어짜 굴공참을 이용해서 브레스의 방향을 옆으로 돌리고, 가까스로 자리를 벗어날 수 있었다.

하지만 그마저도 전신은 뜨거운 고열로 잔뜩 화상을 입고, 식도와 내장은 푹 익어 버렸다.

몸이 이대로 찢어지는 게 아닐까 싶을 정도로 끔찍한 고통이 뒤따랐지만.

창무신은 그래도 아랑곳하지 않고 검무신이 있는 쪽으로 몸을 날렸다.

검무신은 어느새 울혈을 토해 내면서 제자리에 쓰러지고 있었다. 낙일시와 브레스, 거기다 궁니르의 개방을 실패하면서 생긴 반발 작용까지.

마력 순환이 역류를 일으키면서 내상이 크게 도졌다. 아니, 오히려 폭주를 일으킬 조짐마저 보였다. 수화입마. 마력이 통제를 잃고 마구 날뛰었다.

사선검은 브레스를 겨우 막아 내는 것으로 모든 힘을 잃고 땅바닥에 추락했고, 정신은 금방이라도 꺼질 것처럼 위태로워 보였다.

이런 상황에서 다시 한번 더 브레스가 작렬한다면 정말 모든 게 끝나 버릴 수가 있었다.

'안 된다. 너만큼은……!'

창무신은 절대 그런 꼴을 볼 수가 없었다.

검무신은 청화도의 중심이며 왕이다. 그리고 좁은 우물 안에 갇혀 지내던 그를 넓은 세상으로 같이 데려와 준 은인이기도 했다.

또한, 둘도 없을 친구였다.

남들은 그를 잔혹하다느니 패도적이라느니 평가할지 몰라도, 창무신으로서는 도저히 눈앞에서 친구가 죽는 꼴을 가만히 보고만 있을 수가 없었다.

설사 자신이 여기서 죽는다고 하더라도.

그래서 창무신은 이를 악물었다.

이미 뼈 마디마디가 박살 나고, 척추도 망가져서 움직일 수 있는 게 신기할 정도였지만. 아니, 이렇게 걸을 수 있는 게 이상한 일이었지만.

그래도 창무신은 마지막 남은 힘을 쥐어짜 달렸다. 쓰러지는 검무신을 가까스로 부축하면서 자리를 이탈하고자 했다.

검무신만 살 수 있다면.

그만 어떻게든 살릴 수 있다면.

청화도는 다시 일어날 수 있었다.

그리고.

자신과 검무신이 처음 외뿔부족을 벗어날 때에 다짐했던. 그때 함께 나눴던 꿈을 대신 이뤄 줄 수 있을 거라고 여겼다.

창무신은 그렇게 믿었고, 거기에 자신의 남은 생명을 모두 던졌다.

"막아라! 어떻게든!"

창무신의 처절한 외침에. 청화도의 플레이어들은 너 나 할 것 없이 전부 여름여왕에게로 달려들었다.

상대하고 있던 대상이 있더라도. 마력이 전부 소진되어 쓰러질 것 같더라도.

그들은 휘두르던 칼의 방향을 돌렸고, 여름여왕에게 스킬을 전개했다. 수만 명에 달하는 플레이어들이 불나방처럼 여름여왕에게 도전했다.

어떻게든 시간을 벌기 위해서. 어떻게든 창무신과 검무신이 이 자리를 탈출할 수 있도록 창무신의 마지막 명령을 충실히 따랐다.

『감히. 미물들 따위가 감히!』

여름여왕은 이깟 놈들이 자신에게 칼을 들이댄다는 사실에 분노하며 다시 한번 더 브레스를 뿌렸다.

그녀로서는 돌의 행방을 알고 있을 검무신과 창무신을 이대로 놓칠 수가 없었다. 이번에 녀석들을 놓친다면 언제 다시 돌의 행방을 찾을 수 있을지 몰랐다.

콰콰콰콰—

수백 명에 달하는 플레이어들이 그대로 녹아내렸다. 랭커도 그 속에 섞여 있었다.

『비켜라! 비키란 말이다아!』

여름여왕은 분노를 잔뜩 드러내면서 두 무신을 쫓으려 했지만. 계속된 불나방들의 훼방에 발이 묶여 도저히 진전할 수가 없었다.

그동안.

창무신은 검무신을 안은 채로 달리고 또 달렸다.

Stage 22.
부화

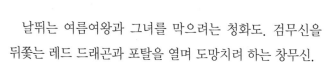

　날뛰는 여름여왕과 그녀를 막으려는 청화도. 검무신을
뒤쫓는 레드 드래곤과 포탈을 열며 도망치려 하는 창무신.

　모든 게 엉망이 되어 버린 싸움 속에서.

　외인부대는 이대로 계속 판에 섞였다가는 정말 위험해지
겠다는 위기감에 사로잡혔다.

　갈 곳을 잃은 여름여왕의 분노가 다른 곳으로 번지려는
양상을 보였기 때문이었다.

　이성을 잃은 용은 그 어떤 적보다 두려울 수밖에 없었다.

　결국 끝까지 남아 보상을 받으려는 몇몇 용병들을 제외
하면 대다수는 빠르게 전장을 이탈했다.

그 속에는.

판트와 에도라도 섞여 있었다.

* * *

"형님, 이래도 되는 거유?"

판트는 저 멀리 보이는 전장을 보면서 조금 계면쩍은 얼굴로 볼을 긁적였다.

일단 연우가 떠나자고 했으니 오긴 했는데.

이렇게 그냥 떠나려니 영 뭔가 찝찝했던 것이다.

아무리 그가 천둥벌거숭이처럼 앞뒤 생각지 않고 날뛰는 성격이라지만, 그래도 계약이라는 것이 중요하다는 건 알고 있었다.

특히 이런 일에는 '맹약 선언'이 뒤따르는 경우가 많았다.

맹약 선언. 피차간에 계약 관계로 묶여 계약 내용을 불이행하게 되면 그만큼 불이익을 당하게 되는 마법 계약이었다.

다행히 연우 등은 맹약 선언에 묶여 있지 않았다. 연우가 가져온 정보가 워낙에 대단했던 데다가, 판트 남매가 무왕의 자식이라는 것을 부담스러워했던 수뇌 측의 의견 때문이었다.

그렇다고 해도 가벼운 맹약은 이뤄진 상태였고, 그것을 빌미로 물고 늘어진다면 문제가 생길 수도 있었다.

하지만 연우는 걱정 말라는 듯 고개를 가로저었다.

"아니. 거기까지는 신경 쓰지 않아도 될 거야. 오히려 레드 드래곤에서는 너희들이 이 정도쯤에서 빠진 걸 고마워할 테니까."

판트가 눈을 동그랗게 떴다.

"그게 무슨 소리우?"

"이번 기습에서 외뿔부족이 나타나지 않았잖아."

"음?"

판트가 여전히 영문을 모르겠다는 듯 고개를 갸웃거렸다.

하지만 연우는 더 이상 대답하기 귀찮은지 전장을 한 차례 보다가, 말없이 다시 언덕 아래로 내려갔다.

에도라가 가볍게 한숨을 내쉬면서 설명을 덧붙였다.

"이번 기습에서, 왜 우리 부족이 끝까지 나타나지 않았다고 생각해?"

"그야 포탈이 갑자기 열렸…… 음? 그러고 보니 그래도 그새 연락은 갔을 텐데?"

판트도 그제야 뭔가 이상하다는 것을 깨달았는지 고개를

갸웃거렸다.

그가 알기로, 자신들의 일족은 오히려 이런 자리를 더 좋아했으니까.

난장판에 개입해서 더 난장판으로 만드는 걸 아주 환장해하는 사람들이었다.

특히 무왕은 말할 것도 없었고.

게다가 청화도의 군영에서 쿠람까지 상당한 거리가 있다고 해도, 그들 간에 나눈 텔레포트 스크롤을 사용한다면 곧바로 지원을 올 수도 있었다.

하지만 그런데도 외뿔부족은 끝까지 모습을 드러내지 않았다. 청화도가 반파(半破)되고 있는 지금 이 순간에도.

"확실하지는 않지만. 아마 아버지는 더 이상 청화도와의 동맹에 의미가 없다고 생각하시고 파기를 하셨을 거야. 어쩌면 레드 드래곤에서 따로 일족 쪽으로 사람을 보냈을 수도 있고."

판트가 한쪽 눈썹을 꿈틀거렸다.

"개입을 하지 말라고?"

"정확한 내용은 알 수 없지만. 그보다는 좀 더 부드럽게 말했겠지. 레드 드래곤도 우리 일족이 부담스러울 테니까. '달라지는 상황에 따라 올바른 판단을 하길 바란다', 뭐 그런 내용이 아니었을까? 아버지 자존심 건드리면 전부 수포로 돌아가니까."

"하긴. 그럴 수도 있겠네."

레드 드래곤은 쿠람을 정복당하고 나서도, 외뿔부족에게
는 따로 응징을 하지 않았을 만큼 그들을 신경 썼다.

그 오만하기로 유명하다는 레드 드래곤이 말이다.

그만큼 외뿔부족을 신경 쓰고 있었으니. 이번 습격도 벌
어지기 전에 미리 손을 썼을 수도 있었다.

아니, 그랬을 거라고 에도라는 확신하고 있었다.

"그러니까 레드 드래곤도 우리가 알아서 빠져 주면 고
마운 거야. 더 이상 신경 쓰지 않아도 되니까. 아니, 정확
하게는 더 이상 일족과 연관되어 생각하지 않아도 되니
까."

청화도와의 전쟁은 이미 끝난 것이나 마찬가지였다. 그
뒤를 수습하는 것도 한창 길게 이어질 게 분명할 테니, 그
동안 외뿔부족과 엮일 수 있는 일은 최대한 피하려 할 것이
다.

그들을 관리하던 바할도 죽어 버렸고.

에도라는 그런 말을 입 언저리까지 담았지만, 밖으로 내
뱉지는 않았다.

게다가.

혜안이 활짝 열린 그녀의 눈에는 선명하게 보였다.

난리를 부리는 여름여왕. 그녀의 왼쪽 목덜미 아래쪽에 박혀 있는 드래곤 하트가 금방이라도 부서질 것처럼 위태롭게 반짝이고 있다는 사실을.

"그놈의 정치란 게 뭔지. 참 어렵다, 어려워. 뭐가 그렇게 복잡해? 그냥 단순하게 살면 될 걸. 으휴."

판트는 생각만 해도 진절머리가 난다는 듯 관자놀이를 꾹꾹 눌렀다.

에도라는 그런 오빠를 보면서 피식 웃었다.

"복잡하게 생각할 것 없어. 정치란 것도 결국에는 딱 한 가지로 귀결되니까. 오빠가 만약 왕이 된다면. 그것만 지키면 될 거야."

"응? 뭔데, 그게?"

판트는 그렇게 좋은 게 있냐는 듯한 표정으로 동생을 돌아봤다.

에도라는 힘차게 고개를 끄덕이면서 대답했다. 단단해진 눈매는 이미 저만치 내려가고 있는 연우의 뒷모습을 좇고 있었다.

"힘."

목소리에도 힘이 실렸다.

"힘만 있으면 뭐든지 할 수 있어. 뭐든지."

*　　　*　　　*

　연우와 판트 남매는 옆으로 새지 않고 곧장 쿠람으로 돌아갔다. 외뿔부족은 이미 떠날 차비를 하고 있었다.

　"어. 왔냐, 아들? 딸?"

　무왕은 판트와 에도라를 보면서 시큰둥하게 손을 높이 들었다. 부족원들도 이쪽을 보면서 인사를 건넸다가, 다시 바쁘게 움직였다.

　두 사람 뒤에 멀뚱히 서 있던 연우가 고개를 갸웃거리면서 물었다.

　"저는 인사 받아 주지 않으십니까?"

　무왕은 팔짱을 끼면서 가볍게 콧방귀를 뀌었다.

　"흥. 자기 꼴리는 대로 사는 놈이 무슨 인사가 필요해? 사고, 잘 치고 왔냐?"

　연우는 무뚝뚝하게 고개를 끄덕였다.

　"예. 덕분에."

　무왕은 심드렁한 눈빛으로 연우를 위아래로 가볍게 훑었다. 그러다 가만히 연우의 눈을 응시하더니 피식 웃음을 터뜨렸다.

　"어쭈? 뭐 그새 또 좋은 거 처먹은 거냐? 넌 어째 매번 밖에 나갔다가 돌아올 때마다 휙휙 달라져? 체격도 좀 달라진 것 같고. 냄새도 달라졌는데?"

판트는 '또?' 라는 얼굴이 되었고, 에도라는 혜안으로 비치는 연우의 모습을 보고 고개를 끄덕였다.

연우는 속으로 가볍게 혀를 찼다.

이번에도 숨긴다고 최대한 숨겼는데. 용의 비늘도 감추고, 용의 기질도 최대한 갈무리해서 겉보기는 달라진 게 없게 만든다고 만들었건만.

역시나 무왕의 예리한 시선을 피할 수는 없었던 모양이었다.

"나중에 따로 설명드리겠습니다."

"그러든가. 그래도 좀 좋은 거 있으면 나눠 달라고. 혼자서 먹지 말고, 이것아."

연우은 검지로 볼을 긁적였다. 가면을 쓰고 있어 표정은 드러나지 않았지만, 계속 쏟아지는 무왕의 타박이 영 낯설기만 했다.

사실 연우는 이렇게 아무렇지 않게 무왕 앞에 있는 게 조금 부끄러웠다.

부족을 떠나기 직전. 무왕이 곰방대로 그의 머리를 후려치면서 내뱉던 꾸중이 아직도 머릿속에 선명했으니까.

조금, 아니, 많이 낯간지러웠다.

하지만 나쁜 감정은 아니었다.

헤노바나 피닉스를 만났을 때처럼. 자신이 돌아올 수 있는 곳이 생긴 것 같은 기분이었으니까. '집'이라는 단어가 가장 어울리는 것 같았다.

무왕은 더 이상 타박하지 않겠다는 듯, 이만 나가 보라며 손사래를 쳤다.

연우는 인사를 하면서 나오다가.

"그런데."

잠깐 무왕이 부르는 목소리에 잠시 발걸음을 멈칫거리며 고개를 그쪽으로 돌렸다.

"하려던 일은. 잘 끝났냐?"

연우는 잠시 말없이 서 있었다. 무왕이 아무렇지 않게 던진 질문은 어딘지 모르게 묘했다. 피닉스의 원한만 이야기하는 게 아니라, 다른 뭔가도 말하고 있는 것처럼 느껴졌다.

그래서.

연우는 고개를 숙였다.

"덕분에."

"그래? 그럼 됐다."

무왕은 더 이상 질문을 던지지 않고, 자기 할 일에 다시 몰입했다.

연우는 그런 무왕을 빤히 쳐다보다가 조용히 방을 나섰다.

외뿔부족은 11층을 떠나 다시 마을이 있는 탑 외 지역으로 이동했다.

연우는 그들과 함께하면서 여러 가지 뒷이야기를 들을 수가 있었다.

첫째는 그와 에도라가 짐작했던 것처럼 쿠람에 레드 드래곤과 청화도의 사절이 몇 번씩 다녀갔었다는 것.

내용도 예상했던 그대로였다.

레드 드래곤은 본격적으로 청화도를 칠 생각이니, 만약 전력 차이가 크다 싶으면 참전하는 데 다시 고민을 해 달라는 내용이었고.

청화도에서는 동맹 체재를 즉각 이행해 줄 것이며, 무왕과도 깊은 인연이 있는 검무신과 창무신이 위기에 잠겼으니 부디 도와 달라는 내용이었다.

그리고 무왕은 청화도의 사절이 있는 자리에서 딱 한 마디만 했다고 한다.

불가(不可).

자신들이 마을을 벗어난 것은 어디까지나 청화도가 외뿔부족과 어깨를 나란히 할 만한 자격을 지녔다고 판단을 했고, 왕족인 창무신이 뿔을 내놓겠다는 맹세를 했기에 나선 것일 뿐.

별반 싸워 보지도 못하고 패퇴를 하고 만 청화도는 더 이상 부족의 동맹 집단으로서 자격이 없다는 게 이유였다.

그리고 덧붙여, 검무신은 무왕의 제자였지만 이미 파문된 지 오래된 자였고, 창무신은 더 이상 일족과 관련이 없는 부외자가 되었으니 도와줄 이유도, 의리도, 없다고 했다.

그런 무왕의 대답을 듣고, 연우는 고개를 절레절레 흔들었다.

피붙이와 제자도 단칼에 쳐 내는 그의 단호함이 대단하기보다는 차갑게만 느껴졌으니까.

특히 공과 사를 철저하게 구분 짓는 모습에서. 연우는 무왕의 또 다른 모습을 볼 수가 있었다.

저것이 어쩌면 외뿔부족에 다시 새로운 전성기를 가져왔다는 무왕의 진면목이 아닐까 하는 생각도 들었다.

그러면서 한편으로는 그런 생각도 들었다.

자신이 지금 당장은 무왕의 총애를 빚고 있다지만, 만약 완전히 틀어졌을 경우에는 어떻게 될지 모르겠노라고.

그리고 여태 무왕과 대립각을 세울 수 뻔했던 때를 떠올리면서, 자신이 참 운이 좋았다는 사실을 깨달을 수 있었다. 무왕이 그를 많이 배려해 줬다는 사실도.

그리고.

'이제는 그런 배려를 더 이상 바랄 수 없겠지.'

무왕은 만약 일족을 이끄는 데 있어 연우가 방해가 된다 싶으면 가차 없이 내칠 수 있는 사람이었다.

그리고 두 번째는 청화도의 잠적과 레드 드래곤의 추격이었다.

창무신과 검무신은 다행히 전장을 벗어나는 데 성공했다고 한다. 하지만 그들이 심한 중상을 입은 만큼, 레드 드래곤에서는 추격조를 편성해서 뒤를 쫓기 시작했다.

몇몇 전투 부대와 하이 랭커들은 아예 청화도의 본단이 위치한 '섬'을 공습하기도 했다.

'돌 때문이야. 청화도를 샅샅이 뒤지는 한이 있어도 반드시 찾고 싶겠지. 뒤져 봐야 아무것도 안 나오겠지만.'

한동안 레드 드래곤은 없는 돌을 찾느라 허튼 시간을 소비하며 진땀을 빼야 할 게 분명했다.

그사이. 창무신과 검무신은 아예 자취를 완전히 감췄다. 정말 탑에 있는 게 맞나 싶을 정도로, 샅샅이 뒤졌어도 아무것도 나오지 않을 만큼 종적이 묘연했다.

전장에서 겨우 살아남은 청화도의 잔당들도 마찬가지.

그들은 각자 알 수 없는 곳으로 뿔뿔이 흩어졌다.

몇몇은 청화도의 후신을 자처하면서 부흥을 꿈꾸기도 했

지만, 곧 찾아온 레드 드래곤에 의해 번번이 박살이 나고 말았다. 청화도라는 단어를 언급하는 것은 이제 금기어로 통할 정도였다.

때문에.

대부분은 다른 클랜들로 흩어졌다. 정말 충성심이 깊었던 이들은 두 무신이 돌아오기를 기다리면서 은거를 선택했다. 하지만 레드 드래곤은 그들이 숨도록 내버려 두지 않았다. 악착같이 쫓아서 두 무신의 행방을 묻고, 모른다면 바로 죽였다.

잔당들에 대한 주살은 끊임없이 이어지는 중이었다.

결국.

이것들이 뜻하는 것은 단 하나.

청화도는 완전히 무너지고 말았다.

8대 클랜을 형성하고 있던 한 축이 갑작스레 무너지면서, 탑 내에는 곳곳에서 지각 변동이 일어나려는 조짐이 하나둘씩 보이기 시작했다.

남은 거대 클랜들은 청화도가 누리던 이권을 차지하기 위해 손길을 뻗쳤다. 여러 중소 클랜들은 새로운 청화도가 되어 보고자 날갯짓을 시작했다.

이번 레드 드래곤과 청화도의 충돌은 앞으로 닥칠 큰 혼란의 서두에 불과했던 셈이었다.

그리고.

연우는 한 발자국 떨어진 곳에서 빠르게 변하는 탑의 세계를 바라보며 다시 자신이 할 수 있는 것들을 준비했다.

'할 건 많아. 용체에 재적응해야 하기도 하고. 새롭게 얻은 용의 권능을 다시 정리할 필요도 있어.'

이번에 바할과 싸우면서 깨달은 점은 확실히 아직 갈 길이 멀다는 것이었다.

용체가 가진 가능성은 무궁무진했다. 어떻게 해야 제대로 다룰 수 있을지 아직도 크게 감이 잡히질 않았으니까. 그걸 바로잡아야만 했고, 권능의 사용도 익숙해져야 했다. 빨리 하나하나씩 깨우칠 필요가 있었다.

그 외에도 할 건 많았다.

아직 깨어나지 않은 환수의 알. 어비스 터틀이 남긴 퀘스트. 리언트. 바할의 심문. 돌에 대한 조사. 팔극권 단련.

그리고 미뤄 둔 층계 공략도 다시 시작해야만 했다.

전부 하나같이 허투루 다룰 것들이 아니었다.

그래서 연우는 무왕이 다시 내어 준 식객의 별관에서, 우선순위들을 차례대로 정리했다.

그러다 보니 얼추 순서가 정해졌다.

'먼저, 알을 깨우는 것부터.'

하지만 알을 깨우려면 외뿔부족이 가진 달의 씨앗을 필

요로 한다. 그러나 그건 이미 무왕의 퀘스트를 거절하면서 사라진 상태.

물론, 방법이 없는 건 아니었다.

'4대 신수의 가호.'

연우는 손을 활짝 펼쳤다.

화악—

손바닥 위로 성화, 허무, 심연, 백토. 네 개의 서로 다른 기운이 자유롭게 얽혔다. 신수들의 힘을 가공한 결정체였다.

이것이라면.

처음 생각했던 대로. 알을 충분히 깨울 수 있지 않을까?

연우는 판트, 에도라와 함께 마을 중심가 쪽에 위치한 장로원으로 향했다.

아직 알은 장로원에서 관리를 하는 중이었다.

들어 보니 대장로를 비롯해서 대부분의 장로들이 알에서 떨이지질 않는나던데. 어떤 모습일지 궁금하기도 했다.

그래서 장로원이 있는 마당에 발을 들였는데.

"……으음?"

"영감님들, 왜 이러신대?"

"그, 글쎄."

연우는 고개를 갸웃거렸고, 판트와 에도라는 부끄럽다는 듯 고개를 슬쩍 옆으로 돌렸다.

장로들은 전부 이마에 시뻘건 두건을 두르고, 다 같이 손을 잡고 나란히 마당에 누워 있었다.

"갖고 가지 마라, 알!"

"새로운 신수가 태어날지 모른다. 더 자세한 조사가 필요하니 조금만 더 시간을 달라!"

"그래그래. 아직은 너무 이르다고! 11층 시련도 마쳤다면서! 조금 더 조사를 할 수 있게 해 줘!"

"아니. 그보다 달의 씨앗도 없잖아! 어떻게 깨우려고!"

"그래도 깨우겠다면! 우리를! 우리를 밟고 지나가라아!"

"……."

가면을 쓰고 있어서 잘 보이지 않았지만, 사실 연우는 황당해하고 있었다.

'어제 부탁을 거절한 것 때문인가?'

어젯밤에 연우는 장로원에다 미리 알을 되찾으러 가겠다는 말을 전해 뒀었다. 곧 부화를 시킬 거란 말도 함께.

여기에 장로원에서는 슬쩍 조금만 더 시간을 주면 안 되겠냐는 부탁을 했다.

특히 평소에는 말이 없던 대장로까지 직접 나서서. 최근에 밝혀낸 몇 가지 사실이 있으니 그것만 추가적으로 확인하고 부화를 시키면 안 되겠냐는 말을 덧붙였다.

사실 연우로서도 크게 신경 쓸 필요는 없었다.

11층의 시련도 끝난 지 오래. 굳이 언제 깨어날지 모르고 잠만 자는 녀석을 깨우지 않고, 그냥 외뿔부족에다 맡겨 두는 게 편했다.

하지만 최근에 연우는 알에게서 연결 고리를 통해 여러 가지 사념을 받고 있었다.

이만 깨어나고 싶어 하는 사념.

아니, 정확하게는.

'내게 뭔가를 말하고 싶어 하는 것 같은…….'

연결 고리를 통해 의사소통을 나누는 게 아니라, 그를 직접 눈으로 보고 싶어한다는 느낌에 가까웠다.

여태껏 깊은 잠을 자다가 이따금 배가 고플 때만 깨어나 칭얼거리던 걸 생각해 본다면, 정말 큰 변화였다.

갑자기 어린아이에서 어른으로 확 자란 느낌. 뭔가가 내면에서 큰 변화를 맞은 것 같았다.

대체 언제부터 그런 느낌을 받았을까.

'환룡의 내단을 되찾았을 때부터.'

연우는 문득 떠오른 사실을 되짚어 보다가, 다시 장로들을 바라봤다.

장로들은 여전히 바닥에 누운 채로 요지부동이었다.

확실히 그동안 알을 연구하는 건, 장로들의 호기심을 달래기에 아주 좋았을 것이다.

듣기로는 여러 고전을 뒤지고 갖가지 실험을 하면서, 환수의 알에 대해서 모르고 있던 신비한 사실도 여럿 알아낸 것 같았다.

그중 하나가 바로, 연우가 갖고 있던 알은 단순한 환수의 알이 아닌, 신수의 알이라는 것.

그러니 무공이나 개량하면서 심심함을 달래야 했던 장로들로서는. 재미난 소일거리를 빼앗긴다는 사실이 안타까웠겠지.

나이가 들면 들수록 반대로 정신은 어려진다더니. 딱 그런 모습이었다.

정말 이대로 뒀다가는 전부 일어날 때까지 한세월일 것 같았다. 연우는 가만히 서서 이들을 어떻게 할까 고민했다.

에도라는 슬쩍 그런 연우의 눈치를 보면서 장로들을 타이르려 했다.

그런데.

『주인. 애들 날려 버릴까?』

연우의 사념을 읽은 짹짹이가 나타나서 어깨 위에 올라탔다. 연우가 용체 각성을 이룬 뒤에 녀석도 영향을 받아 크기가 조금 더 커져 있었다.

"오오! 저건 난조가 아닌가?"

"피닉스의 새끼가 샤벨 타이거의 영혼을 흡수했다는 말은 들었지만. 신수가 성장을 하면 저런 형태를 띠는군. 그런데 확실히 주인의 성향 때문인지, 기록된 것과는 생김새가 많이 달라."

"검은색 줄무늬라. 이런 건 따로 기록을 해 둬야겠어. 추후에 계속 성장하는 데 어떤 변화를 보일지에 대한 지표로 삼을 수 있을 것 같기도 하고."

"그럼 이 방면에서는……."

장로들은 짹짹이를 발견하자마자 하나같이 눈을 반짝이면서 우르르 몰려들었다. 조금이라도 더 가까이서 확인하고 싶어 하는 열망으로 눈이 반짝였다.

『애들 이상해…… 날려 버리면 안 돼?』

짹짹이는 흠칫 놀라면서 지레 겁을 먹었다.

연우가 고개를 끄덕였다.

"어. 날려."

『응! 알았어!』

짹짹이는 잘되었다 싶었는지 날개를 활짝 펼쳤다.

그때까지만 해도 '오오!' 감탄사를 터뜨리던 장로들은 곧 불어닥치는 강풍에 휩쓸려 가을철 마당에 나뒹구는 낙엽 꼴이 되어야만 했다.

『흥! 까불고 있어!』

연우는 짹짹이의 귀여운 거드름을 듣고 피식 웃으면서 마당을 가로질렀다. 판트와 에도라는 뒤를 따르면서 고개를 절레절레 흔들었다. 에도라는 여전히 부끄러운지 제대로 고개도 들지 못했다.

곧장 걸어간 연우가 알이 보관된 별실의 문을 활짝 열었다.

안에는 대장로가 안경을 고쳐 쓰면서 종이에다 뭔가를 기록하다 말고, 고개를 슬쩍 뒤로 돌렸다.

"왔나? 장로들이 꽤 많이 시끄럽게 굴었나 보군."

장로들은 문가에 서서 원통하다는 표정으로 이쪽을 보고 있었다. 다만, 안쪽에는 대장로가 예리하게 눈을 뜬 채로 노려보고 있어서 들어오지 못하는 중이었다.

무왕을 제외하면 대장로가 부족 내에서 최고 실세라더니. 아니, 무왕을 제외한 대부분의 부족원들이 그를 무서워한다더니. 확실히 소문이 맞는 모양이었다.

"나중에 내가 따로 한 소리 하도록 하지."

"괜찮습니다. 신경 쓰실 정도는 아니었으니. 그보다, 이녀석입니까?"

연우는 고개를 가로저으면서 대장로 옆에 놓인 알을 바라봤다.

알은 이전에 봤을 때보다도 더 커져 있었다. 4미터 남짓한 높이에 크기도 거기에 맞게 훨씬 넓어져 한쪽 벽을 거의 다 채우다시피 하는 수준이었다.

표면에 그려진 무늬도 이전보다 훨씬 더 선명했다.

마치 악어가죽 무늬처럼 청록색과 검은색이 뒤죽박죽 섞인 것 같지만, 묘하게 일정한 흐름을 갖고 있었다.

'수박 같다고 하면 화내려나.'

연우는 그런 실없는 생각을 하면서 대장로에게 물었다.

"이놈을 깨우면, 덩치는 얼마만큼 클까요?"

"글쎄. 알 안에서 웅크리고 있다고 생각해 본다면. 몸체의 두께에 따라 다르겠지만, 대략 길이만 따져도 5미터는 훌쩍 넘겠지."

"그럼 밖에 나가서 깨워야겠군요."

"그래 주면 고맙지. 저 못난 친구들도 구경 좀 할 수 있을 테고."

연우는 고개를 끄덕이면서 허공에다 가볍게 손을 흔들었다. 그러자 그림자가 길게 쭉 늘어나면서 알을 돌돌 말아 허공에다 띄웠다.

"호오?"

대장로는 이전에 봤던 사령이 아닌 괴이의 등장에 살짝 눈을 반짝였다.

언데드의 기운을 풍기면서 보통 평범한 언데드와는 느낌이 많이 달라 확인해 보고 싶어 하는 눈치였다.

연우는 알을 데리고 마당으로 나왔다. 장로들이 칭얼거리는 소리가 들렸지만, 무시하고 대장로와 가볍게 대화를 나눴다.

"자네가 없는 동안, 알에 대해서 이것저것 알아봤다네. 일단 신수인 건 확실한 것 같아. 개체가 가진 힘도 대단하고, 맷집도 단단하더군. 잠재 능력도 고른 편이고. 특히 항마력 부분이 아주 높았어."

연우의 눈이 반짝였다.

항마력이라면, 대외 마법 저항력이 뛰어나다는 뜻이었다.

갖가지 마법 공격에서 자유로울 수 있으니 확실한 장점이었다. 다만, 반대로 이야기하면 버프나 치료 계통의 마법 역시 잘 먹히지 않는다는 단점도 있었다.

다만, 맷집이 뛰어나고 힘이 좋다면, 물리적인 능력으로 단점을 커버할 수 있을 듯했다.

"그런데 도저히 속성도 그렇고, 생김새를 파악할 수가 없어. 뭔가 단단한 거체가 들어 있다는 건 알겠는데, 그 이상은 알아낼 수가 없다네. 뭔가 확인하려 할 때마다 항마력 때문에 튕겨 나기 일쑤이니."

대장로는 이런 경험이 처음이라고 말했다. 여태 알려진 신수는 네 마리가 전부. 그들은 모두 특정 속성을 띠고 있었고, 지배하거나 제어할 수 있는 권능까지 지니고 있었다.

그러니 알에 담긴 신수가 속성을 가지고 있지 않다는 건 도무지 말이 되질 않았다.

"사실 장로들이 아직까지 부화를 시키지 말라고 하는 것도 그런 이유 때문일세. 부화가 다 된 것 같아도 그런 게 아니라면. 강제로 깨우는 꼴이 된다면 정말 큰일이니까 말일세."

뒤에서 조용히 따라오던 장로들이 그렇다면서 고개를 끄덕였다. 그리고 연우가 도중에 생각을 바꿔 주길 바라는 눈빛이었지만.

"깨어날 때가 된 건 맞습니다. 녀석이 이제 슬슬 나오고 싶다고 칭얼거리고 있으니까요."

연우는 그들의 기대를 단칼에 잘라 버렸다.

장로들은 더 이상 연우를 말릴 수 없다는 사실에 좌절을 느꼈다. 대장로는 무뚝뚝하게 고개만 끄덕였다.

"주인이 그런 것이라면 그런 것이겠지. 그런데 깨우기는 어떻게 깨울 생각인가? 사실 달의 씨앗은 없지 않은가."

"생각한 방법이 있습니다."

"음. 그렇다면 상관없지만. 그래도 혹시 모르니 받게."

대장로가 주머니를 뒤지다가 갑자기 뭔가를 꺼내 휙 던
졌다. 연우는 얼결에 그걸 받았다가 살짝 놀랐다.

[서든 퀘스트(참전)을 성공적으로 완수했습니다.]
[공적치를 5,000만큼 획득했습니다.]
[보상으로 외뿔부족과의 친밀도가 150만큼 상
승했습니다. 외뿔부족으로부터 같은 부족원이라
고 해도 될 만큼 깊은 신뢰를 얻었습니다.]
[보상으로 '달의 씨앗'을 획득했습니다.]
[추가 보상으로 '신수결초'를 획득할 자격을
얻었습니다. 대장로나 무왕에게 요구하십시오.]

[달의 씨앗]
분류: 잡화
등급: A++
설명: 오랜 시간에 걸쳐 동굴 속에서 달빛의 정
기를 받아 자란 성련(聖蓮)의 씨앗. 특정한 방식으
로 가공한 후에 삼킬 경우 뛰어난 영약이 된다.

"이건?"
연우의 눈이 살짝 커졌다.

그는 분명히 외뿔부족에서 이탈해 레드 드래곤 측에서 참전을 했었는데?

"판트와 에도라도 같은 일족이니까."

"예?"

연우는 자기도 모르게 반문을 했다.

대장로가 재미나다는 듯 가볍게 웃었다.

"두 사람도 외뿔부족원이지 않나. 그것도 왕족. 그들과 함께했으니, 사실 퀘스트를 실패한 건 아닌 셈이지."

연우는 그제야 말뜻을 알아채고 쓰게 웃었다. 시스템의 맹점을 이용한 것이다.

사실 퀘스트는 결과가 애매한 경우, 내어 준 사람이 판단하기에 따라 성공 여부가 가려지는 경우도 많았으니까.

"그냥 여태 판트와 에도라를 잘 돌봐 준 선물이라고 해 둠세. 내 권한으로 한 뿌리쯤은 쉽게 가져올 수 있으니까 걱정 말고. 물론, 족장이 알면 자기도 달라고 땡깡을 부릴 게 뻔하니 비밀로 해 두고."

대장로는 별것 아니라는 듯이 손사래를 치면서 슬쩍 다른 장로들을 노려봤다. 말하면 각오하라는 듯이.

장로들은 놀란 얼굴이 되었다가 곧 합죽이가 되었다.

"뭐, 개인적으로, 학자로서 신수가 어떻게 부화하는지 과정이 궁금하기도 하고 말일세."

"감사합니다."

연우가 정말 고마워 고개를 살짝 숙였다.

그러면서도 추가 보상으로 주어진 신수결초가 무엇인지 궁금하기도 했다. 이름만 봐서는 환수나 신수에게 아주 좋은 영약인 것처럼 보였다.

대장로는 다시 손사래를 쳤다. 하지만 안경 아래 비치는 두 눈은 이지적으로 빛나면서 뒤에 벌어질 일을 아주 궁금해하고 있었다.

*   *   *

짹!

『나! 친구 빨리 보고 싶어!』

연우는 재촉해 대는 짹짹이의 턱 밑을 손으로 쓰다듬으면서 슬쩍 주변을 둘러봤다.

곧 부화를 시작할 거란 소문이 퍼졌던 건지, 어느새 장로원 주변은 부족원들로 가득 차 들썩이고 있었다.

사실 그동안 연우의 알은 부족 내 최고 관심사였다. 그들 중 누구도 이런 알을 본 적이 없었으니까. 몇몇은 뭐가 태어날지에 대해서 가볍게 내기를 하기도 했다.

무왕도 어느새 나타나 팔짱을 끼면서 어서 시작하라는

듯 턱짓을 했다.

연우는 어쩔 수 없다는 듯 고개를 절레절레 흔들었다. 그리고 다시 시선을 돌려 알에 집중했다.

오랜만에 만났을 때부터. 녀석에게서 전해지는 사념은 점차 뚜렷해지고 있었다. 생각과 감정이 구체화되어 고스란히 전해졌다.

덕분에.

연우는 녀석이 누군지 어렴풋하게 알 것 같았다. 그리고 왜 그동안 부화를 미뤄 왔는지도.

단순히 연우의 꿈을 먹지 못해서가 아니었다. 아직 그동안 '때'가 되지 않아서였다. 부활을 할 때가.

그랬다.

녀석은 '부화'가 아니라 '부활'을 준비하고 있었다. 아주 긴 시간을 지나서. 언젠가 사라졌던 조각이 돌아올 날만을 기다리고 있었다. 그리고 그동안 돌아올 것이라고 굳게 믿고 있었다. 연우가 찾아와 줄 것이라고.

그리고 그 조각은.

'환룡의 내단.'

연우의 오른손에 있었다.

연우는 달의 씨앗을 손에 꽉 쥐었다. 그 속에다 4대 신수의 힘을 불어넣었다.

성화의 불씨가 가장 먼저 깃들고, 그 위로 허무와 심연의 기운이 덧칠되었다. 마지막으로 백토로 주변을 갈무리해 씨앗을 단단하게 만들었다.

손을 활짝 펼치자, 희뿌연 결정체로 변한 달의 씨앗이 허공에 둥실 떠올랐다.

연우는 이번에 왼손을 펼쳤다. 손바닥 위로 금색 기운이 거미줄처럼 얽히더니 둥근 구슬의 형태를 띠었다.

환룡의 내단. 비록 리언트가 궁니르를 개방하느라 태반이 날아갔지만, 그래도 다행히 핵은 남아 있었다.

내단도 같이 허공에 떠올라 달의 씨앗과 부딪쳤다. 새하얀 서광과 찬란한 금광이 뒤섞이면서 무지개 색으로 빛나는 이상한 결정체가 되었다.

팟!

결정체가 고스란히 환수의 알에 스며들었다. 알이 기다렸다는 듯이 크게 부르르 떨렸다. 표면 위로 빛무리가 반짝였다.

그리고.

쩌걱.

쩌거걱—

껍질을 따라 조금씩 실금이 가기 시작했다. 실금이 서로 연결되어 거미줄처럼 복잡하게 얽히다가, 곧 커다란 균열이 되어 하나둘씩 부서져 내렸다.

그리고 가장 위쪽에서 거칠게 튀어나오는 머리 하나.

거친 주황색 돌기와 비늘. 황금색으로 빛나는 눈.

그건 전장에서 봤던 여름여왕의 본체와 비슷한 것 같았지만, 자세히 보면 많이 달랐다. 허무룡의 생김새와도 확연한 차이가 있었다.

지구에서 흔히 벽화로 많이 보던 동방의 용을 닮은 모습.

"……환룡?"

그 모습을 본 에도라가 믿을 수 없다는 듯이 중얼거렸고, 외뿔부족 모두가 눈을 크게 떴다.

하지만 어수선해진 상황 속에서도.

연우는 녀석의 황금색 눈을 가만히 바라보았다. 녀석의 눈이 격랑처럼 일렁였다.

『기다리고 있었다. 그대가 다시 불러 주기를.』

쩌거거걱!

부화는 계속 진행되었다. 마치 타일 조각이 떨어지듯이 껍질이 하나둘씩 바닥에 떨어졌다.

그렇게 드문드문 안쪽에 들어 있던 짙은 주황색 비늘과 돌기가 보였다.

그러다가 녀석이 크게 몸을 뒤틀면서 알을 완전히 깨뜨렸다. 몸을 크게 일으키면서 밖으로 튀어나왔다.

쾅!

크오오—

녀석은 뱀처럼 길쭉한 몸을 자랑하고 있었다.

사슴을 닮은 듯한 뿔에 파충류의 눈을 하고서, 길게 몸을 내빼며 허공을 그대로 미끄러져 연우의 주변을 따라 크게 똬리를 틀었다.

녀석이 비늘을 빳빳하게 세웠다. 그러자 몸을 축 누르던 습기가 단번에 증발하면서 갓 부화한 게 맞나 싶을 정도로 단단해졌다.

빛무리가 가시면서 화려하게 빛나던 비늘의 색도 차분하게 가라앉았다. 어딘지 모르게 검붉은색도 드문드문 떴다.

드래곤과는 확연히 다른 모습.

환수 중에서도 최상위종이며, 차라리 신수에 가깝다는 환룡을 많이 닮은 것 같았지만, 자세히 보면 또 말로만 듣던 환룡과도 생김새에 많은 차이가 있었다.

에도라와 판트는 어딘지 모르게 연우의 환수가 낯이 익다는 생각이 들었다.

"에도라, 저거……."

"어. 맞아. 아카샤의 뱀도 닮았어. 느낌은 조금 다르지만."

두 남매가 튜토리얼 스테이지에서 모진 고생을 하면서 잡았던 아카샤의 뱀이 떠오르는 건 왜일까.

어쩌면 주인의 꿈을 먹고 태어난다는 환수의 특성상, 연우의 뇌리 속에 깊이 남아 있었던 아카샤 뱀의 형체를 빌린 건지도 몰랐다.

게다가 녀석에게서는 환룡에게서 풍긴다는 신성하고 고귀한 느낌보다, 묵직하고 날카로운 느낌이 강했다.

'마기(魔氣).'

사실 마기는 사기나 귀기, 독기와는 전혀 차원이 다른 힘이었다. 후자의 세 기운은 얼마든지 인위적으로 만들어서 파생시킬 수 있었지만, 마기는 그보다 더 근본적인 힘에 해당했다.

98층에 머무는 악마들이 부린다는 힘.

마기는 성질을 타락시키고 포악하게 만든다는 특성이 있지만, 반대로 그만큼 맹렬한 특징이 있어 공격적이었다.

그래서 플레이어들 중에는 극한의 마기를 추구하는 자들도 많았다. 대표적인 예가 8대 클랜의 마군이었다.

그런 마기를 품고 있는 신수 급의 환수라. 이런 건 마수라고 하는 게 옳았다.

외뿔부족원들 중 어느 누구도 11층에서 이런 마수를 본적이 없었다.

분명 풍기는 힘은 대단한데도.

아직은 갓 알에서 부화한 지 얼마 되지 않아 약한 느낌도 있었지만. 잠재력이 무척 뛰어나 언제든지 화려하게 꽃을 피울 수 있으리라.

특히 4대 신수의 정기가 모두 깃들었다는 사실이 신기했다. 전혀 어우러질 수 없는 4종의 힘이 마기 아래에 철저하게 통제되어 부드럽게 순환하고 있었으니까.

600년 전에도 이와 비슷한 일이 있었다지만, 그때는 그래도 신수들의 시험을 통과한 자가 해낸 결과였을 뿐.

지금은 신수들의 근원을 합쳐 놓은 형태였으니. 업적의 정도만 따진다면 그때와는 비교도 할 수가 없었다.

탑이 생긴 이후로, 그리고 앞으로도 절대 있을 수 없는 이적이었다.

장로들은 자신들의 대에서 이런 일이 벌어져 바로 눈앞에서 보는 행운을 누릴 수 있다는 사실이 고맙기만 했다.

그리고 혹여 뭔가 하나라도 놓칠까 싶어서 눈에 불을 켜며 마수를 꼼꼼하게 살폈다.

몇몇은 바쁘게 무서고 쪽으로 뛰어가 비슷한 성질을 가진 종이 있는지 사례를 찾으려 했다.

"환룡과는 정반대되는 성질을 지니고 있으니. 마룡(魔龍)이라는 단어가 어울리려나."

대장로는 마룡과 대화를 나누는 연우를 보면서 안경을 고쳐 썼다.

주변에 마력으로 방어막을 둘러쳐서 무슨 대화를 나누는지는 알 수 없었지만, 왠지 모르게 애틋한 분위기가 풍겼다.

　그리고.

　무왕의 눈빛은 왠지 모르게 고요하게 가라앉아 있었다.

＊　　　＊　　　＊

　연우는 마룡이 깨어나자마자 곧바로 주변에다 마력을 둘러쳤다.

　예전이라면 랭커급 인사들이 어렵지 않게 파장을 읽어 대화 내용을 엿들을 수 있었겠지만, 각성을 이뤄 용의 기운을 다룰 수 있게 된 지금은 결계에 가까운 방어막을 구축하는 게 가능했다.

　이렇게 한 이유는 간단했다.

　녀석과의 대화 내용이 외부로 새어 나가지 않게 하기 위해서. 아니, 정확하게는 아무에게도 들려주고 싶지 않아서.

　처음에는 '설마' 하는 마음이 들었다.

　그의 예상대로라면 분명 환룡은 죽어야만 했으니까.

　환룡은 신수에 가까운 최상위 환수답게 뛰어난 힘을 지녔다.

모든 속성을 먹어 치울 수 있었고, 흡수한 속성으로 자유롭게 변환해서 그것을 이용해 다양한 공격기를 부릴 수 있는 사기적인 능력도 보유했다.

동생이 처음 환룡을 깨웠다는 소문이 돌았을 때, 탑이 떠들썩해졌던 것도 바로 그 때문이었다.

또한, 계약자를 물색하던 고룡 칼라투스의 눈에 동생이 처음으로 들게 된 계기이기도 했다.

하지만 환룡은 그런 뛰어난 힘만큼, 사실 여러 가지 제약도 지니고 있었다.

바로 자신을 깨운 주인의 분신이라는 점이었다.

사람은 누구나 잠재의식 속에 여러 개의 인격을 갖고 태어난다. 환룡은 그중 하나가 빚어져 나와 용의 형상을 갖추게 된 형태였다.

그렇기에 때에 따라서 얼마든지 모습을 자유롭게 바꿀 수 있었고, 주인의 성향을 많이 따르는 편이었다. 때로는 주인의 잠재력에 갇혀 있기도 했다.

그리고 당연한 말이지만, 분신이다 보니 본체가 사라지면 같이 스러질 수밖에 없기도 했다.

그래서 연우는 당연히 동생의 환룡도 어딘가에서 눈을 감았을 거라고 생각했다. 리언트가 내단을 갖고 있었기에 더더욱 확신을 가졌다.

알에서 환룡의 느낌이 강렬하게 풍기기 시작했을 때에도, 비슷한 기질을 지녔거나 같은 종이라도 전혀 다른 개체일 거라고 생각했다.

하지만 녀석이 알을 깨고 일어났을 때.

연우는 여태 했던 생각을 도로 접어야만 했다.

비록 현재 갖고 있는 모습은 일기장 속에서 보던 것과 많이 달랐지만, 풍기는 느낌은 똑같았다.

대체 어떻게 된 걸까?

『오랫동안 기다리고 있었다. 아주 깊은 곳에서. 육체를 버리고, 깊은 어둠에 잠겨, 그대가 돌아오기만을 기다렸다.』

마룡의 눈동자는 짙은 애수에 잠겨 있었다. 슬픔과 원망, 그리고 반가움이 뒤섞인 눈.

『그대는 나더러 떠나라고 했었지만. 연결을 끊으면서까지, 내가 그대와 분리되어도 살 수 있도록 했지만, 그래도 나는 믿고 있었다. 그대가 돌아올 것이라고. 다행히. 그 믿음이 틀리지 않은 것 같구나. 다행이야.』

연우는 마룡의 말에서 위화감을 느꼈다.

'돌아왔다'는 말을 들었을 때부터 짐작하기는 했지만. 녀석이 보고 있는 건 자신이 아니었다. 자신을 통해 동생을 보고 있었다.

『무슨 말이라도 해 보아라. 오랜만에 만났는데. 예전이었다면 시끄러울 정도로 방방 뛰었을 텐데, 지금은 왜 이렇게 과묵해졌지?』

"……."

『하긴. 그런 일들을 겪고 나면 성격이 바뀌어도 이상하지 않으려나…… 그런데 그동안 무슨 일이라도 있었나? 기질이 많이 달라진 것 같은데.』

마룡은 몸을 이리저리 움직이면서 연우를 위아래로 수없이 살폈다.

『때문에 내 새로운 육체도 이전과 많이 달라지긴 했지만. 아무튼 무슨 말이라도 해 보아라. 답답하지 않은가.』

연우는 여러 생각에 잠겼다.

어떤 방법을 썼는지 몰라도, 어둠 속에서 깊은 잠에 들며 동생이 돌아오기만을 기다렸을 녀석.

그리고 다시 부르는 소리가 있어 부푼 마음을 안고 깨어난 녀석에게 무슨 말을 해야 할지 막막해졌다.

"미안하다."

『음?』

"나는 네가 찾던 사람이 아냐."

『그게 무슨……?』

마룡의 눈이 커졌다.

연우는 잠시 대답을 하지 않고, 주변에 뿌렸던 마력을 거뒀다. 그리고 무왕을 보며 말했다.

"스승님. 이 아이와 긴히 나눌 이야기가 있는데, 잠시 자리를 비워도 되겠습니까?"

무왕은 그러라는 듯 고개를 끄덕였다. 마룡에게 달라붙어 이것저것 조사할 기대에 부풀어 있던 장로들이 놀라 눈을 동그랗게 떴다.

하지만 연우는 장로들의 간절한 바람을 무시하고, 순보를 밟아 재빠르게 자리를 벗어났다. 짹짹이가 같이 가자며 바로 뒤따랐다.

마룡은 도무지 상황을 이해하지 못해 어리둥절해 하다가, 곧 인상을 굳히면서 몸을 꿈틀거리며 상공으로 날아올랐다.

그 모습이 마치 바닷속을 자유롭게 유영하는 것처럼 보였다.

마룡이 연우를 쫓아 도착한 곳은 마을에서 제법 멀리 떨어진 외진 숲이었다.

연우는 감각 영역을 넓게 퍼뜨려 주변에 사람이 아무도 없는 것을 확인한 뒤에야, 주변에서 가장 높은 나무의 끄트머리에 섰다.

『그게 무슨 소리지? 네가, 네가 아니라니?』

연우는 대답 대신에 자신이 쓰고 있던 가면을 벗었다.

사실 마장철면에 부여된 인식 방해 마법이 마룡을 헷갈리게 만드는 것 같았기 때문이었다.

마룡은 연우의 얼굴을 보면서 고개를 갸웃거렸다.

예전과 똑같은 얼굴. 비록 예전에는 밝았던 데에 비해 지금은 풍기는 느낌이 많이 차가워지긴 했지만, 그래도 그전에 그가 겪었던 일을 생각해 본다면 전혀 이상하지 않은 일이었다.

하지만 마룡은 연우를 꼼꼼하게 살피다 서서히 갸웃거렸던 고개를 제자리로 돌렸다.

의문이 맺혔던 눈동자가 위아래로 요동쳤다. 그러다 인상을 팍 찡그렸다.

마기가 사방으로 휘몰아쳤다. 악다문 입술 사이로 으르렁거리는 짐승의 하울링이 퍼져 나갔다.

『너는. 누구지?』

연우는 담담한 표정으로 대답했다.

"연우."

『연…… 우?』

마룡은 미간을 좁혔다. 뭔가 떠오를 것처럼 머릿속이 간질간질했다.

그러다 곧 이어지는 연우의 말에 눈을 크게 떠야만 했다.

"정우의 형이다."

『......!』

마치 시간이 정지한 것처럼. 마룡은 몸이 뻣뻣하게 굳어 아무 말도 할 수가 없었다.

"들었는지 모르겠지만, 정우와 나는 쌍둥이 형제야. 얼굴이 똑같은 건 그 때문이고. 여기에 오게 된 건…… 정우를 해친 녀석들을 잡기 위해서다."

연우는 그동안 동생과 자신 사이에 있었던 일들에 대해 이야기하기 시작했다.

지난날 동안 있었던 오해부터. 탑에 들어오면서 겪게 된 일들까지, 전부.

그리고 마룡은 연우와의 연결 고리를 통해 연우가 말하는 것 이상으로 그의 기억들을 모두 고스란히 전해 받았다.

『......』

마룡은 깊은 침묵에 잠겼다. 충격이 너무 큰 듯, 요동치는 눈동자가 많이 혼란스러워 보였다.

혼자 있을 시간이 필요하겠지.

연우는 마룡이 생각을 정리할 수 있도록 잠시 자리를 비켰다.

『……그럼, 그대가 여기에 온 건. 그때의 그놈들을 모두 치워 버리기 위해서라는 건가?』

마룡이 다시 입을 연 건, 그로부터 한 시간가량이 지난 뒤였다.

많은 생각이 있었던 듯, 두 눈은 깊고 차분하게 가라앉아 있었다. 환룡을 상징하는 황금색 눈동자에는 광기마저 어려 있었다.

너와 같이 서서, 주인을 그런 꼴로 만든 놈들을 씹어 삼키고 말겠다는 광기.

"일단은."

『일단?』

마룡은 연우의 대답이 마음에 들지 않는 듯, 이빨을 훤히 드러내면서 으르렁거렸다. 당장이라도 공격을 할 것처럼 보였다.

"가능하다면 탑까지 부술 생각이다. 그래야 조금이라도 분이 풀릴 테니까."

『뭐? 하핫! 하하하핫!』

마룡은 뭐가 그리 재미난지 껄껄 웃어 댔다.

눈동자에서 광기가 빠르게 사그라졌다. 대신에 광소가

퍼져 나왔다. 마기가 들썩이면서 대기를 진동시켰다.

녀석이 가진 힘이 얼마나 깊은지를 알 수 있는 대목이었다.

『그대는 정녕 미쳤구나. 하긴. 그만큼 미쳐 있어야 함께 할 만하겠지. 확실해. 그대와 함께라면 할 수 있을 것 같아.』

마룡은 피식 웃으면서 물었다.

『새로운 주인. 나는 그대를 따르고 싶다. 나를 받아 줄 수 있겠는가?』

"물론."

연우는 고개를 끄덕였다.

환룡과 함께한 후, 동생은 누구보다 빠르게 강해졌다. 비록 그로 인해 많은 이들로부터, 심지어 동료들에게도 질투를 사고 말았다지만. 그래도 환룡이 가진 힘은 진짜였다.

그리고 마룡으로 부활한 녀석은 그때의 능력에 더해 4대 신수의 가능성도 같이 가지고 태어났다.

아직은 부화한 지 얼마 되지 않았고, 육체가 성체가 되질 않아 잠재력으로만 남아 있다지만. 그 정도 제약쯤은 빠르게 성장하면서 치울 수 있었다.

그런 녀석이 함께한다면. 그리고 쨱쨱이가 옆에 있다면. 샤논과 부, 앞으로도 더 크게 성장할 여러 괴이들이 따른다면.

언젠가 모든 복수를 마칠 수 있었다.

느리지만, 아주 조금씩. 전력은 차분하게 갖춰지고 있었다.

『그럼. 나에게 새로운 이름을 다오. 다시 태어났고, 새로운 일을 해야 하니. 그대에게 귀속되려면 새로운 이름이 필요하다.』

연우는 짧은 고민 끝에 입을 열었다.

*　　　*　　　*

마룡과 대화를 마친 연우는 금세 돌아왔다.

"마룡은요?"

"일단 깨어난 지 얼마 되지 않아서 쉬고 싶다고 들어와서 쉬고 있어."

연우는 심장의 옆자리에 자리를 잡은 묵직한 기운을 느낄 수 있었다.

쩍쩍이와 마찬가지로, 돌 속에 나란히 잠들어 있었다. 쩍쩍이는 드디어 친구가 깨어나서 같이 놀 수 있다면서 즐거워했다.

"에도라."

"네?"

"혹시 내 작명 실력이 그렇게 형편없나?"

"……."

에도라는 잠시 침묵을 지켰다.

"무…… 슨 일, 있으셨어요?"

"이름을 지어 줬더니 버럭 화를 내면서 계약을 거부하던데. 그래도 떠날 건 아니니 천천히 생각해 보라고. 그럼 계약을 수긍하겠다고 했어."

에도라는 난감하다는 듯이 검지로 볼을 긁적였다. 왠지 보지 않아도, 무슨 일이 벌어졌을지 불에 보듯 훤했다.

"뭐라고 지으려고 하셨는데요?"

"크르릉."

"……."

에도라는 자기도 모르게 이마를 짚고 말았다.

"크와앙! 크와앙은 어떨까?"

"아니지. 아까 그 멋진 모습 못 봤어? 그런 모습에는 커헝이지. 커헝! 아니면 크엉이나."

"난 으르릉, 추천!"

언제부턴가 외뿔부족의 마을은 시장 바닥처럼 어수선해져 있었다.

연우가 탄생시킨 마룡이 화두에 오르면서부터였다.

연우가 지어 줬던 이름이 대차게 까였다는 사실이 전해진 뒤. 마을 사람들 사이에 마룡의 이름을 지어 주는 게 놀이가 된 덕분이었다.

"쯧쯧. 이것들이 하루 종일 쌈박질만 해 대더니 센스라고는 죄다 똥통에다 집어넣었구만."

"으잉? 그렇게 말하는 너는? 좋은 센스가 있냐?"

"당연하지!"

"뭔데?"

"나비!"

"……."

"자고로 이런 이름은 딱 눈에 들어오는 게 좋…… 야! 무시하지 마!"

부족원들은 좀처럼 의견을 규합하지 못했다.

"정말이지 이름 짓는 건 너무 어려워. 나도 11층에서 환수 깨우고 난 뒤에 이름 제대로 못 지어 줘서 고생했는데."

"그래도 마룡이! 환룡도 아니고, 난생처음 보는 존재가 태어났는데! 뭔가 그럴싸한 걸 지어 줘야지!"

마룡이란 존재는 오랜 세월을 이어 온 외뿔부족에서도 처음 보는 형태의 환수였다.

신수급에 해당하면서 마수의 힘을 같이 풍기는 오묘한 존재.

튜토리얼에서 아카샤의 뱀과 부딪쳐 본 적이 있던 몇몇은 아카샤 뱀을 떠올리기도 했다. 풍기는 느낌은 그보다 훨씬 격이 높았지만.

그렇다 보니 외뿔부족은 기록상으로 남을 최초의 마룡에게 그럴싸한 이름을 붙이고 싶었다.

그래서 골머리를 쥐어 싸맸지만.

사실 외뿔부족은 하나같이 강해지는 것과 싸움에만 관심이 가득할 뿐. 다른 일에는 전혀 무관심한 족속들이었다.

"끄응. 사실대로 말하자면. 나는 크르릉이 좋은데 말이지."

"어라? 자네도 그렇게 생각했나? 확실히 하나같이 그것만 못해."

"다들 같은 생각이군."

"이렇게 된 거 다시 카인에게 그 이름을 권고해 보라고 할까? 이보다 더 좋은 이름은 나올 수가 없어."

에도라는 웅성대는 소리를 듣고 손으로 이마를 짚었다. 한숨이 저절로 나왔다.

이렇게 뇌까지 근육으로 가득 찬 바보들이 여태 탑에서 최강의 일족이니 뭐니 하면서 불렸다는 사실이.

부끄러워지는 하루였다.

＊　　　＊　　　＊

결국 마룡의 이름은 조금만 더 시간을 두고 고민하기로 결정했다.

후보군을 잔뜩 뽑아서 하나씩 불러 댈 때마다 마룡에게서 돌아오는 대답은 한숨뿐이었으니까.

『……처음에는 장난치는 줄 알았는데. 정말 이런 걸 좋다고 내놓는군. 하아! 더 생각해 봐라. 주인, 내가 널 '응애'나 '차 놈'이라고 부르면 기분이 어떻겠나? 그런 것과 같은 거라고. 더 고민하고 불러!』

마룡은 이제 짜증을 낼 기력도 없다는 듯이 투덜거리고, 돌 속에서 깊은 잠에 들었다.

부화를 마친 지 얼마 되지 않아서 그럴까.

마룡은 자신에게 주어진 4대 신수의 힘과 환룡의 기운을 모두 소화할 시간을 필요로 했다. 그러니 작업이 마무리되는 동안, 연우더러 좋은 이름을 지어 두란 뜻이었다.

결국 연우는 한참 동안 골머리를 쥐어 싸매다가, 작명을 반쯤 포기하고 말았다.

당장 이것저것을 떠올려 봤자 또 대차게 까일 게 분명했다. 그렇다면 천천히 고민을 해야 할 것 같았다.

환룡 때의 이름을 그대로 붙여 줄까 하는 마음도 들었지만. 그건 정작 본인이 거절했으니.

애완동물을 키워 본 적도 없던 연우로서는 어렵기만 한 숙제였다. 사실 의사소통이 가능한 환수를 애완동물처럼 여길 수도 없었지만.

그래서 연우는 정리해야 할 것 중 다음 차례로 넘어갔다.

'어비스 터틀의 후임을 찾을 것.'

연우는 퀘스트 목록에서 어비스 터틀이 남겼던 히든 퀘스트를 떠올렸다.

[히든 퀘스트 / 어비스 터틀의 시험]

내용: 어비스 터틀은 피닉스와 허무룡의 시험을 진행하고 있는 당신을 흥미로운 눈빛으로 관찰하고 있습니다. 그리고 그들에 이어서 시험을 내리고자 합니다.

어비스 터틀은 복수보다 자신들을 대신해 북쪽을 도맡아 줄 후임자를 찾고자 합니다. 어비스 터틀의 후임이 될 만한 자격을 가진 환수를 찾아 신수로 각성시키세요.

보상:

1. 머리 거북이의 등껍질 조각

2. 꼬리 뱀의 허물

3. ???

자웅동체였던 어비스 터틀은 피닉스처럼 후손을 남기지 못한 것을 안타까워했다. 그래서 자신의 뒤를 이을 후계를 만들어 달라는 퀘스트를 남겼다.

하지만 사실 이건 난이도만 따지자면, 30층대나 40층대의 시련과 비교해도 절대 떨어지지 않았다.

'신수 만들기가 그렇게 쉬웠다면. 이미 아무나 다 그만한 신수를 만들었었겠지.'

신수는 10층대를 비롯해서 탑의 세계를 상징하던 존재였다. 그만한 존재를 만든다는 것은 불가능에 가까운 일.

물론, 퀘스트의 내용이 어비스 터틀에 가깝게 만들라는 건 아니었다. 그만한 자격을 보유한 녀석을 찾아서 자리에 앉히면 된다는 내용이었으니까.

하지만 그것도 난이도가 비슷하긴 마찬가지였다.

아주 간단하게 해결할 수도 있었다. 쩍쩍이와 마룡이 있긴 하니까.

하지만.

'떨어지라고 하면 당장 나부터 잡아먹으려고 하겠지. 아니, 애초에 내가 그럴 생각도 없긴 하지만.'

결국 남은 방법은 하나뿐.

'강제로 만드는 수밖에.'

다행히 방법은 있었다. 그리고 순조롭게 진행되었다.

이 사실을 털어놓자, 에도라와 판트가 흔쾌히 돕겠다면서 나선 것이다.

"오라버니의 말씀은, 곧 태어날 저희의 환수를 신수로 만들자는 뜻이죠?"

"맞아. 너희들의 꿈을 먹고 자라날 환수라면 그만큼 잠재력도 풍부할 테고. 여기에 신수의 힘을 조금씩 나눠 준다면 충분히 자격을 갖출 수 있을 테니까."

연우는 마롱에게 부여했던 것처럼 이미 하나로 융합된 신수의 힘을 나눠 줄 생각이었다.

그리고.

'덤으로 심연의 구슬과 신수결초도 같이 넘긴다면.'

[심연의 구슬]

분류: 집화

등급: A+

설명: 허무룡이 오랜 세월에 걸쳐서 탄생시킨 구슬. 허무와 심연에서 퍼 올린 정수를 한데 집약시켰다. 가공 시, 어둠 계통의 속성을 다루는 플

레이어에게는 뛰어난 아뮬렛의 재료가 될 수 있다.

[신수결초]
분류: 영약
등급: A
설명: 외뿔부족의 대장로가 오랜 연구 끝에 탄생시킨 약초. 이걸 먹고 자라는 환수는 몇 단계 이상으로 진화할 잠재력을 얻게 된다고 한다.

심연의 구슬은 허무룡의 퀘스트를 수행한 뒤에 얻은 보상이었고, 신수결초는 얼마 전에 대장로가 달의 씨앗과 함께 넘긴 보상이었다.

둘 모두 뛰어난 재료들이었다.

심연의 구슬은 아티팩트의 재료로 훌륭했고, 신수결초는 짹짹이와 마룡을 더 크게 성장시킬 수 있었다.

하지만 연우는 두 가지를 모두 아낌없이 내놓기로 결심했다.

이미 4대 신수의 힘을 모두 흡수한 이상, 심연의 구슬은 그에게 큰 도움이 되지 못했다. 오히려 다른 보상인 허무룡의 역린으로 보호구를 만드는 게 좋았다.

신수결초도 마찬가지. 아직 쩍쩍이와 마롱 모두 자신들이 가진 힘도 제대로 흡수하지 못한 마당에, 더 많은 영약을 주게 되면 도리어 탈이 날 수도 있었다.

무엇보다.

'단순히 어비스 터틀의 후임이 아니라, 다른 4대 신수들의 후임까지 될 수 있다면. 그때 주어지는 공적치나 보상은 어떨까?'

11층을 지키던 네 신수가 모두 스러진 이때. 그리고 뛰어나다는 다른 환수들도 거의 전멸한 이 상황에.

죽은 신수들이 부활을 하기에는 상당한 시간을 필요로 한다. 그동안 11층의 생태계는 엉망으로 치달을 수밖에 없다. 신수들은 11층을 지탱하는 기둥이기도 했으니까.

그래서 연우는 4대 신수가 맡고 있던 역할을 새롭게 태어날 신수에게 전부 몰아줄 생각이었다.

아무도 해내지 못한 새로운 업적을 성취할 수 있는 것이다.

'여태껏 지켜봤던 탑의 시스템은 새로운 업적을 취할 때마다. 뛰어난 성취를 보일 때마다 그에 준하는 보상을 확실하게 보였어. 그렇다면 이번에도 크게 다르지 않겠지.'

연우는 손으로 턱을 쓰다듬었다. 이만한 일은 아무도 해내지 못했기 때문에 어떤 보상이 주어질지는 도무지 짐작도 가질 않았다.

다만, 한 가지 확실한 점은.

'올림포스의 보고를 열었을 때에 비해도 절대 낮지 않을 거란 거지.'

연우는 들뜬 마음을 겨우 가라앉혀야 했다.

더구나 이 계획이 성공한다면, 업적이나 보상만 따르는 게 아니었다.

11층의 생태계를 손에 쥔 신수를 옆에 둔다는 것은 11층 자체를 손에 넣는다는 것과 똑같았다. 환수와 마수, 신수들이 살아가는 세계. 환계(幻界)라는 세상을.

아직 확실한 가닥은 잡히지 않았지만, 한 개의 층계를 마음대로 좌지우지할 수 있다는 건 앞으로 큰 메리트가 될 게 분명했다.

연우는 이러한 생각 중 일부만 밝혔다.

하지만 그걸로도 충분했다.

판트 남매 역시 아직 11층을 끝내지 못한 상태. 뛰어난 공적치를 얻을 수 있는 일이었기 때문에 거절할 이유가 없었다.

그리고 외뿔부족에서도 큰 관심을 보였다.

특히 대장로를 비롯한 장로들은 마룡의 알에 이어 새로운 연구거리가 생겼다면서 크게 좋아했다. 마룡의 부화를 지켜본 것도 신기한데, 이번에는 신수를 만들어 본다는 사실이 기가 막히다면서.

저대로 두면 장로원이 통째로 11층으로 넘어가는 게 아닐까 싶을 정도로 소란스러워졌다. 몇몇 부족원들은 벌써 새로운 신수의 이름을 지어 보자면서 떠들어 대기도 했다.

그렇게 떠들썩한 마을을 보면서.

연우는 가볍게 웃음을 흘리다가, 곧바로 다음 계획으로 넘어갔다.

*   *   *

연우는 잠시 폐관 수련을 하겠다는 핑계를 대고, 마을을 벗어났다.

지금부터 할 일은 그로서도 조심스럽고, 최대한 비밀리에 진행해야만 하는 일이었으니까.

그리고.

가장 고대하던 순간이기도 했다.

"이제 남은 건, 바할과 리언트를 쥐어짜는 거로군."

연우는 과연 천여 마리의 망령들이 시끄럽게 돌아다니는 컬렉션 속에서, 바할 등이 어떤 꼴이 되었을지 궁금했다.

분명 의식은 어느 정도 남아 있을 것이다. 하이 랭커나 그에 준할 만큼 뛰어난 녀석들이었으니까.

하지만 그렇기 때문에 망령의 세계는 더 답답하게 여겨질 수밖에 없을 것이다.

어쩌면 안에서 저들끼리 실컷 치고받고 싸웠을지도 모른다. 물론, 그래 봤자 물리적인 행사력이 없어 아무런 해도 입히지 못할 테지만.

연우는 허공에다 가볍게 손을 흔들었다.

츠츠츠.

잿빛 안개가 한데 뭉치면서 두 마리의 사귀가 나타났다. 원래 격이 높아서 그런지 흑기를 조금만 불어 넣어도 금세 진화할 수 있었다.

「이…… 곳은?」

「밖?」

의식을 되찾은 바할과 리언트가 고개를 들어 주변을 확인하려던 그때.

휘리릭!

지면에 깔렸던 그림자들이 촉수처럼 뻗어 나와 두 녀석을 넝쿨처럼 칭칭 감았다. 사지를 결박하고, 목과 몸을 묶어 옴짝달싹할 수 없게 만들었다.

미리 그들과 함께 나와서 대기하고 있던 괴이들이 나선 것이다. 두 녀석이 함부로 경거망동할 수 없도록.

「크윽!」

「제기랄! 이게 뭐야아!」

덕분에 멍하니 있다가 묶여 버린 두 녀석은 버럭 소리를 질렀다.

강렬한 사념이 풍기면서 어떻게든 괴이들을 떨쳐 내기 위해서 마구 저항했다.

특히 바할의 주변으로는 붉은 불꽃이 튀어 오르면서 괴이들을 태워 버리고자 했다. 저항할 때마다 그림자 촉수도 자꾸 위아래로 들썩거렸다.

「감히! 이깟 버러지들 따위가아!」

강렬한 사념이 요동쳤다.

연우는 힘들어하는 괴이들을 보면서 혀를 찼다.

'역시. 이걸로도 힘들어.'

어느 정도 짐작은 했었다.

하이 랭커는 탑의 세계에서도 최고 순위에 오른 자들. 당연히 영혼이 가진 격이 남다를 수밖에 없었다.

연우가 바할을 잡을 수 있었던 것도 어부지리를 취해서 이지, 그의 실력이 바할을 능가했기 때문이 아니었다.

당연히 괴이들이 바할을 감당하기란 요원할 수밖에.

그나마 이렇게라도 버틸 수 있는 건, 사귀와 괴이 간에 주어지는 격차가 크기 때문일 뿐. 이렇게 계속 둔다면 괴이들의 결박도 끊어질 게 분명했다.

다만, 연우는 짐작을 하고 있으면서도 바할의 힘이 어느 정도일까 확인하고 싶었다.

그리고 결과는. 생각했던 것보다 그 정도가 훨씬 심했다.

이렇게 계속 됐다가는 이야기하기가 불편해진다.

결국 연우는 어쩔 수 없다는 듯, 손가락을 한 번 더 튕겼다.

그러자 컬렉션에 있던 모든 괴이들이 밖으로 소환되었다. 훨씬 많은 그림자 촉수들이 튀어나와 바할을 미이라처럼 더 두껍게 감쌌다.

「크아아! 차정우! 차정우우우! 너 따위가 나아아알! 잘도 이딴 꼴로오오!」

바할은 결국 바닥에 강제로 꿇려진 채로 분노를 잔뜩 토해 냈다.

연우를 노려보는 눈길에서 불똥이 튈 것 같았다. 하지만 그 속에는 죽기 직전에 가졌던 공포심이 완전히 사라지지 않은 상태였다.

「뭐? 차정우라고?」

연우의 얼굴을 보지 못했던 리언트가 화들짝 놀라 그를 바라봤다.

사념이 잘게 떨렸다. 뭐가 어떻게 돌아가는지 모르겠다는 상태였다.

혼란스러워하는 녀석들을 보면서.

연우는 쓰고 있던 가면을 천천히 벗었다.

그의 얼굴을 본 순간. 둘은 경악을 내뱉었다.

바할은 공포를 잊기 위해 더 크게 분노를 토했고, 리언트는 두려움을 잔뜩 안으면서 몸을 덜덜 떨었다. 새된 비명 소리가 흘러나왔다.

연우는 녀석들이 풍겨 대는 혼란스러운 사념을 잔뜩 받아들이면서.

"너희들."

싸늘한 목소리로 말했다.

"'돌'과 관련된 것. 레드 드래곤이 청화도를 급습한 이유. 말해 줘야겠어. 하나도 빠짐없이. 전부."

「어떻게 네가 여기에? 분명히 죽었을 텐데? 분명히. 분명히 너의 심장에다 칼을 꽂은 건 나였다고!」

리언트는 혼란스러운지 횡설수설하기 바빴다. 금방이라도 자리를 이탈하고 싶어 하는 눈치였지만, 그림자에 단단히 묶여 옴짝달싹하지를 못했다.

바할은 조금 달랐나.

무슨 생각인지, 갑자기 더 이상 저항하지 않았다. 녀석은 어차피 저항을 해도 구속을 벗어날 수 없다는 걸 너무 잘 알고 있었다.

대신에 가만히 서서 연우를 빤히 쳐다봤다. 흐릿한 안광으로 뭔가를 짐작한 듯 작게 중얼거렸다.

「너…… 정우를 닮았지만, 아냐. 대체 누……! 큽!」

하지만 바할의 말은 길게 이어지지 못했다. 그림자 촉수가 더 팽팽하게 조여지면서 녀석의 숨통을 옥죄었다.

연우가 녀석들을 보면서 싸늘한 말투로 말했다.

"착각하지 말았으면 좋겠어. 지금부터 질문을 던지는 건 나야. 너희들이 아니고. 너희들은 그저 묻는 질문에 대답만 하면 돼."

「헛소…… 크악!」

바할은 저항을 하려다 말고 갑자기 괴성을 질러 댔다.

그림자의 결박이 더 단단해지고, 그 위로 푸른 불꽃이 피어오르면서 녀석의 주변을 칭칭 감았다.

푸른 불꽃이 짙어질수록. 성화가 타오를수록. 바할은 더 크게 고통에 몸부림쳤다.

성화는 어둠 계통에 있어 정반대되는 성질을 자랑한다.

당연히 성화가 화려하게 피어날수록, 바할은 영혼이 갈가리 찢기는 걸로도 모자라 지옥 불 위를 뒹구는 듯한 엄청난 고통을 맛봐야만 했다.

목이 상할 일이 없기 때문에 사념은 점점 강렬해졌다. 귀곡성도 같이 잔뜩 퍼져 나갔다.

다만, 리언트는 바할과 달리 비명을 지르지 않았다. 이미 공포에 영혼이 잠식되어 덜덜 떨고 있기 바빴다.

연우는 바할의 기력이 어느 정도 쇠해졌다 싶을 때 성화를 도로 거뒀다.

그리고 다시 물었다.

"돌에 대해서 전부 말해. 레드 드래곤에 관련된 것도 전부."

「헉. 헉. 웃기…… 크으윽!」

연우는 바할에게서 저항할 기미가 보이자마자 성화를 도로 붙였다. 이번에는 조금 더 화력을 올렸다. 푸른색이 노란색으로 변하면서 바할의 영혼을 찢었다.

「아아악! 아아아악!」

아무리 정신력이 강하다고 해도 계속 이어지는 고통은 사람을 피폐해지게 만든다.

더구나 육체는 통각을 임의로 차단할 수 있기라도 하지, 영혼은 그럴 수도 없었다.

상처를 입으면 입는 대로. 피해를 입으면 입는 대로 고통을 고스란히 맛봤다.

익숙해지는 일도, 적응하는 일도 없었다.

그러다 바할의 기력이 바닥이 나 색이 옅어질 무렵에는 다시 흑기를 불어 넣었다. 기력을 단단히 보충시키고, 다시 성화를 둘러 고문을 재개했다.

「제발! 제바알! 말할 테니까, 제발! 그만둬어어! 그만두라고오오!」

결국 바할은 참지 못하고 항복 선언을 했다. 영혼이 몇 번씩이나 찢겼다가 재조립되는 끔찍한 과정을 더는 겪고 싶지 않았다.

하지만 연우는 아무런 대답도 하지 않았다.

묵묵히 성화를 태우고 거두기를 반복하면서 바할을 계속 지옥의 구렁텅이 속으로 몰아넣었다.

「아아악! 아아아악!」

연우는 바할의 귀곡성을 무시하고, 리언트 쪽으로 시선을 돌렸다.

리언트는 연우와 더 이상 눈을 마주치지 못하고 고개를 돌리려고 했다. 하지만 단단하게 속박된 그림자 때문에 꿈쩍도 할 수가 없었다.

「나, 난⋯⋯!」

연우는 두려움에 떠는 녀석이 있는 쪽으로 걸음을 옮겼다. 더 이상 아무 말도 없이. 천천히.

리언트는 동생의 심장에 칼을 꽂던 녀석이다. 그리고 동생이 가장 가깝다고 여기기도 했던 친구. 하지만 친애에 대한 보답은 배신으로 되돌아왔다.

하지만 연우는 왜 그랬냐고 묻지 않았다.

왜 그런 선택을 내렸는지. 왜 동생을 배신했는지. 왜 청화도로 넘어갔는지.

어차피 돌아올 대답이야 뻔했으니까. 제 딴에는 그럴듯한 이유나 핑계가 있을지 몰랐지만, 궁금하지도 않았다.

그저 녀석을 쥐어짜 동생에게 조금이라도 위로가 되었으면 하는 바람이 전부였다.

궁금한 게 있다면 딱 한 가지.

"너는 바할보다 아는 게 많았으면 좋겠는데 말이야."

돌에 대한 게 전부였다.

＊　　　＊　　　＊

"그러니까. 네가 만든 게 바로 '현자의 돌'이라는 건가?"

「그…… 렇다……! 그러니까…… 제 발…… 죽…… 여 줘!」

연우는 누더기가 되어 버린 리언트를 깔고 앉으면서 생각을 정리했다.

그만큼 녀석에게서 캐낸 정보는 그럴싸한 게 많았다.

'현자의 돌이라니. 그런 게 정말 있을 줄이야.'

탑을 오르는 플레이어라면 누구나 간절히 바란다는 영구적인 마력 기관.

전혀 망가지는 일 없이 순수한 마력을 무한대로 출력시키고, 불가능에 가까운 기적을 성공시킨다는 마법의 돌.

현자의 돌에 대한 소문은 예부터 아주 많았다.

동생이 남긴 일기장에도 언급이 되어 있을 정도였으니까.

하지만 동생은 현자의 돌에 대해서 딱 잘라 이렇게 말했다.

현자의 돌?

그딴 게 있다면, 이미 올포원이 탑을 모두 통과하고도 남았겠지. 말도 안 되는 소리다.

동생을 비롯한 하이 랭커들은 줄곧 현자의 돌이 없을 거라고 단언해 왔다.

현자의 돌에 대한 건 소문으로만 무성할 뿐. 아무도 본 적도 소지한 적도 없었다. 그만한 물건이 있다면 언젠가 소문이 날 수밖에 없었다.

무엇보다.

탑은 플레이어들에게 끊임없이 시련을 내리고, 극복케 유도한다. 만약에 진짜 현자의 돌이 있다면 진즉에 모든 게 전부 허망하게 변했을 테지.

만약에 있다고 해도 신과 악마들이 살아간다는 98층에

서나 기대할 수 있을 뿐. 77층 아래에서는 전혀 찾을 수가 없었다. 그리고 만들 수도 없을 거라고 예측했다.

물론 그렇다고 해도, 일말의 확률에 목숨을 거는 자들은 있기 마련이었다.

연금술사, 흑마법사, 강령술사 등 다양한 존재들이 현자의 돌을 만들어 보고자, 현자의 돌이 안 된다면 비슷한 물건이라고 만들어 보고자 뛰어들었다.

그리고.

그들 중에서 유일하게 리언트가 현자의 돌에 가장 가까운 물건을 만드는 데 성공했다.

[추가 정보를 통해 숨겨진 성능이 일부 공개됩니다.]

[???한 현자의 돌]

분류: ???

등급: ???

설명: 세상에 존재하는 수많은 기운 중에서 가장 순수한 형태는 바로 사람의 영혼이다. 이 돌은 에메랄드 타블렛이 가리키는 방향에 따라 수많은 영혼들을 가공하면서 탄생했다.

* ???

비활성화 상태입니다. (봉인)

**이 아티팩트는 '유니크'입니다. 탑에서도 오로지 단 한 개밖에 존재하지 않으며, 주인에게 완전히 귀속됩니다. 타인으로의 거래나 양도가 불가능합니다.

**아직 완성되지 않은 아티팩트입니다. 아티팩트를 완성해 주십시오. 그래야만 봉인된 정보와 옵션을 열람할 수 있습니다.

여전히 현자의 돌에 대한 정보는 대부분 가려져 있었다.

하지만 연우는 이것만으로도 장족의 발전이라는 것을 알고 있었다.

물꼬를 트는 게 어려울 뿐. 한 번 트기 시작한다면 그 뒤부터는 손쉬워지니까. 방향만 잡을 수 있다면 진척은 얼마든지 이뤄질 수 있었다.

'필요할 때에는 용의 지식도 일부 빌릴 수 있을 테고.'

연우는 눈을 가느다랗게 좁혔다. 리언트가 영구적인 마력 기관을 획득하기 위해서 이런 끔찍한 실험의 산물을 탄생시켰다는 것은 이제 알 것 같았다.

하지만 여전히 의문이 완전히 가신 건 아니었다.

"그런데 너는 대체 그런 걸 무슨 재주로 만들기 시작한 거지? 너에게는 이만한 지식이 없을 텐데?"

리언트가 어디서 이런 고급 정보를 얻었는지가 궁금했다.

제 딴에는 수많은 시행착오를 통해서 얻은 결과물로 생각하는 것 같았지만. 연우가 추측할 때에는 전혀 아니었다.

여러 시행착오로 만들어 낼 수 있는 물건이라면, 진즉에 레드 드래곤이 만들어 내고도 남았을 테니까.

아니, 레드 드래곤까지 갈 필요도 없이, 여러 연금술사 클랜이나 대마도사 집단들이 완성시켰을지 모르는 일이었다.

하지만 리언트는 그럴 만한 깜냥이 되지 못했다.

실력도 배포도 없었고, 재주도 없었다.

그렇다면 대체 어디서 이런 걸 만들 생각을 했을까?

'누가 있어. 분명히.'

연우는 리언트를 충동질한 누군가가 있다고 생각했다.

뒤에서 리언트를 움직이게 하고, 녀석의 결과물을 지켜보면서 도중에 가로채려고 했던 자가.

'물론, 녀석도 나 때문에 말짱 황이 되었겠지만. 아마 지금쯤 꽤나 배 아파하고 있겠어.'

그리고 연우는 흑막의 주인공이 자신도 익히 아는 사람일 것이라고 예상했다.

아니나 다를까.

「그…… 건 에메랄드 타…… 블렛을 몰…… 래 훔쳐서……!」

"에메랄드 타블렛? 그게 뭐지?"

연우는 정보 창에도 있던 단어를 듣고 눈을 반짝였다.

「비에…… 라가 갖고 있던…….」

"비에라? 비에라 듄을 말하는 거냐?"

「맞…… 아.」

연우는 헛웃음을 흘리면서 가볍게 혀를 찼다.

"여태 진짜 마녀한테 제대로 놀아나고 있었군."

별의 마녀, 비에라 듄.

비록 8대 클랜에 들지는 못했지만, 가진 저력만큼은 그에 못지않다는 마녀 집단 '발푸르기스의 밤'의 수장.

그리고.

'팀 아르티야의 초창기 멤버이자, 정우의 연인이기도 했던 자.'

세간에 비에라 듄은 여러 얼굴을 가지고 있다고 알려져 있었다.

어떨 때는 청초한 모습으로 남자의 심장을 두근거리게

만들고. 어떨 때는 관능적이었다가, 순진무구한 모습을 보여 주면서 사람을 희롱하기도 한다. 상황에 맞춰 다채로운 모습을 보이면서 사람들을 제 입맛대로 현혹한다.

더구나 세간에 알려지지 않은 그녀의 장기는 유혹과 정신 조작. 동생도 뒤늦게 깨달을 정도로 은밀하게 정신 조작을 벌이다 보니, 그녀의 손에 놀아나는 자들은 시간이 한참 흐른 뒤에야 자신들이 당했다는 사실을 깨닫곤 했다.

동생도 나중에 간 뒤에야. 모든 것을 잃은 뒤에야 겨우 그 사실을 깨달을 수 있었고.

그런데 그새 리언트도 당한 모양이었다.

하긴. 권력욕과 쾌락을 추구하는 리언트의 성격상, 비에라 둔이 유혹을 해 온다면 넘어갈 수밖에 없었을 테니까. 자신은 그런 사실을 전혀 모르고 있겠지만.

리언트의 설명은 그 뒤로도 계속 이어졌다.

에메랄드 타블렛은 현자의 돌을 제작할 수 있는 방법이 안내된 고문서(古文書).

청화도와 발푸르기스의 밤이 손을 잡고 진행했던 69층의 히든 던전 공략에서 비밀리에 습득했고, 비에라 둔에게 흘러 들어가려던 걸 도중에 리언트가 가로챘다고 했다.

그 뒤에는 검무신에게 들키지 않기 위해, 진행 기간 동안 철저하게 외부와 차단되어 있는 튜토리얼로 수하들을 보내서 실험을 할 수 있게 만든 것이었고.

"그럼 그 에메랄드 타블렛이란 건 어디에 있지?"

「내……가 부쉈…….」

연우는 가볍게 혀를 찼다. 자신이 직접 용마안으로 확인할 수 있다면, 에메랄드 타블렛이 가짜인지 진짜인지, 비에라 듄이 따로 훼손을 했는지 하지 않았는지를 알 수 있을 텐데.

"그럼 타블렛에 적혀 있던 내용들을 말해."

리언트는 이게 마지막 질문이라는 걸 직감적으로 깨달았다.

「그럼…… 말해 주면 날 바로 죽여 줄 건가……?」

"넌 이미 죽은 몸이지만. 뭐, 사라지게는 해 주지."

리언트의 안색이 처음으로 밝아졌다. 그렇게 해서 밝힌 에메랄드 타블렛의 내용은 현자의 돌을 연성하기 위한 과정이었다.

과정은 생각보다 단순했다.

하지만 그만큼 과격한 내용들이 많았고, 의구심이 가는 내용들도 많았다.

이따금 이해가 가지 않는 부분이 있을 때면 몇 번이고 되물었다. 그러다 말이 안 되는 부분은 리언트가 실험한 것들을 토대로 다시 머릿속에서 정리했다.

그리고 그 과정에서 용의 지식을 적극적으로 활용했다.

[용의 지식, '호크마'가 열렸습니다. 주어진 정보를 바탕으로 데이터베이스를 검색해서 결과를 산출합니다.]

[현자의 돌과 관련된 내용은 총 8가지입니다.]

[이중 접근이 가능한 2개의 검색 결과를 열람합니다.]

용의 지식 체계는 워낙에 방대하기 때문에 절대 단번에 수용할 수가 없었다.

그래서 고룡 칼라투스는 용의 지식도 등급별로 세세하게 분류해서, 계약자의 역량이 발전하는 것에 따라 접근할 수 있는 정보에 차이가 있도록 만들었다.

단계에 맞춰서 아주 천천히 습득할 수 있도록. 스펀지에 물이 스며들 듯이 지식을 차례대로 흡수해서 마지막에는 '진리'에까지 스스로 닿을 수 있도록.

그래서 정보를 열람할 수 있는 조건은 외부에서 '새로운 지식'을 습득했을 때였다. 용체를 각성하기 전에 용마안을 확장하기 위해 썼던 것과 비슷한 방식인 것이다.

다만, 그때보다는 더 정교하고 많은 것들을 얻을 수 있었다.

'마도공학을 기반으로, 연금술을 더했어. 거기다 연단술

의 묘리까지? 참 방대하게도 다루고 있군. 전부 파악하는 데에만 한나절이 걸리겠는데.'

그리고 연우는 리언트가 말한 내용들의 진위 여부를 알 수 있었다.

'가짜야. 1할의 거짓이 교묘하게 섞여 있는.'

누가 손을 썼는지는 몰라도, 참 정교하게 손을 댔다는 생각이 들었다.

그리고 한편으로는 의구심도 들었다.

에메랄드 타블렛을 제작한 사람은 누구일까? 그리고 비에라 둔은 이것을 조작하면서 뭘 꾸미려고 했던 것일까?

연우는 혹시 리언트가 거짓말을 했을 가능성도 염두에 뒀다.

용마안을 열어 둔 채로, 몇 번 더 성화를 부려서 처음부터 다시 자신이 했던 말을 내뱉도록 했다.

진술 중에서 어긋난 부분이 없는지 몇 번씩이나 거듭 확인했다.

그리고 녀석에게서 얻어 낼 만한 정보를 모두 얻어 냈을 때. 리언트는 이미 정신이 피폐하게 망가져 색이 금방이라도 꺼질 것처럼 위태롭게 출렁였다.

흑기를 불어 넣으면 다시 살아날 테지만. 더 이상 두고 괴롭힐 생각도 없었다.

부나 카처럼 강제로 권속으로 삼을까 하는 생각도 들었지만, 이런 놈을 둬서 뭐하겠냐는 생각에 부를 불렀다.

"부."

츠츠츠.

「하명. 하십시오.」

잿빛 안개가 뭉치면서 리치 부가 나타나 고개를 숙였다.

"먹어라."

「감사. 합니다.」

부는 고개를 숙이면서 입을 활짝 벌렸다. 그러자 리언트가 그림자에 칭칭 묶인 채로 확 다가왔다.

「자, 잠깐……! 날 죽여 준다고 했……!」

리언트는 뒤늦게 부가 뭘 하려는지 알고 비명을 질렀다. 흡수. 영혼을 통째로 흡수해서 갖고 있던 지식과 힘을 송두리째 빼앗으려는 것이다. 이렇게 되면 윤회는 꿈도 꿀 수가 없었다.

하지만 녀석을 편하게 보내 줄 생각 따윈 없던 연우는 그냥 무시로 일관했다.

떨그럭. 떨그럭. 치아와 치아가 부딪치는 소리가 날 때마다 리언트가 내뱉는 귀곡성이 자꾸 커졌다.

그리고 그때마다 부를 둘러싼 잿빛 안개도 점점 짙어졌다. 리언트는 청화도에서 무신까지 되었던 인물. 그만한 격을 통째로 삼키게 되니 크게 발전하는 것이다.

부는 마치 음미를 하듯이 리언트를 꼭꼭 씹어 삼켰다. 단순히 영혼만 먹는 게 아니라, 녀석이 가지고 있는 사념이나 지식, 스킬 따위도 모두 흡수하고자 근원까지 낱낱이 탐닉했다.

연우는 허리가 절반쯤 먹혀 가는 리언트를 보다가, 다시 바할을 돌아봤다.

덜덜덜······.

바할은 영혼이 통째로 갈려 나가는 리언트의 모습을 보며 말없이 부들부들 떨기만 했다. 성화로 인해 계속 이어지는 고통도 그를 피폐하게 만들었다.

그저 이 고통 속에서 빨리 해방되고 싶다는 생각밖에 없었다.

"내가 뭘 물을지, 알고 있겠지?"

그래서 바할은 연우가 던진 질문에 고개를 크게 끄덕이면서. 혹시 연우의 생각이 바뀔까 싶어 그 전에 자신이 알고 있던 사실들을 전부 속사포로 내뱉었다.

조금이라도 더 빨리. 더 편하게 소멸하기 위해서.

연우는 바할을 통해서 레드 드래곤과 청화도의 전쟁 이면에 있던 진실들을 알 수 있었다.

하나같이 들으면 들을수록 기가 막히는 내용들이었다.

"여름여왕의 드래곤 하트가 망가졌고, 그것을 복구하기 위해서 현자의 돌을 필요로 했다는 말이지?"

바할은 힘없이 고개를 끄덕였다. 더 이상 사념을 쥐어짤 힘도 없는 듯, 녀석의 영혼은 너덜너덜해진 채 힘을 제대로 쓰지 못했다.

역시나 리언트 때처럼 말의 앞뒤를 맞추기 위해서 몇 번씩 고문을 진행한 결과였다.

더구나 이미 그 전에도 몇 번씩 성화를 집어삼킨 덕분에, 이제는 흑기를 불어 넣어도 복구하기 힘들 지경에 이르러 있었다.

하지만 이미 연우도 알아낼 건 전부 알아냈기 때문에 신경 쓰지 않았다.

'최후의 용이라는 여름여왕이 위기에 빠졌단 말이지.'

그것도 동생과 싸운 뒤로 겪은 후유증 때문이라니.

'그래도 한 방을 먹이긴 했구나. 멍청하게 당하기만 한 건 아니라서 다행이야.'

연우는 자기도 모르게 피식 웃음을 터뜨렸다. 그러다 웃음은 여름여왕을 비롯해서 레드 드래곤과 청화도, 전체에 대한 비웃음으로 변했다.

돌의 행방이 어디에 있는지도 모르고 자기들끼리 치고받고 싸우기 바빴던 놈들.

병신들처럼 놀아났다는 사실이 우습기만 했다. 정작 녀석들이 찾는 돌은 자신이 갖고 있었는데도 불구하고.

결국 처음부터 끝까지, 녀석들은 연우의 손바닥 위에서 놀아났던 셈이다.

그리고 이 사실을 잘만 이용한다면 한동안 더 갖고 놀 수 있을 것 같았다.

'드래곤 하트가 망가진 상태로도 전쟁에 참여를 했던 것이라면. 지금쯤 꽤나 안달이 나 있겠어. 가뜩이나 부족한 마력이 아예 동나 버렸을 테니.'

드래곤 하트는 용종에게 있어 단순한 심장의 역할만 하는 게 아니다. 마력을 공급하는 근원이며, 위대한 존재로 남을 수 있게 만드는 힘의 원천이다.

그런 게 망가진 상태라면. 그리고 복구가 당장 힘든 상태라면.

'판세를 크게 뒤집을 수 있다.'

연우는 눈을 반짝이면서 붉은 혀로 메마른 입술을 축였다.

'이 사실을 어디다 흘리는 게 좋을까. 마군? 엘로힘?'

레드 드래곤은 적이 많다.

특히 악마를 신봉하면서 용의 사냥에 몰두하는 마군과 레드 드래곤이 자신들의 머리 위에 있는 것을 극도로 싫어

하는 엘로힘이 이 사실을 듣는다면 좋아서 춤을 출 게 분명했다.

연우는 비밀리에 이 사실을 퍼뜨릴 만한 방법을 찾아야 할 것 같다는 생각이 들었다. 단, 자신은 절대 드러나지 않도록.

'그리고 당분간은 몸을 사려야겠어. 언제 낌새를 눈치챌지 모르니까.'

여름여왕은 용종이니만큼 명석한 두뇌를 자랑한다. 당연히 이번 전쟁 배후에 다른 손길들이 닿아 있다는 것을 눈치챌 게 분명했다.

'일단 한동안은 현자의 돌을 완성하고, 층계를 공략하는 데 집중하자. 칼라투스의 행방도 찾아봐야 할 거고.'

연우는 바할을 고문하면서 기존의 생각 중 몇 가지를 바꿨다.

한 가지는 미완성인 현자의 돌을 완성시키자는 것이었다.

원래는 수많은 인명이 희생되고, 세어가 안 될 것 같았기에 현자의 돌을 이용할 생각이 없었지만.

여름여왕이 현자의 돌을 드래곤 하트의 대체재로 생각하고 있고, 그것을 완성하기 위한 여러 재료들을 모아 둔 창고가 있다는 사실까지 안 순간 생각이 바뀌었다.

연우는 용체를 각성하면서 마력회로를 완성시켰다. 그리고 권능을 차례대로 개방할 때마다 마력회로는 차츰차츰 용맥(龍脈)으로 변하면서 심장도 드래곤 하트로 변해 나갈 예정이었다.

'하지만 그러기엔 시간이 너무 오래 걸려. 그리고 아무리 용의 인자를 깨운다고 해도 언젠간 인간이란 한계에 부딪칠 수밖에 없고.'

그러니 편법을 쓰려는 것이다.

현자의 돌이라면 충분히 드래곤 하트의 역할을 할 수 있을 테니까. 마력회로의 발전도 더 빨라질 것이고, 용체 각성도 순조롭게 풀릴 게 분명했다.

그리고 잘만 한다면.

'권능을 전부 개방했을 때쯤에. 두 개의 드래곤 하트를 가질 수도 있을지 모르고.'

원래 동생과 고룡 칼라투스가 자신을 위해 마련해 둔 안배보다 더 높은 곳을 노릴 수 있다는 의미였다.

물론, 아무도 탄생시키지 못한 현자의 돌이니, 그것을 완성시키는 과정은 아주 힘들 테지만. 마냥 불가능하지는 않았다.

레드 드래곤은 클랜의 모든 전력을 끌어모아 여름여왕을 위한 재료를 모두 한데 모았다.

그 재료들이 모인 곳이 바로 '인트레니안'.

레드 드래곤에서도 몇 개 갖고 있지 않을 만큼 대용량을 자랑하는 거대 아공간 마법 창고였다.

그런데 문제는 그런 인트레니안이 현재 바할의 손에 있었다는 점이었다.

리언트를 꼬드길 목적으로, 바할에게 임시로 권한이 주어졌던 것인데. 도중에 연우가 개입을 하면서 허공으로 증발해 버린 셈이었다.

연우는 바할이 죽으면서 남겼던 아티팩트 중 반지를 꺼냈다. 다행히 녀석이 착용하고 있던 것들 대부분을 아공간 포켓에 넣어 뒀기 때문에 꺼내는 건 쉬웠다.

겉보기에는 단순한 구리 반지로 보이는 아티팩트.

[구리 반지]

분류: 액세서리

등급: F

설명: 단순한 구리 반지. 안쪽에 희미하게 특이한 문양이 그려져 있는 것이 특징이다.

**이 아티팩트에는 '봉인'이 걸려 있습니다.

봉인을 해제할 시, 숨겨진 기능이 드러납니다.

설명 창에서 보이는 내용도 아주 간단했다.

원래대로라면 그냥 줘도 가지지 않을 물건이었지만, 바할이 말한 대로 만지고 나자 숨겨진 봉인이 풀렸다.

화아악—

[인트레니안의 열쇠]
분류: 액세서리
등급: A++
설명: 인트레니안을 열 수 있는 열쇠. 인트레니안은 레드 드래곤의 여름여왕이 직접 거대 아공간을 가공하여 만든 마법 창고로, 어마어마한 용량을 자랑한다. 사용자와 의식이 연결되어 있어, 원하는 물건이 있으면 직접 아공간으로 넘어가지 않아도 자유롭게 수납이 가능하다.
 * 무한대의 창고
무한대에 가까운 용량을 자랑한다. 아공간을 기반에 두기 때문에 휴대가 간편하며, 무게도 느껴지지 않는다.

연우는 용마안을 열고, 반지 안쪽에 그려져 있는 무늬를 살피면서 일부를 훼손시켰다.

추적 마법. 함부로 인트레니안이 열렸을 때를 대비해 걸려 있었던 것이지만, 바할이 말해 주는 것을 토대로 해 용마안으로 살피니 쉽게 지울 수 있었다.

이것으로 거대 마법 창고가 고스란히 연우의 손에 떨어진 셈.

'추적 마법이 파훼되었다는 게 전해질지도 모르지만. 위치가 외뿔부족이면 저쪽도 단념할 수밖에 없겠지. 외뿔부족의 전리품이 되어 버리는 거니까.'

연우는 이렇게 고마운 선물을 해 준 여름여왕을 떠올리면서 가볍게 웃음을 터뜨리고, 반지를 왼손에 끼웠다. 그리고 마력을 불어 넣었다.

그러자 눈앞으로 아공간이 활짝 열렸다.

안쪽으로 들어가자, 끝을 알 수 없을 만큼 넓은 공간이 나타났다.

각각 구획별로 나눠져 있는 마법 창고는 크기만 따지면 외뿔부족의 무서고를 능가할 정도였고, 안에 담긴 것들은 휘황찬란하게 반짝이는 재화들이었다.

'이것만 있으면 앞으로 돈 걱정은 크게 없겠는데.'

가뜩이나 휴대용 창고, 인벤토리에 대한 필요성을 느끼고 있었는데. 이것만 있으면 충분하다 못해 넘칠 지경이었다.

그러다 연우는 안쪽으로 깊숙하게 들어갔다.

거기엔 바할이 말했던 재료들이 가지런히 종류별로 정리되어 있었다. 하나같이 연금술에서 귀한 보물로 분류되는 것들. 여기에 있는 것들만 다 모아도 S급 아티팩트를 다량으로 살 수 있을 정도로 천문학적인 액수를 자랑했다.

연우는 다시 한번 더 만족에 찬 미소를 흘리면서, 인트레니안에서 나와서 도로 아공간을 닫았다.

'에메랄드 타블렛의 내용도 알고 있는 이상. 재료도 충분히 있으니 현자의 돌은 얼마든지 완성시킬 수 있어.'

물론, 1할의 거짓이 섞여 있긴 하지만, 그건 용의 지식을 바탕으로 연구를 하다 보면 금세 풀릴 게 분명했다.

하지만 그러기 위해서는 그 전에 연금술과 마도공학도 공부를 해야 할 것 같았다.

마도공학은 야금술을 단련하면서 용의 지식을 습득하면 되니 어렵지 않다.

그렇다면 남은 건, 연금술.

다행히 연금술을 배울 만한 곳은 있었다.

'브라함. 그 양반을 찾아봐야 할 것 같은데.'

동생이 인연을 맺었던 연금술사는 총 두 명이었다.

한 명은 안티 베놈 베이럭.

다른 한 명은 '연단가' 브라함.

브라함은 사실 여러모로 기이한 사람이었다. 좋게 말하면 자유분방하고, 나쁘게 말하면 자기 멋대로인 사람. 그러면서도 자신만의 선이 있어 그것을 지키며 살아가고자 하는 수행자(修行者)이기도 했다.

그리고 그런 기질을 닮아서 그런지. 그가 정립했다는 연단술은 여러모로 신기한 점을 많이 품고 있었다.

사실 연단술은 연금술과는 궤를 달리하는 학문이었다. 연금술은 쇠를 다루고, 연단술은 약을 다룬다. 시작점이 다른 것이다.

하지만 두 가지 모두 갖가지 여러 재료를 다루며, 궁극적으로 '금인(金人)'이 되기를 추구한다는 점에서 목표 지점은 같았다.

그래서 연단술과 연금술은 서로 교차하는 점이 많으며, 교류도 잦은 편이었다. 서로가 다른 시점에서 볼 수 있기 때문에 객관적으로 살필 수 있다는 이점도 있었다.

다만, 시간이 흐르면서 아티팩트의 중요성이 커짐에 따라 연금술은 흥하는 데 반해, 자기 수양도 같이 따라야만 하는 연단술은 점차 쇠락해 간다는 차이점이 있었다.

브라함은 그런 연단술에 마지막 남은 대가였다.

그를 통한다면, 연금술과 함께 연단술도 공부해서 현자

의 돌을 완성시킬 수 있을 것 같았다.

무엇보다.

'정우와 작지 않은 인연을 갖고 있기도 하고.'

뱀사냥꾼 갈리어드와 함께 동생이 깊은 인연을 맺었던 사람. 연우가 갈리어드를 찾았을 때 팔았던 이름이기도 했다.

다행히 브라함은 자신의 행적을 잘 숨기고 다니는 사람이 아니었다. 그러니 금방 쫓을 수 있을 것 같았다.

물론, 랭커이니 만큼 상위 층계에 있을 테니, 빠른 공략은 필수였다.

우드득.

두득.

연우는 가볍게 몸을 풀었다.

이래저래 정리를 하다 보니 앞으로 해야 할 일에 대해서 전체적인 그림이 그려지는 것 같았다.

할 게 아주 많았다.

그리고 그만큼 층계 공략에도 신경을 쓰면서, 아직 단단히 잠겨 있는 여러 권능도 차례대로 개방해야 했다.

그렇게 생각을 정리하면서.

연우는 다시 바할 쪽으로 시선을 돌렸다.

눈이 마주친 바할이 화들짝 놀라 주춤거렸다. 흐릿한 안광이 출렁이면서 두려움에 잠겼다. 얼마 전까지 하이 랭커였던 사람이 맞나 싶을 정도로 심하게 떨고 있었다. 그만큼 고통스러웠단 뜻이겠지.

연우도 더 이상 바할에게서 볼일이 없었기 때문에 샤논을 소환했다.

여태 상황을 지켜보고 있던 샤논은 하이 랭커의 영혼을 자신에게 주려 한다는 사실을 알고 크게 기뻐했다.

그리고 허락이 떨어진 순간, 샤논은 즐거운 마음으로 바할을 먹어 갔다. 그가 가진 능력들이 고스란히 전해지기를 바라면서.

특히 녀석을 상징하던 시그니처 스킬, 불벼락과 볼케이노 중 최소한 한 개는 자신에게 주어지기를 기대하며.

콰드득. 콰득.

「크아아아……!」

그렇게 바할의 고통에 찬 절규만이 음산하게 퍼져 나갔다.

＊　　＊　　＊

[샤논(데스 나이트)이 상대의 근원을 흡수하는 데 성공했습니다.]

[전체 능력치가 비약적으로 상승했습니다.]

[어둠 계통의 속성력이 15만큼 상승했습니다. 더욱더 강한 악 속성을 띠기 시작합니다.]

[샤논(데스 나이트)이 스킬 '볼케이노'를 획득했습니다.]

「하아! 그래. 이거야. 이런 기분을 만끽하고 싶었어.」

샤논은 아주 크게 기뻐했다. 원래 강해지는 것을 추구하던 성격답게, 부쩍 오른 능력치에 쾌락을 느끼는 중이었다.

물론, 하이 랭커의 영혼을 흡수했다고 해서 당장 샤논이 그만큼 강해진 건 아니었다. 그랬다면 전장에서 포식을 했던 괴이들도 집단 진화를 이뤘을 테니까.

하지만 '격'이라는 것은 남아 있기에. 샤논은 그 격을 고스란히 흡수하면서 자신의 잠재 능력을 대폭 향상시킬 수 있었다. 데스 나이트로서 가질 수 있는 한계를 아주 높게 올린 것이다.

한계를 높인다는 것은 아주 중요했다. 그만큼 성장할 수 있단 뜻이고, 높은 경지를 노릴 수도 있을 테니. 격을 올리기 위한 필수 과정인 것이다.

특히 스킬 볼케이노를 얻었다는 사실은 샤논을 잔뜩 흥분케 했다.

볼케이노는 화력을 마구 남발하여 주변을 초토화시키는 화권의 상징.

그것을 고스란히 재현할 수 있다면 무서울 게 없을 것 같았다.

연우는 그런 샤논을 보면서 만족에 차 고개를 끄덕였다. 권속의 우두머리라 할 수 있는 그와 부가 강해지면 강해질수록 자신의 전력도 높아질 테니까.

그리고.

[샤논(데스 나이트)의 성취가 주인에게도 긍정적으로 작용합니다.]
['바토리의 흡혈검'의 특성이 적용되어 상대의 근원을 갈취하는 데 성공했습니다. 스킬을 일부 강탈하였습니다.]
[스킬 '불벼락(넘버링 41)'이 생성되었습니다.]

샤논의 성취를 바탕으로, 심령으로 연결된 연우에게도 그 효과가 고스란히 전해졌다.

바토리의 흡혈검으로 흡수했던 바할의 정수가 화려하게 꽃을 틔운 것이다.

[불벼락]

넘버링 41

숙련도: 0.0%

설명: 하이 랭커 바할을 상징하던 시그니처 스킬. 잔뜩 응집시킨 불의 기운을 벼락이라는 형태로 풀어낸다. 그만큼 빠르고 강렬해서 지정된 대상자가 미처 제대로 응대하지 못하게 만든다.

아직은 숙련도와 속성력이 터무니없이 낮아 제대로 된 사용이 불가능하다. 상당한 양의 마력도 필요로 한다.

＊뇌흔(雷痕)

소비된 마력에 비례해서 강렬한 벼락을 내리꽂는다. 때에 따라서는 높은 확률로 방어 결계도 부수며, 사방을 망가뜨려 상대를 혼란으로 몰아넣는다.

＊이글거리는 화상

스킬이 전개된 뒤로도, 상당한 시간에 걸쳐 화상 효과를 낸다. 이때에 낮은 확률로 치유 마법을 파훼한다. 또한, 살갗이 타들어 가는 고통을 극대화시킨다.

불벼락!

연우는 스킬란에 새롭게 추가된 스킬을 보면서 주먹을 꽉 쥐었다. 화권 바할을 있게 만들었던 스킬을 손에 넣은 것이다. 동생도 부러워했던 파괴력이 짙은 스킬.

사실 연우는 각종 연계기 스킬은 있었어도, 강렬한 한 방을 보일 수 있는 파괴력 있는 스킬은 그동안 없었다. 위기에 내몰렸을 때에 상황을 반전시킬 수 있을 비밀의 패가.

하지만 이것만 있다면 이야기가 다르다. 불벼락이 자랑하는 파괴력은 이미 널리 알려져 있으니까.

더구나 연우는 쨱쨱이 덕분에 불 계통의 속성에 있어서는 높은 수치를 자랑했다. 그와 상성도 잘 맞는 것이다.

물론, 아직은 숙련도가 낮아 제대로 풀어낼 수 없다고 설명되어 있었지만. 크게 걱정하지 않았다.

'마력을 상당히 소비한다고 해도, 내가 마력을 걱정할 필요는 없지. 거기다 성화까지 섞는다면…… 큰 힘이 되어 줄 거야.'

그런 숙련도를 뒤집어 버릴 만큼, 용체라는 특성은 아주 대단한 것이었으니까.

연우는 불벼락의 힘을 한 번 확인해 보고 싶다는 생각이 강하게 들었다.

그때.

「그런데 주인.」

샤논이 갑자기 연우를 빤히 바라보면서 슬쩍 말꼬리를 올렸다. 뭔가 바라는 것이 있다는 어투.

연우는 딱 잘라 말했다.

"안 돼."

「험험! 난 아직 아무 말도 하지 않았…….」

"무슨 말을 할지 뻔히 아니까 하는 말이다. 녀석은 안 돼."

샤논은 팔짱을 끼면서 그답지 않게 투덜거렸다.

「쳇! 그래도 놈이 주인의 수족이 되어 줄 것 같지는 않은데? 안 되면 그땐 넘겨. 어때?」

"안 돼."

아무래도 하이 랭커의 영혼을 한 번 맛보니 더 강한 자극을 받고 싶은 모양인데.

하지만 연우는 그런 샤논의 기대에 부응할 수 없었다. 바할이나 리언트와 다르게 이 녀석은 권속으로 삼을 생각이었으니까. 이미 쩍쩍이에게도 따로 양해를 구한 상태였다.

가볍게 손을 흔들었다.

그러자 새로운 사귀가 나타나 고요한 눈길로 연우를 바라봤다. 녀석은 벙어리처럼 아무 말도 하지 않았다.

아직 의식을 되찾지 못한 것인가 싶을 수도 있겠지만. 연우는 녀석의 사념이 처음부터 똑바로 갖춰져 있다는 사실을 알고 있었다.

그래서 녀석의 눈을 바라보면서 말했다.

"내 밑으로 들어와라. 그럼 네 아들을 살려 주겠다, 도무신."

고요하기만 하던 녀석의 눈가에 처음으로 파문이 퍼졌다.

「내 아들이, 살아 있다고?」

도무지 믿기 힘들다는 말투.

도무신은 컬렉션 속에 있으면서 드문드문 의식이 들 때마다 밖을 관찰했었다. 때문에 자신이 죽고 난 뒤에 벌어진 일들에 대해서 대략적으로 파악하고 있었고, 아들이 살 수 있을 거란 희망을 포기한 상태였다.

청화도가 망가지고, 레드 드래곤도 여름여왕의 부상으로 섣불리 움직이지 못하는 이때. 자신의 아들을 지켜 줄 사람은 아무도 없었으니까.

그런데 자신들을 이런 꼴로 만든 원흉이, 직접 아들이 살아 있다고 말을 한다.

도무지 믿기지가 않았다.

하지만 신뢰 문제와 다르게. 연우에게서 전해지는 사념은 분명히 그가 거짓말을 하지 않고 있다는 것을 말해 주고 있었다.

연우는 팔짱을 풀면서 말했다.

"못 믿겠다면 따라와."

「…….」

연우는 대답을 듣지 않고 다른 쪽으로 몸을 날렸다.

도무신은 빤히 그것을 보다가, 조용히 뒤를 따랐다.

*   *   *

연우가 도착한 곳은 마을 내에 위치한 의실(醫室)이었다. 거기서 한빈은 의원의 치료를 받으면서 깊은 잠에 빠져 있었다. 붕대를 감고 있는 얼굴은 많이 초췌해져 있었다.

「……빈아.」

도무신은 아들의 모습을 보고 슬픔에 잠겼다. 아들이 왜 저런 몰골이 되었는지 설명을 듣지 않아도 이유를 알 것 같았다.

고통이 너무 심해서 마약에 찌들어 있던 아들이다. 그걸 강제로 끊은 데다가, 갖가지 고문까지 겹쳤으니 정상일 수가 없었다.

게다가 외뿔부족이 치료를 해 주고 있다지만, 그들의 성격상 아들의 고집을 받아 줄 리도 만무했다. 당연히 눈치를 볼 수밖에 없는 상황인 것이다.

무엇보다 여태껏 전가의 보도처럼 휘둘러 댔던 아버지란 존재가 사라지고 만 상태. 녀석이 의지할 곳도 없으니 무너지는 게 당연했다.

그래도 도무신은 한빈이 이렇게 살아 있다는 사실이 너무 감사하기만 했다.

여태 비뚤어진 길을 걷고, 많은 사람들을 다치게 했다지만. 그리고 그 사실을 알면서도 여태 모른 척 넘겨 왔지만. 그래도 그에게는 소중한 아들이었으니까.

「언제…….」

"언제 데려왔냐고?"

도무신은 말없이 고개를 끄덕였다.

"전쟁이 터지기 직전에. 바할이 귀찮으니 정리하고 오라는 걸 몰래 따로 빼 뒀었지."

「역시. 살려 둘 생각이 없었던 거로군. 레드 드래곤은.」

도무신은 이를 악물었다. 그러다 홱 하고 고개를 돌려 연우를 노려봤다. 그들 부자지간이 이렇게 되도록 만든 게 누군지 정확하게 알고 있었다.

하지만 그런 시선도 잠시.

도무신은 곧 고개를 숙여야만 했다. 지금 상황에서 누가 우위에 있는지를 깨달은 것이다. 아들을 저쪽에서 취하고 있는 이상, 그는 무조건 자세를 낮춰야만 했다.

그리고 연우는 그것을 아주 당연하다는 듯이 받아들였다.

"짹짹이에게 고마워하는 게 좋을 거야."

「짹짹이?」

"너에게 죽은 피닉스의 자식."

「……?」

도무신의 얼굴에 의문이 어렸다. 피닉스의 새끼가 왜?

"그 아이가 저놈을 살려 주라고 했었으니까."

「……!」

"자신과 똑같은 처지에 놓인 사람을 여럿 만들 필요는 없다고. 굳이 목숨까지 거둘 필요는 없지 않겠냐고, 그러더군."

「…….」

도무신은 아무런 말도 할 수가 없었다.

연우의 말은 여전히 싸늘했다.

"그래서 녀석을 살려 둔 거니, 고개를 숙이려거든 나중에 그 아이를 만났을 때 하도록 해."

「……그러, 지.」

도무신은 그 말 외에 아무 말도 할 수가 없었다.

탑의 세계에서는 서로가 욕심을 부리는 플레이어들로, 하루에도 헤아릴 수 없을 만큼 많은 원한이 성립되었다가 사라진다.

그런 마당에 원한은 더 큰 복수로 되갚기를 바라는 게 보통이다. 하지만 짹짹이는 그런 원한을 도무신에게만 한정시킨 것이다.

그게 얼마나 어려운 일인지를 알기 때문에.

도무신은 더 이상 아무 말도 할 수가 없었다. 그리고 아들을 살려주었다는 피닉스의 새끼에게 너무나 감사했다.

그래서 도무신은 더 깊숙하게 고개를 숙였다.

한때, 탑에서 유명한 투사이자 자존심 강한 하이 랭커였던 그는. 모든 원한을 접고 굴복했다.

「주인을, 뵙습니다.」

그 말이면 충분했다.

연우는 따로 보충한 증강환의 재료들과 함께, 남은 흑기를 전부 도무신에게 부여했다.

[사귀가 성공적으로 진화하였습니다. 죽음의 기사, 데스 나이트가 두 번째로 탄생했습니다.]

[누구도 쉽게 이루지 못할 업적을 달성했습니다. 추가 공적치가 제공됩니다.]

[공적치를 3,000만큼 획득했습니다.]

[추가 공적치를 2,000만큼 획득했습니다.]

......

　[데스 나이트가 당신에게 충성을 맹세했습니다. 앞으로 그는 '칠흑왕의 절망'에 귀속되어 당신의 칼이자 방패가 될 것입니다.]

　[이름을 지정하시겠습니까?]

"한령."

도무신의 본명이었다.

　[데스 나이트의 이름이 '한령'으로 지정되었습니다.]

　[충성도가 15만큼 올랐습니다.]

　[지배력이 5만큼 올랐습니다.]

　[한령(데스 나이트)의 영혼이 가진 높은 '격'을 현재 만들어진 육체가 감당하지 못합니다. 능력치가 새롭게 재조정됩니다.]

　[전체 능력치가 21만큼 하락하였습니다.]

　[전체 능력치가 17만큼 하락하였습니다.]

　......

　[한령(데스 나이트)의 능력치 조정이 끝났습니

다. 하지만 영혼의 '격'은 그대로이므로, 잠재 능력치는 그대로입니다. 존재의 성장에 따라 잃어버린 기존의 '격'을 되찾을 수 있습니다. 빠른 성장을 권고합니다.]

「몸이, 조금 무겁군.」

시커먼 투구를 쓴 데스 나이트가 된 도무신, 아니, 한령은 새롭게 주어진 육체를 보면서 불편하다는 듯 중얼거렸다.

아무리 많은 흑기를 불어 넣었어도, 확실히 데스 나이트의 육체는 하이 랭커 때와 비교했을 때에 그 급이 현저히 낮을 수밖에 없었다.

그래서 시스템도 거기에 맞춰서 능력치를 재조정한 것일 테지만.

그렇다고 해서 연우는 크게 걱정하지 않았다.

설명 창에 나왔듯이 격이 사라지지 않은 이상, 얼마든지 예전의 무위를 되찾을 수 있을 테니까. 성장을 해야만 하는 샤논보다 훨씬 더 빠른 성취를 이룰 게 분명했다.

더구나 연우로서도 오히려 능력치가 조정되는 게 나았다.

만약 한령의 능력치가 감당할 수 없을 정도로 너무 높다면. 중요할 때에 제대로 통제가 안 될 수 있었으니까. 자신의 권속에게 뒤통수를 맞을 위험은 피하고 싶었다.

샤논은 그런 한령을 보면서 가볍게 한숨을 내쉬었다. 한령을 흡수하지 못했다는 사실이 가장 아쉬웠고, 당장 그의 능력치가 더 높다고 해도 한령에게 따라잡히지 않기 위해 더 부단하게 뛰어다녀야겠다는 생각이 번쩍 든 탓이었다.

한령은 새로운 육체에 적응하기 위해 이리저리 움직이다가, 다시 연우를 돌아봤다.

「주인께, 요청드릴 게 있습니다.」

한령은 원래 뼛속부터 무인이다 보니, 연우를 대하는 태도에서도 샤논보다 더 크게 격식을 갖췄다.

"말해."

「아홉 자루의 칼을 구해 주셨으면 합니다.」

"스킬 때문인가?"

「그렇습니다.」

한령은 고개를 크게 끄덕였다.

도무신을 상징하는 두 개의 시그니처 스킬, 아홉 칼의 무덤과 칼날 소용돌이를 제대로 펼치기 위해서는 까다로운 조건을 필요로 한다.

바로 단단한 내구도를 자랑하는 칼을 소지할 것.

칼날 소용돌이는 칼을 휘두를 때마다 엄청난 크기의 회

오리바람을 만들어 낸다. 그런 엄청난 압력을 견디기 위해서는 웬만한 내구도로는 절대 불가능했고, 일정한 투로가 존재하지 않는 싸움법인 아홉 칼의 무덤도 마찬가지였다.

그래서 한령은 소싯적에 비무행을 다닐 당시에, 뛰어난 칼을 소지한 플레이어들만 골라 상대해서 칼을 강탈하기도 했었다.

어느 정도 위치에 오르고 난 뒤부터는 보도(寶刀)를 구하기가 쉬워져서 그럴 필요가 없어졌지만.

그런데 이제 다시 옛날로 돌아가고 말았다.

「제가 기존에 갖고 있던 칼들은 모두 검무신에 의해 부서졌습니다. 스킬을 발동시키기 위해서는 많은 칼을 필요로 하고, 뛰어난 보도일수록 스킬의 위력도 증가합니다.」

"인트레니안에 쓸 만한 칼 몇 자루가 있을 테니, 우선 급한 대로 그것부터 써. 보도는 앞으로 구할 수 있는 대로 구해 줄 테니."

「감사합니다.」

한령은 고개를 푹 숙이면서 연우가 열어 준 아공간 안쪽으로 들어갔다. 그리고 그중에서 쓸 만한 것들을 철함에 담아 천천히 끌고 나왔다.

철그럭. 철그럭.

연우는 그 모습을 가만히 보다가, 어느새 눈을 뜨고 자신

의 시선을 빌려 한령을 지켜보는 쨱쨱이에게로 의식을 집
중했다.

'고맙다.'

쨱쨱이는 가만히 고개를 끄덕였다.

이미 단단하게 잡힌 녀석의 눈동자는 더 이상 어미를 그
리는 연약한 새끼의 것이 아니었다.

더 높은 곳으로 날아오르고자 하는 청년의 것이 되어 있
었다.

*   *   *

그날부터.

연우는 개인 수련에 박차를 가했다.

콰앙! 콰콰쾅—

우르르—

쥐고 있던 비그리드를 거칠게 휘두를 때마다 공간이 잘
려 나갔다.

막대한 마력이 실린 귀기에 성화가 붙으면서 불바다가
일어나 몇 번씩이나 땅거죽을 뒤집었다. 그러다 마지막에
는 절벽에 부딪쳐 통째로 무너뜨리기까지 했다.

콰르르르—

무너진 낙석 더미 위로 먼지구름이 잔뜩 올라왔다. 보는 것만으로도 살이 떨리게 만드는 광경이었고, 강렬한 위력이었다.

하지만 용마안을 활짝 연 연우의 시선은 거기에 아랑곳하지 않고 바쁘게 움직였다.

시야를 따라 잔뜩 퍼져 있는 결들을 좇으며 뭔가를 찾다가, 등골이 오싹해지는 기분에 고개를 위로 번쩍 들었다.

그리고 용의 권능을 잔뜩 깨웠다.

촤르륵. 촤륵.

피부가 뒤집히면서 상반신을 따라 검푸른 비늘이 잔뜩 올라왔다. 턱밑까지 올라온 비늘이 부딪쳐서 소리를 낼 때마다 연우에게 쏟아지는 감각의 정보도 방대해지면서 목표를 빠르게 좇았다.

원래대로라면 어떻게든 철저하게 숨겨야만 하는 힘이었지만.

상대가 상대이다 보니 힘을 숨겨서는 절대 맞대응을 할 수가 없었다.

상대는 그가 전력을 다해 덤벼도 절대 승리를 할 수 없는 강자였고, 부딪칠 때마다 그의 한계를 계속 시험하는 시험관이었다.

더구나 연우 역시 스스로 강해지기 위해서는 가지고 있는 것들을 모두 내보여야 한다는 사실을 아주 잘 알고 있었다.

어느새 360개까지 늘어난 코어들이 일제히 열을 내고, 마력회로가 핑핑 돌아가면서 불의 날개를 화려하게 꽃피웠다.

불길이 잔뜩 담긴 비그리드를 다시 한번 더 내그었다. 이를 악물고, 전력을 다해서. 그가 펼칠 수 있는 최고의 스킬들을 한꺼번에 연동시키면서.

[푸른 정령의 가호]
[성화]
[불벼락]

콰르르릉—!

모든 마력을 한데 집중시켜 주는 정령의 가호와 함께, 최근 며칠 동안 꾸준한 연습으로 숙련도를 7%대까지 끌어 올린 불벼락을 터뜨리자 하늘이 시뻘건 색으로 물들었다.

이대로 세상이 무너지는 게 아닐까 싶을 정도로 어마어마한 굉음을 동반한 채. 비그리드의 칼날을 떠난 불벼락이 어디론가 작렬했다.

하지만 대상자는 이런 것쯤은 아무것도 아니라는 듯. 오히려 재미나다는 듯. 입술 사이로 가볍게 바람 빠지는 소리를 내면서 왼손을 휘저어 불벼락을 지워 버렸다.

강렬한 위력과는 다르게 너무나 허망한 결과였지만. 그래도 대상자, 무왕의 옷깃에는 살짝 그을음이 남아 있었다.

무왕은 제법 실력이 늘었구나 하는 마음에 다시 한번 더 웃음을 터뜨리면서, 이번에는 주먹을 세게 앞으로 내질렀다.

도시 쿠람을 부쉈을 때와 똑같은 일격. 팔극권의 비기, 파공이었다.

콰콰콰—

연우는 그것을 정면에서 부딪쳤다가는 승산이 없다는 사실을 깨닫고, 제자리에서 몸을 팽이처럼 돌렸다.

휘리릭. 불의 날개가 회전하면서 몸을 칭칭 감았다가 비그리드의 끄트머리로 쏠렸다. 그리고 칼날을 옆으로 빗겨 치면서 파공의 핵심을 옆으로 날렸다.

동시에 연우는 순보를 밟아 공간을 빠르게 이동, 무왕의 바로 뒤편에서 나타나 사각지대 쪽으로 비그리드를 깊숙하게 찔러 넣었다.

"좋구나!"

무왕은 감탄을 터뜨리면서 감각적으로 몸을 뒤틀었다. 왼손을 바짝 세워 비그리드를 쳐 내는 것과 동시에 오른손을 말아 쥐면서 연우의 옆구리를 후려쳤다.

연우는 불의 날개를 거세게 펄럭이면서 재빨리 뒤로 빠졌다. 무왕이 어딜 가느냐며 쫓아오자, 대기하고 있던 아이기스가 인트레니안의 문을 열고 불쑥 튀어나와 무왕의 앞을 가로막았다.

아무리 무왕의 힘이 대단하다고 해도 아이기스를 부술 정도는 아니었다. 더구나 6개의 방패가 어지럽게 날아다니니 무왕의 보폭도 느려질 수밖에 없었다.

연우는 바로 그 틈을 놓치지 않고, 다시 순보를 밟아 무왕의 사각지대를 교묘하게 노렸다.

무왕도 그것을 읽고, 투로를 꺾으며 맞대응했다. 팔극권이 차례대로 풀려나왔다.

쿠르릉, 콰쾅!

콰콰콰—

쾅!

팔극권과 팔극권이 부딪쳤다. 비그리드와 손날이 충돌했다.

연우는 전력을 다해 비그리드를 매섭게 휘몰아쳤다.

악다문 입술 사이로 핏물이 흘러나오고, 용마안은 실핏줄이 터져 시뻘겋게 충혈이 되었다. 마력회로는 과열로 인해 뜨겁게 잔뜩 달아오른 상태였다.

그런데도 무왕은 절대 봐주지 않았다. 여유롭게 연우의

공격을 일일이 맞대응하면서, 자꾸 그를 궁지로 몰아넣었다. 한계를 시험하며, 진짜 그의 목숨을 위협했다.

그럴 때마다 연우는 용의 감각을 있는 대로 쥐어짜면서 어떻게든 위기를 모면했다. 그리고 의식을 집중하면서 반격할 기회를 노렸다.

쿠쿠쿠쿠—

그리고.

그걸 한참 멀리서 지켜보던 판트와 에도라는 고개를 절레절레 내저었다.

분명 저 두 사람은 수련을 한답시고 하는 것 같았지만. 말과 다르게 주변 일대는 철저하게 초토화되고 있는 중이었다.

절벽이 무너지고, 구릉이 평야가 되고 있는 중이었으니까. 땅에 흐르던 강물은 열기 때문에 메말라 버린 지 오래였다.

만약 미리 주변에다 진법을 설치하지 않았다면 진즉에 탑 외 지역은 엉망이 됐을 게 분명했다.

"……더 큰 괴물이 됐어."

특히 판트는 또다시 땅이 꺼져라 한숨을 내쉬어야만 했다.

"……졌습니다."

연우는 진이 다 빠진 얼굴로 바닥에 털썩 주저앉았다.

피로와 무력감이 전신을 지배했다. 뜨겁게 달아오른 마력회로는 그 많던 마력이 전부 어디로 갔냐는 듯 텅 비어 있었다.

무왕이 수련을 핑계 삼아 그의 대련 상대가 되어 준 것도 벌써 보름이 지나고 있었다.

사실 연우는 간단한 정비만 끝나면 곧바로 충계 공략을 시도할 생각이었다.

하지만.

"제자님? 갈 때 가더라도, 스승한테 검사는 받고 가야지?"

떠나기 직전. 무왕이 내뱉은 말에 연우는 고개를 끄덕였다.

자신을 가르쳐 준 스승으로서 성취를 확인해 보겠다는 말을 거절하기도 힘들었던 데다가, 각성한 용체가 무왕에게 얼마나 통할 수 있을지 시험해 보고 싶기도 했다.

그래서 가벼운 마음으로 대련을 시작했었는데.

'그게 이렇게까지 될 줄은 생각도 못 했지.'

무왕은 연우에게 그가 가진 모든 것을 내보이라고 강요했다.

말은 하지 않았다. 그저 압도적인 실력으로 찍어 누르면서, 그를 계속 궁지로 몰아넣었다.

자신이 가진 역량을 전부 내보이지 않으면 정말 목숨이 위태로워질 정도로. 무왕은 정말 연우를 죽일 생각으로 몰아붙였다.

그래서 숨겨 두고 있던 패를 전부 까발리고 말았지만.

반대로 덕분에 연우는 자신의 한계를 몇 번이나 실감하고, 그때마다 돌파하면서 가진 것들을 전부 완벽하게 습득할 수가 있었다.

그리고 그 이상의 기량을 뽐낼 수 있었다.

그래서 한참 고민을 하기도 했었다.

과연 이렇게 자신을 드러내도 되는 것일까 하고.

여전히 마지막 패인 검은 팔찌의 성능은 보여 주지 않았지만, 그래도 용종의 힘을 드러낸 것만 해도 연우로서는 많은 것을 보여 준 것이나 마찬가지였다.

하지만 연우는 곧 그런 생각을 거뒀다.

외뿔부족을 떠나겠다고 말했을 때에 무왕이 보여 줬던

모습이 떠올랐다. 스승과 제자 사이라는 것을 잊지 말라는 말은 아직도 가슴 속에서 잊히지 않고 있었다.

게다가 한편으로는 속이 시원하기도 했다.

여전히 불안감도 남아 있었지만, 무왕은 거기에 대해 일체 묻지 않았다.

자신과는 별 관계가 없다는 듯이, 관심도 두지도 않았다. 다른 곳에서 실수로라도 언급하지 않았다.

그저 대련 중에 오로지 그걸 깨는 데에만 집중할 뿐이었다.

그래서 연우도 마음 놓고 자신의 역량을 시험해 볼 수 있었다. 그래서 발전했고, 단순히 보름밖에 지나지 않았는데에도 불구하고 또다시 크게 성장할 수 있었다.

이제 무왕을 보는 연우의 시선에는 존경심과 함께 다른 감정도 섞여 있었다.

호승심.

스승 대 제자가 아닌. 플레이어 대 플레이어로서, 실력으로 언젠가 그를 꺾어 보고 싶다는 욕망이 물씬 풍겨 났다.

그리고.

무왕은 그런 시선을 읽고 피식 웃음을 터뜨렸다.

하나를 가르쳐 줄 때마다 스스로 열을 깨닫는 총명한 제자는 볼 때마다 그를 흡족케 만들었다.

하지만 한편으로는 조금 씁쓸해지기도 했다.

이제 더 이상 내가 가르쳐 줄 건 없겠는걸.

그런 생각과 함께.

무왕은 팔짱을 끼면서 빙긋 입꼬리를 말아 올렸다.

"카인."

"예."

"이제, 가도 좋다."

네 앞가림을 할 정도는 되었다는 스승의 말에.

연우는 눈을 크게 뜨다가 곧 고개를 숙였다.

감사하다는 짤막한 인사와 함께.

Stage 23.
앉은뱅이 세 여신

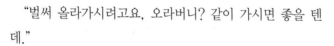

"벌써 올라가시려고요, 오라버니? 같이 가시면 좋을 텐데."

"그러니까 내 말이. 뭐가 그렇게 급하다고."

안타까워하는 에도라와 입술을 삐죽 내밀면서 투덜거리는 판트. 물론 판트도 아쉬운 마음에 하는 소리였다.

연우는 그런 남매를 보면서 자기도 모르게 피식 웃음을 흘렸다.

남들에게는 무서운 호환 마마처럼 보이는 녀석들인데. 자신에게는 이렇게 순한 양처럼 구는 모습이, 정말 형제라도 된 것처럼 느껴졌다.

무왕이 더 이상 가르칠 게 없다고 선언한 뒤, 연우는 곧바로 다시 층계를 오르기 위한 준비를 시작했다.

물론, 무왕이 진짜 연우에게 가르칠 게 없지는 않을 것이다.

하지만 지금부터는 가르침을 받기보다는 스스로 궁리하고, 경험하며, 터득하면서 발전을 하는 게 더 중요하다고 판단한 것이다.

탄탄한 기반은 닦아 줬으니, 그 위는 알아서 쌓으라는 뜻이었다.

그래서 연우는 무왕이 시키는 대로 바로 움직이고자 했다.

다만, 판트와 에도라는 아직 신수를 만들기 위한 작업이 덜 끝났기 때문에 움직일 수가 없었다.

그냥 단순히 시련만 마칠 생각이라면 금방 끝낼 수 있겠지만, 신수를 탄생시킨다면 두 사람에게도 커다란 전력이 되기 때문에 간단히 포기할 수 있는 것이 아니었다.

그래서 두 사람은 당분간 마을에 남아 알을 돌보는 한편, 여태껏 미뤄 뒀던 자기 수련도 병행할 예정이었다.

수많은 랭커들이 뛰어다니고, 여름여왕과 검무신 등이 칼을 휘두르던 지난 전쟁이 커다란 자극이 된 것이다.

그래도 이대로 그냥 헤어지려는 게 못내 아쉬운지, 판트와 에도라는 쉽사리 발길을 떼지 못했다.

연우는 그런 두 사람을 보면서 가볍게 웃음을 터뜨렸다. 그리고 손을 뻗어 덩치는 산만 한 판트의 어깨를 두들겨 주면서 말했다.

"천천히 가고 있을 테니 빨리 와라."

*　　　*　　　*

연우는 잘 가라는 부족원들의 인사를 뒤로하고 외뿔부족의 마을을 벗어났다.

하지만 연우는 곧장 탑으로 향하지 않았다.

잠시 발걸음을 옆으로 틀어서 탑 외 지역 내에 있는 시장 쪽으로 향했다.

수많은 인파들을 지나, 그가 멈춘 곳은 망치와 모루가 같이 그려진 어느 허름한 대장간이었다.

전에 떠났을 때와 크게 달라지지 않은 모습.

다만, 허름하기만 하던 이전과 다르게, 지금은 안쪽에서 시끄러운 망치질 소리와 함께 문틈 사이로 후끈한 열기가 전해지고 있었다.

'어쩌다 보니 와 버렸는데. 지금이라도 돌아갈까?'

연우는 문 앞에 잠깐 우두커니 서서 고민했다.

그가 찾은 곳은 헤노바의 대장간.

사실 이곳을 떠나기 전까지만 해도, 연우는 다시는 이곳으로 돌아올 생각이 전혀 없었다.

앞으로 험난한 길을 걸으려는 그에게 있어, 동생 때처럼 헤노바에게 다시 큰 상처를 주고 싶지는 않았으니까.

하지만 이렇게 다시 되돌아온 이유는 너무 단순했다.

'잘 계시려나.'

궁금해서.

그리고 바할의 죽음을 듣고 상심이 있지는 않을까 싶어서.

헤노바는 인연을 끊었다고 말했지만, 그래도 바할은 한때 그의 밑에서 쇠와 불을 다루는 방법을 배웠던 제자였다. 헤노바가 동생에게 정을 줬던 만큼 마음을 열었던 사람이기도 했다.

연우는 그런 바할을 죽였다. 그리고 바할이 청화도와의 전쟁에서 전사했다는 소식은 그동안 암암리에 퍼져 나가 있는 상태였다. 헤노바도 들었을 게 분명했다.

자신이 바할을 어떻게 했다고 고백을 하지는 못하더라도, 그래도 헤노바가 상심에 잠겨 있지는 않을지 당연히 걱정이 될 수밖에 없었다.

그래서 조금 조급한 마음에 찾아온 것인데. 막상 이렇게 찾아오니 마음이 걸리기도 했다.

연우는 몇 번이고 문손잡이를 쥐었다가 놓기를 반복하다, 결국 한숨을 내쉬면서 돌아섰다.

확실히 그와 만나서 좋을 건 없을 것 같았다.

하지만.

끼익—

갑자기 문이 열리더니, 쇳덩이를 한가득 들고 걸어 나오던 헤노바와 눈이 마주치고 말았다.

"뭐야? 거기서 뭐 하는 거냐?"

헤노바가 곰방대를 문 채로 인상을 살짝 찡그리고 있었다.

가면 아래, 연우는 어색한 눈빛으로 볼을 긁적였다. 이렇게 마주쳐 버렸으니 그냥 돌아가는 것도 영 이상했다.

"오랜만입니다, 헤노바."

*   *   *

"뭐, 손님이라고 내어 줄 건 없고. 이거나 마셔."

헤노바는 연우를 적당한 자리에 앉혀 놓고 탁상에다가 머그잔을 내려놓았다. 갓 데운 커피가 김을 모락모락 피워 대고 있었다.

연우는 머그잔을 받아 주변을 두리번거렸다.

여전히 그대로인 겉모습과 다르게 안쪽은 예전과 많이 달라져 있었다.

뽀얀 먼지가 내려앉아 있던 진열장에는 반짝이는 도구들이 진열되어 있었고, 바닥은 청소를 마친 듯 윤기가 흘렀다.

새롭게 제련한 무구들도 꽤 많이 보였다.

"꽤 많이 바뀌었습니다."

연우가 아는 헤노바는 이렇게 정리정돈을 잘하고, 청소를 꼼꼼하게 하는 성격이 절대 아니었다.

다른 누가 돕기라도 하는 걸까?

헤노바는 짧은 다리로 맞은편 자리에 털썩 앉으면서 코웃음을 쳤다.

"전에 네 녀석이 한바탕 일 치르고 간 놈들, 기억나느냐?"

"나이트 워치, 말씀이십니까?"

레드 드래곤이 시키는 대로 이따금 헤노바의 대장간에 행패를 부리던 암흑가 클랜.

연우가 한 번 정리를 하면서 헤노바의 대장간을 잘 살피라고 경고를 하기는 했었다.

"그놈들이 이따금 찾아와서 청소를 하고 간다. 뭘 그렇게 귀찮게 해 대는 건지. 덕분에 내가 암흑가 놈들과 결탁했다는 소문이 쫙 돌아서 얼마나 짜증이 났는데. 미친놈들."

아무래도 그 뒤로도 줄곧 시키는 대로 일을 잘 하고 있었던 모양이었다.

"그래서 장사를 재개하신 겁니까?"

"혼자서 자리 지키고 있어 봤자 할 것도 없으니까. 심심 풀이로 다시 시작했다."

하지만 심심풀이로 시작했다는 말과 다르게, 일거리는 꽤 많이 쌓여 있는 것 같았다.

연우는 그게 아주 당연하게 여겨졌다.

그동안 아르티야와의 관계 때문에 사람들이 회피를 해서 그렇지, 사실 헤노바는 탑의 세계에서도 5대 명장으로 통할 만큼 뛰어난 장인이었다.

그런 사람의 가게가 여태껏 파리만 날리고 있었던 게 이 상한 일이었다.

무엇보다 아르티야의 일이 있기 전에 헤노바가 만든 무구라고 하면 없어서 못 팔 정도로 비싼 값에 거래될 정도였다.

그래서 장사를 재개한 지금도 그때처럼 소수로 의뢰를 받고, 그것을 제작해 주는 형태를 띠는 것 같았다.

"그런데 네놈은 언제 내려 왔어?"

"얼마 되지 않았습니다."

"요즘 꽤 시끄럽게 만들더만."

"별것 아닙니다."

"흥! 네놈답지 않게 겸양은 무슨. 원래 하던 대로 굴어."

연우는 자기도 모르게 쓰게 웃었다.

조금 무거운 마음을 갖고 와서 그런지, 예전과 다르게 그와 살짝 거리가 있는 느낌이었다.

헤노바도 그렇게 느꼈는지 곰방대를 피워 대는 내내 찡그린 미간을 펴질 않았다.

탁!

그러다 곰방대를 뒤집어 남은 재와 불똥을 치우고, 살짝 눈을 가늘게 좁히면서 말했다.

"안부나 물으러 온 거면 그냥 돌아가. 괜히 시간 때울 필요 없으니까."

연우는 난감하다는 듯이 볼을 긁적였다.

바할에 대한 것을 직접적으로 묻기는 힘들다. 헤노바 성격상 속내를 잘 표현하지도 않으니 무슨 생각을 하는지도 읽기 어렵다.

그래서 어쩔까 잠깐 고민을 하던 도중, 다른 생각에 미쳤다.

한령. 녀석에게 줄 칼이 아홉 자루나 필요했지. 인트레니 안에 있는 것으로는 사실 많이 부족했다.

그래서 물었다.

"칼 제작을 부탁드리고 싶은데, 혹시 가능하겠습니까?"

　　　　*　　　　*　　　　*

"크기는?"

"대략 이쯤이면 될 것 같습니다."

"재질은?"

"따로 찾는 건 없습니다. 다만, 단단한 내구도가 최우선이 되었으면 합니다."

"무식하게 단단할수록 좋다?"

"예."

"그럴 거면 차라리 몽둥이를 찾는 게 빠르지, 뭣 하러 칼로 만들려고 해?"

"그래도 이왕이면 날카로웠으면 좋겠습니다. 최소한 보도 급으로요."

"뭐어? 보도?"

"힘듭니까? 음. 그래도 한때 5대 명장이시라고 스승님께 들었었는데…… 아무래도 나이가 드시니 기력이 많이 달리시나 봅니다."

"이 새끼가! 내가 어딜 봐서 기력이 달린다는 게야? 네 놈 눈깔은 장식으로 돌고 다니는 거야? 이 근육 안 보여?"

"너무 작아서 안 보입니다만."

"이놈이 그래도?"

처음 느껴졌던 거리감은 금세 메워졌다.

연우는 예전처럼 능글맞게 헤노바의 속을 벅벅 긁어 댔고, 헤노바는 금세 반응해 버럭 소리를 지르면서 길길이 날뛰었다.

그러다 연우가 보도를 한 자루도 아니고 아홉 자루나 만들어 달라고 부탁했을 때, 헤노바는 기도 안 찬다는 표정이 되었다.

"뭐어? 아홉 자루우?"

"역시 힘드시나 봅니다."

"이 새끼가, 나 기력 안 달린다고! 아니, 그보다 뭐가 그렇게 많이 필요해? 어디 들고 가서 보따리 장사라도 하려는 거냐?"

"아닙니다."

"그럼 그만큼 왜 필요해? 칼도 제대로 못 다루는 놈이?"

헤노바는 기도 안 찬다는 표정으로 연우를 바라봤다.

그도 그럴 것이, 오랫동안 숱한 플레이어들을 상대해 왔던 헤노바의 눈으로 봤을 때, 연우는 무술을 어느 정도 익히긴 했어도 '달인' 급이라고 보기에는 아직 부족한 면이 많았다.

그러니 그렇게 많은 보도를, 그것도 크기도 종류도 가지각색인 서로 다른 칼을 그렇게 많이 필요로 한다는 사실이 쉽게 이해가 가질 않았던 것이다.

게다가 연우가 가진 비그리드와 마장대검만 하더라도 절대 다른 아티팩트와 비교해도 뒤지지 않을 만큼 뛰어난 성능을 자랑했다.

지금 얼핏 보니 관리도 잘 되어 있었다. 예전에 배운 야장술을 잘 써먹고 있다는 뜻이었다.

그런데 왜 굳이?

"그냥 필요해서요. 하지만 아무래도 제가 굳이 무리한 부탁을 한 모양입니다."

"이 새끼가, 진짜 끝까지……!"

헤노바는 주먹을 꽉 쥐면서 부르르 떨었다. 그러다 신경질적으로 곰방대를 홱 낚아채 다시 불을 붙였다.

예나 지금이나 참 사람 심기를 긁어 놓는 데는 대단한 능력이 있는 녀석이었다.

헤노바는 잠시 곰방대를 깊게 빨아들이면서 머릿속을 차분하게 가라앉혔다. 괜히 녀석의 페이스에 휘말리면 자신만 손해였다.

그래도 생각하면 생각할수록 참 괘씸했다.

오랜만에 찾아와서 허투루라도 잘 지냈냐고 물어보지는 못할망정, 자기 할 말만 쏙 내뱉는 꼴이라니. 참 한결같은 녀석이다 싶은 생각이 들었다.

잠시 후 연기를 길게 내뱉으면서. 헤노바는 천천히 입을
열었다.

"급한 것이냐?"

"빠를수록 좋긴 합니다."

"그럼. 열흘."

"……?"

어리둥절한 눈빛을 한 연우를 보면서, 헤노바는 답답하
다는 듯이 인상을 팍 찡그렸다.

"열흘 뒤에 찾아오라고, 화상아."

연우의 눈이 살짝 커졌다.

아홉 자루의 칼을, 그것도 보도 급으로 만들어 달라는 의
뢰다. 하루에 한 자루를 만드는 것도 아주 힘든 일이었다.

"그때까지 가능하시겠습니까? 다른 의뢰들도 밀려 있을
텐데……."

"흥. 뭘 먼저 수락하든지 간에 그건 내 맘이지. 내가 만
들 물건, 내가 알아서 순서 정하겠다는데 누가 지랄을 해
대? 마음에 안 들면 도로 갖고 가라고 하면 그만이야."

연우는 역시 헤노바답다는 생각에 쓰게 웃었다. 그러면
서 한편으로 자신을 이렇게 도와주려 하는 헤노바의 마음
이 감사했다.

"감사합니다."

"흥! 정말 감사한 마음이 있긴 하고?"

"그럼 이왕에 하시는 김에, 소드 브레이커도 하나 더 부탁드리겠습니다. 한 자루 추가한다고 크게 달라지지는 않겠죠?"

"이 새끼가!?"

뒤늦게 샤논의 무기까지 떠올려서 내뱉은 말에 결국 헤노바는 참지 못하고 뒷골을 쥐어 싸매야만 했다.

"너무 흥분하지 마십시오. 그러다 골로 가실 수 있는 연세이십니다."

"으으. 저 새끼가 진짜 끝까지."

헤노바는 이를 바득바득 갈았다. 곰방대의 끄트머리에는 잇자국이 잔뜩 남았다.

그러다 헤노바는 연우가 의뢰하고자 하는 열 자루의 검과 도에 대해서 상세하게 물었고, 연우는 검은 팔찌를 통해 전해지는 샤논과 한령이 바라는 요구 사항을 그대로 읊었다.

그러다 헤노바는 아예 창고에서 도화지를 가져와 도안을 그리기 시작했다.

연우도 그것을 보면서 말하는 게 편해 자잘한 부분까지 상세하게 요구할 수가 있었다.

그러다 모든 이야기가 끝날 때쯤에는 이미 해가 서쪽으로 넘어가고 있었다.

"에잉, 별것 없다더니 뭘 이렇게 요구하는 게 많은 건지! 내살다 살다 너처럼 이렇게 깐깐한 놈은 처음 본다, 이놈아."

헤노바는 그림과 글자로 **빽빽**하게 채워진 도화지를 보면서 고개를 절레절레 흔들었다.

하지만 그의 눈빛은 묘한 빛을 뿌리고 있었다.

여태껏 그냥 좋은 옵션이 내장된 아티팩트만 요구하던 손님들과 다르게, 연우가 의뢰한 것들은 전부 하나하나가 서로 다른 특색을 가지고 있었다.

이것들은 단순한 보도가 아니었다.

요도(妖刀).

혹은 마검(魔劍).

의뢰한 대로만 만든다면 괴이하기 짝이 없는 결과물들이 만들어질 게 분명했다.

간만에 재미있는 걸 만들 수 있겠다는 생각에. 헤노바는 벌써부터 손끝이 간질거리는 것 같았다.

보통 이런 까다로운 요구 사항들은 무술에 능통하거나, 무기에 통달한 '달인' 혹은 '명인' 급 이상이 요청을 하는 편인데.

어떻게 연우가 이런 것들을 알고 있는 걸까 하는 생각이 들기도 했다.

"정말 열흘이면 되겠습니까?"

"열흘하고 이틀! 무게 균형이 이상한 것들이 많아. 그때 찾아와."

"예. 알겠습니다. 감사합니다. 계약금은⋯⋯."

"거기 아무 데나 두고 가."

헤노바는 벌써부터 제작에 들어가려는 건지, 화로에 불을 붙이고 풀무질을 시작하고 있었다. 떠나려는 연우에게 손짓만 했다.

연우는 역시 그답다는 생각에 살짝 웃다가, 근처 탁상에다가 주머니를 올려 뒀다.

희귀한 보석들이 가득 든 주머니. 인트레니안에서 꺼낸 것들이니만큼 하나하나가 모두 비쌌다. 요도와 마검을 만드는 의뢰비로 충분하다 못해 넘칠 터였다.

'그래도 잘 지내고 있는 것 같으니 다행이야.'

연우는 그런 헤노바의 모습에서 바할에 대한 그림자를 찾을 수 없어 안도의 한숨을 내쉬었다.

그리고 방해가 될까 싶어 조용히 문을 열고 대장간을 벗어나려는데.

"아, 잠 그리고."

"⋯⋯?"

헤노바가 부르는 소리에 잠시 발걸음을 멈췄다. 뒤로 돌아보니 헤노바는 끓는 쇳물에 시선을 고정해 이쪽은 보고 있지도 않았다.

"앞으로는 굳이 쓸데없이 오지랖 부릴 필요 없다. 이 나이쯤 되면, 헤어짐은 그냥 일상다반사니까. 다음부터는 귀찮게 찾아오지 마."

"……."

연우는 살짝 눈을 크게 떴다. 그러다 고개를 숙이고 조용히 대장간을 벗어났다.

그날 밤.

헤노바 대장간의 문에는 작은 팻말이 걸렸다.

Closed.

당분간 손님 사절.

*   *   *

똑─

똑.

무언가가 떨어지는 소리.

검무신은 귓가를 간지럽히는 소리에 천천히 눈을 떴다. 항상 그의 얼굴을 덮고 있던 사자 탈은 어느새 날아가고 없었다.

여긴 어디지?

검무신은 말을 하고 싶었지만 새된 소리만 흘러나올 뿐. 아무 말도 내뱉을 수가 없었다.

태생이 벙어리인 그는 원래 말을 할 줄 몰랐다. 그래서 항상 멸시와 구박을 받으면서 살았고, 이 험난한 탑의 세계에서 장애인인 그가 살아남기 위해서는 강한 힘을 얻는 수밖에는 없겠다는 생각에 악착같이 무술에 집념했다.

그러다 무왕의 눈에 띄어 제자가 되고, 높은 경지에 올라 어기전성이라는 스킬을 획득했을 때.

그는 누구보다 감격에 찬 눈물을 흘렸다. 그때가 처음이자 마지막으로 울었던 기억이었다.

그리고 그 뒤로 어기전성을 육성처럼 너무 편하게 잘 써왔기 때문에 별달리 불편함을 느끼지 못했다.

하지만 이렇게 육체가 크게 망가진 상태가 되니 따라 줘야 할 마력이 따라오질 않아 어기전성을 내뱉을 수가 없었다.

말을 할 수 없다는 게 이렇게나 불편하구나. 검무신은 너무나 오랜만에 옛 기억을 떠올릴 수가 있었다.

그래서 고통으로 혼란스러운 의식을 겨우겨우 억누르면서. 여전히 고통의 잔재가 남아 있는 육체를 억지로 쥐어짜면서. 어기전성을 열었다.

『누…… 구, 없나?』

그렇게 힘들게 말을 꺼냈지만. 아무도 답변을 하지 않았다. 그의 어기전성은 허공에서 허망하게 흩어져 사라졌다.

혹시 듣지 못한 걸까?

검무신은 다시 기력을 억지로 쥐어짜 어기전성을 내뱉었다.

『아무도, 없느냐?』

하지만 대답은 여전히 돌아오지 않았다.

검무신은 인상을 찡그렸다.

그가 가는 곳에는 언제나 수하들이 그림자처럼 따라온다. 그래서 지쳐 있을 때에도 언제든지 따라왔었는데.

아니, 이렇게 부르지 않아도 의식을 차릴 때면 귀신같이 나타나 필요한 게 있는지 물어보곤 했었다.

그래서 검무신은 이상하다는 생각이 들었다. 분명 파편처럼 남아 있는 기억 속에는 여전히 자신을 따르던 수하들이 있었으니까. 큰 부상을 입은 상태로도 자신을 따르던 수하들, 그리고 그를 업고 달리던 창무신의 모습.

그리고 그 뒤에는…….

어떻게 되었더라?

송곳으로 뇌를 푹푹 찌른 것처럼 두통이 엄습했다. 검무신은 인상을 팍 찡그렸다.

마치 아무것도 떠올리지 말라는 듯. 머리가 더 이상 생각하는 것을 거부하고 있었다. 피곤하니 조금 더 눈을 붙이고 쉬라 말을 하고 있었다.

하지만 그렇기에. 검무신은 더더욱 인상을 찡그리면서 사고(私考)를 더듬어 갔다.

뭔가 놓치고 있는 게 분명했다. 중요한 것을 잊고 있었다. 그것을 떠올려야만 했다.

그래서 어떻게든 의식을 되짚었고, 점점 또렷해지는 정신력에 따라 부서졌던 기억들이 하나둘씩 솟아나 퍼즐처럼 맞춰졌다.

악착같이 뒤쫓은 여름여왕. 그리고 레드 드래곤. 그를 살리기 위해 불나방처럼 몸을 던지는 수하들과 무너지는 섬.

그리고.

기절한 자신을 어떻게든 옆에서 지키면서, 전신을 온갖 화살과 칼로 상처 입고도 웃고 있던 창무신.

『……!』

검무신은 정신이 번쩍 들었다. 드문드문 눈을 떴을 때 보였던 광경들이 파노라마처럼 눈앞으로 스쳐 지나갔다.

쫓겼던 건 떠오르는데. 그 뒤에 어떻게 된 건지 알 수가 없었다. 전혀 알 수 없는 불안감에, 검무신은 결국 마지막 남은 기력을 쥐어짰다.

엉망이 된 마력 기관을 계속 움직였다.

그럴 때마다 사지가 조금씩 뒤틀리면서 고통스럽다고 악다구니를 질러 댔지만, 어떻게든 버텨 냈다.

그렇게 손가락 끝을 움직이는 것을 시작으로, 천천히 자극을 육체 전반으로 옮겨 나갔다. 팔을 움직이고, 다리를 옮기면서, 어기적어기적 일어서기 시작했다.

검무신은 팔을 뻗어 벽면을 짚었다. 그리고 무거운 고개를 들어 시야를 확보했다.

검무신은 그제야 여태 자신이 어느 동굴 속에 있었다는 사실을 알 수 있었다. 코끝으로 습기가 느껴졌다. 간신히 걸음을 옮길 때마다 바닥에 고인 웅덩이가 찰박, 찰박, 소리를 냈다.

저 멀리 보이는 빛을 따라 움직였다. 마치 하늘에서부터 그에게 주어진 동아줄인 것처럼. 거기가 이정표라는 듯 걸었다.

한참 동안의 시간이 흐른 뒤에야 동굴을 빠져나올 수 있었다. 퀴퀴한 동굴 냄새가 사라지고, 메마른 바람이 검무신의 얼굴을 때렸다. 속이 탁 트였다.

하지만 검무신은 웃을 수가 없었다.

동굴 앞의 넓은 평원을 따라 펼쳐진 광경이 시야에 들어왔다.

곳곳에 익숙한 얼굴들이 장벽처럼 우두커니 서 있었다.

동굴 쪽으로 아무도 넘어가지 못하게 막겠다는 듯. 검무신의 그림자를 자처하던 수하들이 횡대로 도열한 채로, 적들을 막아 내고 있었다. 아니, 막아 냈'었' 다.

적으로 보이는 자들은 전부 장벽을 넘지 못하고 바닥에 쓰러져 있었다. 거친 격전이 있었던 듯, 주변은 온통 부서지고 무너진 폐허의 흔적만 가득했다.

『아……!』

때문에. 장벽을 세운 검무신의 수하들은 하나같이 웃고 있었다.

한 명도 통과시키지 않고 무사히 지켜 냈다는 사실이 즐거워 죽겠다는 듯. 마지막까지 자신들의 임무를 지킬 수 있어서 다행이라는 듯.

『아아……!』

이미 숨을 쉬지 않은 지 오래인데도 불구하고, 녀석들은 여전히 그렇게 우두커니 서 있었다. 죽고 나서도 자신들의 주인을 지켜 내겠다는 듯.

그리고 그 중심에는 창무신이 자리하고 있었다.

잔상으로 남아 있는 기억 속에 보였던 모습보다 더 처참한 몰골로. 저대로 살 수 있을까 싶을 정도로 수많은 병기를 몸에 박아 넣은 채.

창을 한 자루 지팡이 삼아, 한쪽 무릎만 꿇은 상태로 눈을 감고 있었다. 마지막까지 적을 무찌른 듯, 그의 발아래에는 수많은 사체들이 깔려 있었다.

『아아아아!』

검무신은 도무지 믿기지 않는 광경에 비명을 질렀다. 속에서 끓어오르는 온갖 감정을 쏟아 내고 싶었다. 소리를 지르고 싶었지만, 목소리가 나오질 않았다. 검무신은 처음으로 벙어리인 자신의 몸을 저주했다.

세상 모든 일들을 계산으로만 다루는 검무신이었지만.

그가 세상에서 유일하게 마음을 탁 털어놓는 존재가 딱한 명 있었다.

창무신. 남들에게 멸시를 받던 자신에게 처음으로 손을 내밀어줬던 친구. 무공이라는 재미난 놀이가 있으니 같이 배워 보자면서 꼬드겨 댔던 못된 녀석.

그런 녀석이 죽었다. 그런데 뭐가 그리도 즐거운지, 녀석은 웃고 있었다. 어떻게든 친구를 지켜 냈다는 사실이 기뻤겠지.

하지만 검무신은 오히려 그런 사실이 더 괴로웠다.

차라리 도망이라도 칠 것이지. 미련 곰탱이 같으니라고. 뭐가 좋다고 목숨을 버린단 말인가. 차라리 살아만 있다면 가볍게 원망만 하고 치울 것을. 이렇게 해 버리면 원망도 할 수 없지 않은가.

마음 같아서는 자신의 심장이라도 뜯어 버리고 싶었다.

그렇게 해서라도 창무신을 살릴 수 있다면. 죽은 수하들을 돌이킬 수만 있다면.

그렇다면 어떻게든 내놓을 텐데. 하지만 세상은 그렇게 호락호락한 곳이 아니었다.

그래서 검무신은 울부짖었다. 그리고 주먹을 꽉 쥐고, 이를 악물면서 고개를 들었다. 뻘겋게 충혈된 얼굴에는 핏대가 잔뜩 섰다.

그때.

검무신의 손끝에 뭔가가 잡혔다. 팔찌의 형태를 하고 있는 궁니르. 그토록 다루고 싶어 했던 칼이 아직 그에게 남아 있었다.

순간, 끓어올랐던 감정이 거짓말처럼 차분하게 가라앉았다.

검무신은 생각했다.

이미 그는 빈손으로 청화도를 세운 경험이 있었다. 한 번 해낸 것을 두 번이라고 못 해낼까. 아니, 그때보다 더 큰 세력을 형성할 자신이 있었다.

비록 그때와 다르게 더 이상 옆에 창무신은 없었지만. 그래도 검무신은 그가 죽어서도 자신의 옆을 지키고 있을 거라고 생각했다.

아니, 이제는 옆이 아니라.

『나와 함께할 것이다. 평생토록.』

검무신은 천천히 자리에서 일어났다. 여전히 회복이 덜된 몸은 고통스럽기만 했지만, 그는 아무것도 느끼지 못하겠다는 듯 무미건조한 얼굴로 창무신에게 다가갔다.

그리고 손날을 바짝 세워 창무신의 왼쪽 가슴을 그었다. 열어젖힌 가슴 사이로 싸늘하게 식은 지 오래된 심장이 보였다.

검무신은 과감하게 심장 쪽으로 얼굴을 집어넣었다.

와그작. 와그작. 질긴 심장 조각이 어금니 사이로 물컹거렸다. 썩어 가던 중이었는지 악취가 풍겨 구토감이 들었지만, 그래도 검무신은 억지로 창무신의 심장을 씹어 삼켰다.

아주 천천히. 제대로 소화가 될 수 있도록.

[카니발(Cannibal)]

청화도를 재건하기 위해서는 예전보다 훨씬 더 높은 무력을 가져야만 한다. 그러기 위해서는 평범한 방법으로는 절대 불가능했다.

금기(禁忌)를 건드려야 했다.

카니발은 죽은 사람의 심장을 섭취해 생전에 그가 가지

고 있던 능력을 흡수하는 에너지 드레인 계통의 스킬.

리언트가 입수했던 에메랄드 타블렛에 적시된 기초 스킬이기도 했다.

검무신은 그것을 여태 손에 넣고도 단 한 번도 펼친 적이 없었다.

편법으로 얻은 힘은 결국 주인을 잡아먹기 마련이다. 더구나 무의 단련을 중시하던 그로서는 절대 용납할 수가 없는 행위였기에 여태 무시를 해 왔었다.

게다가 마력 속에 갖가지 망령과 저주가 섞인다면, 자칫 주화입마를 부를 수도 있었다.

하지만 더 이상 검무신에게는 물러설 곳이 없었다. 천천히 회복하려 했다가는 몇 년을 꼬박 날릴지도 몰랐다. 그래서는 재건이나 복수는 꿈도 꿀 수 없었다.

무엇보다.

더 이상 현자의 돌을 구할 방법이 없는 이상, 궁니르를 개방하기 위해서는 이 방법밖엔 남아 있지 않았다.

그렇기에 검무신은 자신이 갖고 있던 마지막 자존심을 벗어던졌다.

무인으로 가지고 있던 자긍심은 더 이상 없었다. 다행히 이곳에는 그에게 힘을 되찾아주고, 전성기 때보다 더 높은 경지로 끌어올려 줄 '재료'들이 아주 많았다.

친구와 수하들 전부. 죽어서도 자신을 지키겠다던 그들의 소망을 이뤄 주려는 것이다.

그리고 죽은 적들의 심장은 날카로운 비수가 되어 원주인에게로 되돌아가게 해 줄 생각이었다.

오드득.

오득.

심장을 씹어 삼키는 검무신의 소리만이. 이름을 알 수 없는 평원의 적막을 흔들어 놓았다.

＊　　＊　　＊

"……그래서. 떠나겠다고?"

여름여왕은 고개를 살짝 숙이는 궁무신을 보면서 인상을 팍 찡그렸다. 아니, 이제는 궁무신이 아니라, 다른 이름으로 불러야 한다.

장웨이. 아마 그런 이상한 이름이었던 것으로 기억한다. 지구라는 별 볼 일 없는 세계의 출신이라던가. 헤븐윙의 출신 세계와 같다고 해서 기억하고 있었다.

"거래는 전부 끝났다고 생각합니다만. 아닙니까?"

장웨이는 원래 청화도의 소속도, 레드 드래곤의 소속도 아니었다.

의뢰를 받으면 금액만큼 임무를 처리하는 용병이었다. 그것도 그쪽 세계에서는 제법 유명한 S급 용병. 한때, '은밀한 황혼'이라는 별칭으로 더 유명했었다.

다만, 그는 지구 출신이라는 것 외에 다른 정보는 전부 베일에 가려져 있었다. 심지어 평소 밖으로 내비치는 얼굴도 매번 달라서 진짜 얼굴은 아무도 모른다는 말까지 돌 정도였다.

그랬던 그가 아주 오래전에 레드 드래곤으로부터 받았던 의뢰는 하나.

청화도의 요직으로 올라가 레드 드래곤의 눈과 귀가 되라는 것이었다. 그러다 필요할 때에 힘을 보태라는 것까지 이어진 의뢰

폐쇄적인 성향을 자랑하는 청화도를 뚫기 위해 어쩔 수 없이 택한 방식이었다. 그리고 몇 년에 걸쳐 장웨이는 청화도 내에서 큰 두각을 드러냈고, 궁무신이라는 요직까지 앉을 수 있었다.

여름여왕이 봤을 때, 장웨이는 두고두고 요긴하게 쓰일 수 있는 중요한 말이었다.

어느 누구도 몇 년에 달하는 긴 시간을 허공으로 날리면서 세작으로 있기는 싫어할 테니까.

게다가 장웨이는 청화도의 다섯 주인 중 한 명이 되기까

지 했다. 마음만 먹는다면 얼마든지 레드 드래곤과의 인연을 끊을 수도 있었다.

하지만 장웨이는 그런 우려를 보라는 듯이 불식시켰다. 그리고 임무를 깔끔하게 처리하면서 레드 드래곤의 최종적인 승리를 이끌었다.

비록 여름여왕에게는 상처만 남은 승리였다 할지라도. 바할이 죽은 이때, 이런 수완가는 쉽게 구할 수 있는 게 아니었다.

그래서 여름여왕은 장웨이에게 81개의 눈이 되지 않겠냐고 제안했다. 원한다면 그중에서도 높은 서열을 주겠다는 파격적인 조건과 함께.

하지만 장웨이는 그런 제안을 일언지하에 거절했다.

의뢰를 받는다면 따르겠으나, 진심으로 어느 누구의 우산 아래에는 들어가기 힘들다는 말을 하면서. 그리고 덧붙여, 청화도 때처럼 다른 세력에서 의뢰를 해 온다면 감당할 수 있겠냐는 협박 아닌 협박까지 곁들여서.

그래서 여름여왕은 장웨이가 더 탐이 났다.

보물을 발견하면 반드시 손에 넣어야 직성이 풀리는 용종의 눈에, 장웨이는 그만큼 가치를 지닌 보물로 비쳤다.

하지만 안타깝게도 여름여왕은 그런 마음을 단념해야만 했다.

지금은 욕심을 부릴 만한 처지가 아니었으니까. 손끝으로 배배 꼬고 있는 머리카락은 더더욱 푸른색으로 변해 있었다. 드래곤 하트가 이제 기능이 정지해 가고 있다는 증거였다.

여름여왕은 시시각각 위기감을 느끼고 있었다. 이대로 두다가는 정말 드래곤 하트가 단순한 돌멩이로 전락할지도 모른다.

드래곤 하트가 없는 용종은 그저 덩치 큰 도마뱀에 지나지 않는다. 용종으로서의 가치를 잃는 것이다. 그것은 이미 사멸해 버린 동족들의 뒤를 따라야 한다는 것과 다르지 않았다.

여름여왕은 그런 미래가 두려웠다. 올포원과 전쟁을 치를 때에도 공포를 느끼지 않았던 그녀였지만, 자신이라는 존재가 사라질지 모른다는 사실만큼은 두렵기 짝이 없었다.

하지만 드래곤 하트를 복구시켜줄 거라고 생각했던 현자의 돌은 이제 자취를 완전히 감춰 버렸다. 현자의 돌뿐만 아니라, 돌을 완성하기 위해 힘들게 모은 재료들까지 전부 감쪽같이 증발했다.

이대로 가다가는 정말로 위험해진다.

여전히 검무신을 찾기 위해 수하들이 모든 층계를 샅샅

이 뒤지고 있는 중이었지만. 여름여왕은 설사 녀석을 찾는 다고 해도 현자의 돌은 찾을 수 없을 거라고 생각했다.

누군가가 갖고 간 게 분명했다. 흑막에서 그들을 부딪치게 만들고, 혼란스럽게 만든 작자가.

그놈의 흔적을 어떻게든 찾아야만 했다. 그리고 다행히 장웨이는 끈기 있는 성격 덕분에 누군가를 추적하는 데에도 일가견이 있다고 했었다.

"좋아. 마지막으로 묻지. 여전히 내 밑으로 들어올 생각은 없어? 나의 가호를 받게 된다는 게 어떤 의미를 지니는지는 아주 잘 알 텐데."

"이미 저는 모시는 신이 있습니다."

"확실히. 거절로 그만한 괜찮은 답변은 없겠지?"

"감사합니다."

"좋아. 그럼 한 가지를 더 추가로 의뢰하겠어. 기간은 무한정. 외뢰금은 원하는 만큼 넣어 주지. 대신에 최대한 빨리 의뢰를 완수해 줬으면 좋겠어. 누구를 찾기만 하면 되는 거야."

"누구를 찾으십니까?"

장웨이의 질문에, 여름여왕은 꼬고 있던 다리를 반대쪽으로 꼬면서 입술을 살짝 열었다.

＊　　　＊　　　＊

"새로운 의뢰라."

76층을 벗어나는 붉은색 포탈에 오르는 길에서. 장웨이는 엄지와 검지로 입가를 매만졌다.

"이번에는 얼마나 가려나."

장웨이는 돈을 크게 바라지 않는다. 돈은 이미 벌 만큼 벌었고, 무기도 이예로부터 받은 사일동궁이 있어 다른 건 필요하지 않았다.

대신에 그는 갈증을 달랠 뭔가를 필요로 했다. 언제나 마음 한편에 남아 그의 영혼을 괴롭게 긁어 대는 갈증.

이것이 해소되지 않는 한. 장웨이는 어디에도 소속되지 못하고 정처 없이 떠돌아다닐 수밖에 없는 신세였다.

"부디 이번에도 오래갔으면 좋겠는데."

빠른 그의 움직임에 따라. 옷깃에 넣어 뒀던 목걸이가 살짝 밖으로 나와 반짝거렸다. 어린 시절, 사격을 하고 난 뒤에 장난으로 전우들과 함께 만들었던 탄피 목걸이.

하지만 이제는 나날이 그의 숨통을 옥죄어 가는 갈증의 원인이, 크게 출렁거렸다.

마치 뭔가를 기다리듯이.

"여, 여기 있습니다."

커피 잔을 내려놓는 비스터의 손길이 잘게 떨렸다.

거의 다 무너져 가던 나이트 워치를 이제 탑 외 지역 암흑가의 제일 세력으로 만들 만큼 뛰어난 수완가인 그였지만, 차마 연우는 제대로 쳐다보지 못했다.

오히려 그동안 혹시라도 실수한 게 없나 싶어 이곳에 오기 전에 수하들을 닦달하기까지 했다.

다행히 그동안 수하들은 헤노바의 대장간을 건드리기는커녕, 근처를 보고 오줌도 싸지 않는다고 했다.

그만큼 이전에 연우가 줬던 충격이 끔찍했단 뜻이겠지.

그래도 뭔가 꼬투리를 잡으려면 얼마든지 잡힐 수 있기때문에. 비스터는 연우가 조용히 커피 잔을 들 때까지도 시선을 함부로 떼지 못했다.

덩치가 불어났으니 반항을 해 볼까 하는 마음은 애당초들지도 않았다.

처음 연우와 만났을 때 받았던 충격이 워낙에 컸던 데다가, 그동안 연우의 활약상에 대해서도 익히 들어 알고 있었다. 절대 그들이 어떻게 할 수 있는 상대가 아니었다.

연우는 가볍게 커피를 마시면서 주변을 쓱 훑었다. 확실히 자신이 깽판을 쳤을 때와는 많이 달라져 있었다.

"꽤 많이 변했군."

"더, 덕분에 조금이나마 바, 발전할 수 있었습니다."

덕분이라.

피식. 연우는 마음에도 없는 말을 잘도 꺼내는 비스터를 보면서 가볍게 웃었다.

하지만 그런 모습이 비스터에게는 더욱 큰 공포로 다가왔다.

탁—

연우는 커피 잔을 조용히 내려놓고, 턱을 괴면서 비스터를 응시했다. 비스터가 자기도 모르게 허리를 쭈뼛 세웠다.

"어차피 이야기가 길어져 봤자 피차간에 피곤해지기만 할 테니 용건만 간단하게 말하지."

"마, 말씀하십시오."

비스터는 잔뜩 긴장한 표정으로 고개를 끄덕였다.

"사람을 하나 찾고 싶은데."

"어떤……?"

"브라함."

"브, 브라함이라면. '추방자'를 말씀하시는지요?"

"맞아."

브라함은 원래 지고종(至高種)이나 초월종(超越種)으로만 구성되었다는 '엘로힘'의 소속원이었다. 다만, 그는 알 수 없는 이유로 엘로힘에서 쫓겨난 탓에, 항상 추방자라는 단어를 꼬리표처럼 달고 살아야만 했다.

문제는 브라함이 오히려 그 단어를 아주 좋아했다는 점이지만. 참 보면 볼수록 신기한 아저씨였다.

8대 클랜 중 하나인 엘로힘은 멤버를 함부로 받아들이지 않기로 유명했다.

그들이 바라는 건 딱 하나.

종족.

혈통이 어디에 있는지만 따지며, 그 혈통도 순혈인지 아닌지를 가리고, 그 속에서도 계급을 철저하게 따진다. 또한, '위대한 피'는 오로지 태생적으로 타고 나는 것이라고 여기는 우생학적인 사고를 갖고 있기도 했다.

반마족이나 타천, 바니르, 프로토게노이 등으로 이뤄진 지고종과 용종, 거인족 따위로 구성된 초월종.

그들은 개개인 모두가 세월이 흐르면서 자연스럽게 격을 터득할 수 있기 때문에, 아등바등하면서 힘들게 탑을 오르는 플레이어들을 깔보는 성향이 강할 수밖에 없었다.

쉽게 말해, 탑의 세계에서 귀족이라 할 수 있는 이들의 집합체인 것이다.

브라함은 바로 그런 엘로힘에서 쫓겨난 자였다.

거기다 널리 알려지기로 엘로힘에서도 아주 고위 서열에 해당하는 종족의 후손이라는 말까지 있었다.

하지만 브라함은 어딜 가든, 언제든 그런 자신의 출신을 쓸데없다며 비웃고 다녔고, 오히려 엘로힘에서 쫓겨나며 얻었던 '추방자'라는 별칭을 마치 훈장처럼 좋아했다.

무엇을 하던 자유분방하며, 어딘가에 갇히는 것을 싫어한다. 그러면서 냉소적인 성격도 있기 때문에 그는 어딜 가던지 눈에 쉽게 띄는 편이었다.

"사흘. 사흘만 주십시오. 그럼 바로 연락을 드리겠습니다."

비스터는 현명하게 브라함을 찾는 이유에 대해서 묻지 않았다. 오래 살려면 어떻게 처신해야 하는지를 잘 아는 똑똑한 녀석이었다.

"좋아. 그럼 찾는 즉시 이걸로 연락해."

연우는 아공간에서 반지 모양을 한 아티팩트를 꺼내 비스터에게 던졌다.

마법 창고 인트레니안에는 현자의 돌을 위한 재료들 말고도, 금은보화와 유용하게 쓰일 수 있는 여러 아티팩트들이 들어 있었다.

이 반지는 위치가 어디든, 멀리 떨어져 있어도 거리를 넘어 쉽게 대화를 나눌 수 있게 하는 통신용 아티팩트였다.

가격이 상당히 비싼 편이고, 사용 횟수에 한계가 있어 쉽게 구할 수 있는 물건이 아니었지만.

연우는 애당초 자신의 물건이 아니었으니 쉽게 내놓을 수 있었다. 물론, 출처가 레드 드래곤이라는 것을 알 수 있는 증거는 싹 다 지워 둔 상태였다.

"그리고 이건 착수금."

반지에 이어 연우는 탁상 위에 주머니까지 올려 뒀다. 제법 묵직한 소리가 났다.

비스터는 조심스럽게 주머니를 열어 봤다가 화들짝 놀랐다. 안에 금화가 수북하게 쌓여 있었다.

통신용 아티팩트에 이어 이렇게 많은 의뢰비라니. 연우가 전혀 다르게 보였다.

더구나 브라함의 정보는 수소문만 한다면 어렵지 않게 얻어 낼 수 있는 것이었다.

사흘이나 요청한 것도 혹시 갑자기 종적을 감췄을 경우를 대비해서였을 뿐이지, 사실 그것도 하루면 충분했다.

"이, 이렇게까지 주실 필요는……."

"그냥 챙겨. 그만큼 빨리 찾아 달라는 의미니까. 앞으로도 헤노바를 잘 보호해 주면 좋고."

"감사합니다. 요긴하게 잘 쓰겠습니다."

비스터는 벌떡 일어나 허리를 바짝 숙였다.

이 순간 녀석의 머릿속 계산기는 빠르게 돌아가고 있었다. 그들에게는 저승사자만큼 무서운 작자였지만, 사실 따지고 보면 연우는 앞으로도 나날이 유명세를 떨칠 게 분명한 실력자였다.

그렇다면 지난날에 있었던 원한을 잊어버리고, 그와 앞으로도 거래를 틀 수 있도록 만드는 게 클랜에 큰 도움이 될 것이라고 판단했다.

그렇기에 연우도 많은 금화를 보여 주면서 금력을 자랑하고, 넌지시 앞으로도 계속 거래를 할 의사가 있다는 것을 내비친 거고.

연우는 자신이 하려는 말을 재빨리 알아내는 비스터를 보면서 천천히 자리에서 일어났다.

눈치가 빠른 놈이니 자신에 대한 정보를 다른 곳에 흘리지 말라는 것은 따로 말할 필요가 없을 것 같았다.

'이제 브라함을 찾고, 의뢰한 칼을 받을 때까지 층계에만 집중하면 되겠어.'

연우는 창가 쪽으로 고개를 돌렸다. 그의 시선은 저 멀리 높다랗게 우뚝 선 탑에 고정되었다.

*　　　*　　　*

[이곳은 16층, '삶의 물레'의 관입니다.]

연우는 다시 찾은 익숙한 광경에 머리를 쓸어 올렸다. 그리고 동시에 곳곳에서 보이지 않는 시선이 여럿 달라붙는 것을 느낄 수 있었다.

'이왕에 올 것, 그때 미리 완수해 둘 걸 그랬나?'

자신이 등장한 순간, 이미 시선의 주인들은 다급하게 어디론가 움직이기 시작했다.

아마도 각자 소속된 신전으로 향하는 것이겠지.

연우는 이미 스쿨드의 신전에다 행패를 놓았었다. 또다시 나타난 그로 인해, 신관과 사제들이 바짝 긴장하는 것도 당연했다.

후회하는 건 아니었지만, 조금 귀찮았다.

한빈을 끌고 올 때에는 청화도의 추적이 있을지 몰라 급히 빠져나왔었던 거였는데.

막상 지금이 되니 이렇게 자신을 경계하는 자들이 많은 이상, 시련을 쉽게 마칠 수 있을까 하는 생각이 들었다.

물론, 그렇다고 해서 상황이 바뀌는 건 아니니.

연우는 생각을 정리하고 세 개로 나눠진 갈림길에서 세

번째, 스쿨드의 신전이 있는 곳으로 걸음을 옮겼다.

다른 이유가 있는 건 아니었다.

한 번 길을 정하면 다른 곳으로 갈 수 없다는 규칙 때문에 이곳밖에 갈 수가 없었다.

그런데.

[미래의 신전(스쿨드)으로 향할 수 없습니다. 신전의 주인이 출입을 불허합니다.]

문제가 생겼다.

미래의 신전 측에서, 아니, 정확하게는 신전에 깃든 신 스쿨드가 연우를 거부하는 중이었다.

'강제로 뚫어야 하나?'

이래서는 시련을 마칠 수가 없다. 억지로라도 길을 뚫을 생각에 등에 매단 비그리드 쪽으로 손을 가져가려는데, 갑자기 뒤쪽에서 연우를 부르는 소리가 있었다.

"이곳은 신성한 신의 영역입니다. 날붙이는 되도록 자중해 주시길 바라겠습니다."

뒤로 돌아보니 새하얀 법복을 입은 누군가가 공손하게 고개를 숙이고 있었다.

로브를 깊게 눌러 써 얼굴을 알아보기 힘들었지만, 목소리가 여자였다.

황금색의 물레가 그려진 법복. 과거의 여신, 우르드를 상징하는 법복이었다.

"넌?"

"인사가 늦었습니다. 여신 우르드의 사도, 햅번이라고 합니다."

가면 사이로 비치는 연우의 두 눈이 날카롭게 번뜩였다.

우르드란 이름을 들으니 떠오르는 게 있었다.

'앉은뱅이. 세 여신. 중에. 맏이를. 주의. 하라.'

관리자 라플라스의 입을 빌려 전해졌던 어떤 악마의 전언.

악마의 이름은 아직도 모른다. 관심도 없었고, 알고 싶은 마음도 없었다.

다만, 우르드의 사도가 직접 찾아왔다는 사실은 절대 무시할 수가 없었다.

사도는 신의 대행자였다. 98층을 벗어날 수 없는 그들의 의지를 대변하는 것이니, 사도가 찾아왔다는 건 직접 우르드와 대면하고 있다고 봐도 무방했다.

다행히 햅번은 연우를 적대시할 생각은 없어 보였다. 하긴, 하려고 해도 하지도 못할 것이다.

사도의 힘은 주인인 신에게서 비롯된다. 운명을 내다보는 것 외에는 아무 힘도 없는 우르드의 사도이니 힘도 빈약할 것이다.

물론, 그 정도만으로도 충분히 랭커에 필적하는 힘을 보유하고 있겠지만.

연우는 스스로 웬만한 랭커와 비교해도 절대 뒤지지 않는다고 여기고 있었다.

아니, 하이 랭커나 그에 준하는 급이 아니면 꿀릴 이유가 전혀 없었다.

햅번도 그런 사실을 잘 알고 있었다. 그래서 그녀의 태도는 아주 정중했다.

"그러니까. 우르드의 사도가 여기는 왜?"

하지만 그런 정중한 태도에도 연우는 여전히 우르드의 사도가 찾아온 이유는 절대 좋은 뜻이 아닐 거라고 생각했다.

경계심이 드는 것도 당연했다.

햅번도 당연하다는 듯이 평온한 말투로 말했다.

"여신께서 당신을 만나고 싶어 하십니다."

"날?"

"예."

"해코지라도 하려는 건가?"

"저희에게 그럴 힘이 없다는 건, 당사자께서 더 잘 알고 계시지 않으십니까? 그리고 여신께서는 정말 진실한 마음으로 당신을 만나고 싶어 하십니다. 만약 그래도 믿기 힘드시다면, 이 자리에서 신의 이름을 걸고 맹약을 해 보이겠습니다."

이름을 내건다는 것. 신과 악마들을 묶는 틀이라는 인과율로부터 저촉된다고 해도 충분히 감수를 하겠다는 의미였다. 높은 존재일수록 그런 제약은 더 심했다.

그런데도 만나고 싶어 한다? 연우는 우르드와 헙번의 생각을 전혀 짐작할 수가 없었다.

하지만 당장 이렇게 된 마당에 안 갈 수도 없었다.

보나 마나 베르단디의 신전으로 가는 길목도 막혔겠지. 시련을 마치려면 우르드의 신전으로 가는 수밖엔 없다.

연우는 순간 짜증이 났다.

설사 상대가 신이라고 해도, 누군가에게 강제로 끌려 다녀야만 하는 상황은 불쾌하다.

하물며 상대가 무슨 꿍꿍이를 가지는지 알 수 없을 때에는 휘둘리기 십상이었다.

눈만 돌려도 잡아먹히기 쉬운 탑의 세계에서 그런 짓을 하는 건 자살 행위나 마찬가지였다.

물론, 저들을 먼저 자극한 건 연우이긴 했다.

하지만 연우는 자신이 한 일에 떳떳했다. 스쿨드 신전에서 벌어지던 일은 절대 좋게 볼 수 있는 게 아니었으니까.

스륵—

그래서 연우는 검은 팔찌에다 마력을 밀어 넣었다. 그러자 햅번의 그림자가 살짝 일렁이더니 위로 길쭉하게 치솟았다.

햅번이 아차 싶어 한 발자국 물러서려 했을 때에는 이미 초승달 모양의 그림자 낫이 그녀의 목덜미에 바짝 붙어 있었다.

그리고 후드의 한쪽이 잘려 나가면서 숨겨졌던 얼굴이 고스란히 드러났다.

새하얀 피부. 뾰족한 귀. 잔뜩 일그러졌지만, 그래도 그림으로 그린 것처럼 여전히 아름다운 얼굴.

그리고 폭포수처럼 떨어져 황금색으로 출렁이는 머리칼.

"하이 엘프?"

연우는 의외라는 듯이 눈을 살짝 크게 떴다.

황금색 머리카락은 미의 여신 프레이야로부터 신혈(神血)을 물려받았다는 증거였으니까.

하이 엘프는 엘프나 다크 엘프 등의 시조격에 해당하는 조상이다. 또한, 후손을 거의 낳을 수 없다는 특성 때문에 개체 수가 빠른 속도로 줄어드는 중이었다.

때문에 탑 내에서도 찾아보기가 힘들며, 그나마 남아 있는 이들도 대부분 나이가 1천 년 이상을 먹은 것으로 알려져 있었다. 또한, 지고종에 해당하기도 했다.

물론, 그렇다고 해서 햅번의 턱밑에 드리운 그림자 낫을 거두거나 하는 일은 없었다.

놀랐다고 해서, 햅번이 우르드의 사도가 아닌 건 아니었으니까.

도리어 연우는 내심 잘 되었다 싶었다.

사도는 신의 일부이다 보니 죽는 것만으로도 신에게 큰 타격으로 다가간다. 하물며 하이 엘프 같은 지고종이 죽는다면 자칫 격이 저하될 수도 있었다. 인질로서의 가치가 그만큼 높단 뜻이었다.

항상 하이 엘프의 주변을 따라다닌다는 정령들이 이리저리 부딪치는 게 느껴졌지만, 괴이는 꿈쩍도 하지 않았다.

햅번은 연우의 그런 태도가 마음에 들지 않는다는 듯 인상을 팍 찡그렸다.

"이게 무슨 짓인가요?"

"신의 맹약을 건다고 해도 그쪽을 완전히 믿을 이유는 못 되니까. 일이 끝나면 풀어 주도록 하지. 어차피 네 말대로 아무 해코지도 않을 거라면, 너도 다칠 일이 없잖아?"

햅번은 더 크게 얼굴을 일그러뜨렸다가, 곧 아무 일도 없었다는 듯, 안색을 풀고 반대로 홱 돌아섰다.

"여신께서 계신 곳으로 안내해 드리죠. 따라오세요."

홱—

햅번은 그 말만 남기고 지면을 박차 감쪽같이 사라졌다. 그림자에 맺힌 괴이도 같이 움직였다.

알아서 쫓아오라는 건가.

참 소심하게 복수를 한다는 생각에, 연우는 가볍게 헛웃음을 흘리고 햅번이 사라진 방향으로 순보를 밟았다.

[과거의 신전(우르드)으로 향하는 길을 선택했습니다.]

연우는 햅번을 따라 가장 좌측에 있는 길을 통과했다.

스쿨드의 신전으로 가는 숲길과 다르게 우르드의 신전으로 가는 길은 살짝 야트막한 경사가 있는 언덕이었다.

신전으로 향하는 신도들은 잘 보이지 않았다.

미래 예지나 현실 고민을 털어놓기 쉬운 다른 두 신전과 다르게, 우르드의 신전은 과거를 담당하기 때문에 신도들에게 크게 인기가 없는 편이었다.

더구나 얼마 전에 벌어졌던 스쿨드 신전에서의 사건 이후로, 16층을 찾는 플레이어들의 숫자가 확 줄어들기도 했다.

덕분에 연우는 편하게 신전에 도착할 수 있었다.

대리석을 높게 세웠던 스쿨드 신전과 다르게, 우르드의 신전은 지붕이 둥근 아치 모양을 띠고 있었다.

규모도 세 여신 중 맏이인데도 불구하고 아주 조촐하고 소박했다.

"여신께서 초대하신 손님이다. 모두 길을 열어라."

신전 앞을 서성이고 있던 사제들은 햅번을 발견하고 황급히 고개를 숙이면서 길을 열었다.

햅번의 턱밑에 그림자 낫이 드리운 걸 봤지만, 거기에 대해 지적하는 사람은 없었다. 오히려 그들은 햅번과 눈이 마주치거나 그녀를 방해하는 게 불경이라는 듯 눈도 쉽게 마주치지 못했다.

사도는 신의 아바타로 받아들여진다더니. 확실히 사제들이 그녀를 대하는 모습은 여러모로 이질적이었다.

그렇게 연우는 햅번을 따라 긴 복도를 지나, 어느 커다란 문 앞에 섰다.

4미터쯤 되어 보이는 문은 우르드의 성격을 보여 주듯, 단순한 물레 무늬를 제외하면 이렇다 할 장식이 따로 없었다.

하지만 연우는 문을 본 순간 확실하게 느낄 수 있었다.

무거웠다.

아니, 이건 깊다고 해야 할까. 하지만 또 어떻게 보면 넓은 것 같기도 하고, 아주 높은 것처럼 보이기도 했다. 아늑한 느낌마저도 풍겼다.

알 수 없는 무언가가 문 너머에 숨어 있었다.

우웅, 웅—

지이잉—

그리고 그런 연우의 생각에 동의하듯, 검은 팔찌와 비그리드가 살짝 울렸다. 더불어 닫아 놓은 아공간에서 아이기스가 울음을 토해 내는 것도 느껴졌다.

거대한 힘이 숨어 있다.

그건 무왕이나 여름여왕과 마주쳤을 때와는 또 다른 느낌이었다.

"느끼시는군요. 확실히."

햅번은 묘한 눈빛을 띠면서 연우를 바라봤다.

연우가 살짝 눈살을 찌푸렸다.

"그게 무슨 소리지?"

"간혹 그런 분들이 계십니다. 문으로 닫아 놨지만, 이 너머에 있는 것을 느끼시는 분들이요. 보통 그런 분들은 흔히 감각이 무척 뛰어나거나, 영적인 감각을 타고 나신 분들이 대부분이지요. 아니면."

햅번의 황금색 눈이 고요하게 빛났다.

"이미 신기를 겪어 본 적이 있거나."

연우는 햅번의 말을 이해할 수가 없었다.

"이 너머에 있는 게 무엇이기에?"

"신, 입니다."

"뭐?"

신이 여기에 있다고? 그것도 문 너머에?

신은 절대 98층을 벗어날 수가 없다. 앉은뱅이 세 여신만큼은 98층에 연루되기 싫어 항상 의식을 16층에 둔다지만, 그렇다고 해서 완전히 육체까지 아래에 강림할 수 있는건 아니었다.

하지만 햅번은 저 너머에 신, 그 자체가 있다고 말하고있었다.

연우가 그게 무슨 말이냐는 눈빛을 보냈지만, 햅번은 들어가 보면 알 거라는 듯 공손하게 고개를 숙이면서 뒤로 한발자국 물러섰다.

"여기서부터는 신께서 자리를 잡으신 성역(聖域). 저는 따로 발을 들여도 좋다는 윤허를 받지 못했기 때문에, 동행할 수가 없습니다."

성역은 신의 영역이란 뜻이다.

연우가 용혈 각성을 이룰 때에 일정 범위에 걸쳐 권역을 구성하면 그 속에서 절대적인 힘을 가지게 되듯, 신은 성역이라는 일정한 구획 내에서 자신의 힘을 오롯이 투여할 수가 있었다.

연우는 마음에 들지 않는 듯 잠시 주춤거렸지만 곧 문 앞에 섰다.

어차피 이곳으로 들어간다고 해서, 헙번의 그림자에 녹은 괴이와 연락이 끊어지는 것도 아닐 테니까.

아니, 오히려 차라리 잘되었다 싶은 마음도 들었다.

신이란 존재가 대체 어떤 건지 궁금하기도 했으니까. 우르드와 대면하면 알 것 같다는 생각이 들어 문을 활짝 열었다.

끼익—

어둠이 그의 주변을 감쌌다. 도저히 앞뒤 분간이 가지 않을 만큼 어두웠지만, 연우는 아무런 망설임 없이 깊숙하게 들어갔다.

쿵!

문이 닫히면서 외부와 차단되었다. 그리고 어둠이 더 깊이 들어와 바깥으로 확장되었던 감각 영역까지 잠식했다.

그리고 그 자리를 다른 뭔가가 차지했다.

끝을 모를 정도로 넓게 이어진 어둠 속에서. 연우가 보게 된 것은 역시나 끝을 알아차릴 수 없을 만큼 커다랬다.

문밖에서 어렴풋하게 느꼈던 것과 비슷한 힘.

그런 힘이 넓고, 높고, 깊게 느껴졌다.

도저히 어디가 한계인지 짐작할 수도 없을 정도로. 연우는 자신의 존재가 마치 반딧불처럼 한없이 작고 초라해진 것 같다는 느낌을 지울 수가 없었다.

분명 밖에서 느꼈을 때도 가늠할 수 없을 만큼 크다고 생각했었는데.

실제로 만나게 되니, 제대로 인지조차 할 수가 없었다.

'이게 바로…… 신(神).'

연우는 그 순간 자신도 모르게 속으로 침음을 흘렸다. 눈앞에 있는 신은 정말로 까마득했다.

올림포스의 보고에서 만났던 헤르메스를 떠올렸다. 그때는 그의 존재감을 전혀 느낄 수가 없었는데. 이건 정반대였다.

아니, 정확하게는 이게 맞는 거겠지. 헤르메스는 아직 약했던 연우를 배려해 줬던 것이고, 우르드는 그럴 필요를 못 느꼈을 뿐이었다.

신에게, 인간이란 그저 단순한 한낱 미물에 지나지 않을 테니까.

해일에 휩쓸린 모래성의 흔적을 찾기 힘들 듯. 태양 앞에 놓인 반딧불의 빛이 보이지 않듯. 그의 존재감은 너무 볼품이 없었다.

상대가 '후' 하고 입바람을 불기만 해도 그냥 흩어져 사라져 버릴 것만 같았다.

아니, 그보다 먼저 그냥 존재감에 먹히는 건 아닐까.

사라진다는 자각도 하지 못한 채, 촛불처럼 사라지는 게 아닐까 하는 그런 위기감이 들었다.

거기에 생각이 미치자, 연우는 즉각 마력회로를 최대 출력으로 가동시켰다. 360개의 코어를 돌리면서 신체 곳곳으로 마력을 불어넣고, 불의 날개를 넓게 퍼뜨려서 신체 주변을 칭칭 감아 보호막을 형성했다.

존재감이 흐려져 사라지지 않게끔, 어떻게든 육체적 감각을 인식하려 하고, 정신을 또렷하게 차렸다.

그리고 마력으로 외부에서의 접근을 어떻게든 차단시키면서 고개를 위로 들었다.

[전투 의지]

연우는 의식을 최대한으로 강화시키면서 한 곳에 집중했다.

신이 정확하게 어디에 있는지는 알 수 없다. 하지만 연우는 어디를 보든 상관없을 거라고 확신했다.

이곳은 성역. 신의 의지가 내려앉은 곳이며, 신이 자리한 곳 그 자체다. 그렇다면 어딜 보더라도 당연히 시선이 있을 게 분명했다.

그리고. 그런 생각이 옳은 듯, 조금 단단한 목소리가 연우의 머릿속으로 파고들었다.

『제법 근성은 있는 아이로군. 하긴 그러니 막내의 신전에서 그런 깽판을 칠 생각을 했겠지만.』

뭔가 비웃음이 섞인 것 같은 목소리. 아니, 그보다는 냉소적인 어투가 강했다.

그럴수록 연우는 더더욱 바짝 긴장했다. 그리고 몸을 둘러싼 보호막의 화력을 더하면서 검은 팔찌 쪽으로 왼손을 가져갔다.

여차하면 헵번의 그림자에 묻어 둔 그림자를 움직이기 위해서였다.

그런 연우의 의도는 우르드에게 고스란히 전해졌다.

『왜 그렇게 나를 경계하는 건지 모르겠군. 나는 너에게 아무런 해도 끼치지 않겠다고 약속을 했고, 정말 그럴 생각도 없다. 그런데 너는 칼을 절대 숨기려 하지 않는구나.』

"당신의 생각을 제가 알 수 없으니까요."

『고룡의 힘을 이은 계승자치고는 조심성이 많은 아이야. 도마뱀이란 것들은 원래 오만함을 빼면 시체인데. 어쩌다 정반대인 너 같은 놈에게 그런 힘이 전해졌는지 모르겠어.』

"……."

고룡의 계승자. 동생을 통해 칼라투스의 힘을 이은 것에 대해 말하는 것이다.

과거를 관찰하는 신답게, 우르드는 자신이 여태 지나온 길들을 모두 꿰뚫어 보고 있었다.

그래서 그런 눈길을 모두 무시하고, 바로 용건으로 들어갔다.

"절 부르신 이유가 무엇입니까?"

16층의 시련은 아주 간단하다. 신전에 상주한 신관에게 궁금한 것을 묻고, 여신으로부터 짤막하게나마 대답을 들으면 된다. 그걸로 끝이다.

난이도는 쉬울지 모르지만, 세 여신에게서 들은 답변은 미래에 플레이어가 수행을 하는 데 있어 큰 지표가 될 수 있었다. 때문에 모두가 심사숙고해서 시련을 이행하는 편이었다.

하지만, 그중 어느 누구도 직접 여신과 만났다는 사람은 없었다. 동생도 16층에서 베르단디의 신전을 선택했고, 몇 가지 신탁만 듣고 바로 통과했었다.

그러니 연우로서는 우르드가 직접 이렇게 나타난 게 의심스러울 수밖에 없었다.

『한시라도 빨리 여길 벗어나고 싶은 모양이군.』

연우는 아무 대답도 하지 않았다.

우르드는 아무래도 상관없다는 듯, 여전히 시니컬한 목소리 그대로 말을 이었다.

『그냥.』

"그…… 냥?"

전혀 생각지도 못한 대답. 가면 아래 비치는 연우의 두 눈이 살짝 일그러졌다.

그럴수록 우르드의 웃음소리도 같이 커져 갔다.

『그래. 그냥. 보다시피 내가 있는 이곳은 원래 방문객이 거의 없다시피 하지. 있는 자들도 나를 필요로 하는 경우가 거의 없고. 그래서 심심하던 차에 누가 막내의 신전을 뒤집어 놨다기에 관심이 갔다.』

"……."

『아무리 우리가 앉은뱅이라 하더라도, 신은 신. 플레이어가 감히 신전을 어지럽히는 꼴은 쉽게 볼 수 있는 게 아니니까. 우리를 혐오하는 녀석들조차도, 되도록 우리와 척을 지려 하지 않는 편인데. 너는 그걸 보란 듯이 발로 걷어차 버렸지.』

연우는 입을 꾹 다물었다.

『그래서 그냥 한번 보고 싶었다. 마침 16층의 시련은 끝내지 않았다기에, 언젠가 다시 올라올 거라고 생각해 기다리고 있었지. 그리고 이렇게 만난 거고. 그걸로 끝이다.』

[모든 시련이 종료되었습니다.]

[여신 우르드를 만나는 데 성공했습니다. 누구도 쉽게 이루지 못할 업적을 달성했습니다. 추가 공적치가 제공됩니다.]

[공적치를 5,000만큼 획득했습니다.]

[추가 공적치를 3,000만큼 획득했습니다.]

……

[획득한 공적치는 누계 공적치에 합산됩니다.]

[명예의 전당에 이름을 올리시겠습니까?]

갑작스럽게 등장한 메시지에 눈을 크게 떴다.

연우는 여전히 우르드의 생각을 알 수가 없었다.

『내가 이곳에 자리를 잡으며 여태껏 봐 왔던 인간들은 아주 많았다. 그들은 전부 과거에 얽매여 무언가를 잔뜩 후회하고 있었지. 날 찾아오는 자들은 하나같이 그런 자들이다.』

지난 결정에 후회를 하고, 미련을 두는 사람들. 그리고 과거의 망집에서 벗어나지 못해 현재와 미래를 살지 못하는 자들.

『그들이 과거의 늪에서 헤어나지 못하며 바라는 것은 한 가지였다. 늪에서 빠져나올 수 있게 해 달라는 것. 미래를 얻으려면 어떻게 해야 하는지를 내게 물었지. 어떻게든 자신의 삶을 찾고 싶어 했어.』

삶이라는 것은 과거들이 겹겹이 쌓여 만들어지는 현재이며, 그런 현재들이 계속 이어질 미래다. 현재와 미래가 삶을 정의한다고 봐도 되었다.

쉽게 말해, 삶은 희망이었다.

『그런데. 너는 다르구나. 아주 달라.』

연우는 우르드가 웃고 있다고 생각했다.

그리고 그제야 왜 그녀가 자신을 불렀는지를 알 수 있을 것 같았다.

『너는 후회나 미련을 두지 않아. 그러면서도 도리어 더 깊은 과거 속으로 헤엄쳐 돌아가고 있지. 그리고 그 속에서 스스로를 끊임없이 자책하는 걸 반복해. 그리고 그 끝에 '너' 라는 존재는 없어. 죽은 동생만이 계속 있을 뿐.』

"……."

『그래서 묻는다. 스스로에게. 이렇게 해도 되는 건지. 동생은 그토록 슬프게 눈을 감았는데, 너는 죄책감에 행복한 현재를 살 수 없으니 끊임없이 고개를 반대로 돌려 스스로를 불운의 구렁텅이로 밀어 넣는다. 그리고 스스로를 계속 괴롭게 만든다.』

꽉 쥔 주먹에 핏대가 섰다.

『그리고 의심한다. 동생은 믿었던 친구들에게 배신을 당했다. 그렇다면. 과연 나는 그래도 될까? 지금 주변에 모인 이 사람들을 믿어도 될까?』

"……."

『이 사람들은 그들과 다른 것 같지만, 동생도 그들과 평생 함께할 거라고 생각했다. 배신은, 언제든 찾아올 수 있는 것이다. 그래서 자꾸만 그들을 경계하게 된다. 그렇지 않으냐?』

연우는 이를 악물었다.

『의심하고 의심해라.』

우르드의 목소리가 자꾸만 커져 갔다. 왱왱, 머릿속을 자꾸 시끄럽게 만들었다.

『불신하고, 또 불신해라.』

연우를 둘러싼 어둠이 일렁였다. 어둠 하나하나가 출렁대면서 하나의 감정으로 변질되어 파도처럼 엄습했다.

과거에 사로잡힌 미치광이의 광기였다.

『너와 가까이 있는 자들은 언제나 돌아설 수 있다. 자기 입맛에 맞지 않으면. 자기들 뜻에 맞지 않으면. 언젠가 너의 목을 옥죄어 올 것인즉. 그러니 당하기 전에 쳐라. 저들이 움직이기 전에 먼저 움직여라. 씹어 삼키고, 물어뜯어라. 그래야 네가 상처를 덜 입는다. 그래야 네가 다치지를 않는다.』

연우는 있는 힘껏 화력을 더 키웠다. 광기의 파도에 휩쓸리지 않도록. 저기에 노출되는 것만으로도 그냥 사라져 버릴 것 같았다.

『묻고 싶겠지. 왜 그래야 하느냐고? 그야 당연하지 않으냐.』

하지만 그런 생각도 들었다.

우르드가 내뱉는 광기는. 어딘지 모르게 너무 익숙하다고.

『모른다고 하지 마라. 외면하지도 마라.』

우르드는 그런 연우의 생각을 정확하게 꿰뚫었다. 그리고 그의 기억 한 곳을 집어내고 있었다.

아프리카.

『너는 여태껏 그렇게 살아왔지 않으냐. 네가 살아왔던 삶, 전부가 그래 왔다. 탄내와 피비린내가 퍼져 나가던, 그 지옥 같던 전장에서도. 그리고 여기도 그와 다르지 않겠지. 다만, 너는 지금 이 순간에도 억지로 누르고 있을 뿐이지 않으냐.』

어느 날의 일이 눈앞에 주마등처럼 스쳐 지나갔다. 우르드가 그의 뇌를 헤집어 겨우 잊어 놨던 기억을 강제로 재생시키고 있었다.

떨쳐 버리고 싶었지만, 눈앞에 그려지는 영상은 멈추질 않았다.

그곳에서.

연우는 어느 험준한 산자락을 헤치고 있었다. 허기와 갈증. 오랜 전투로 인한 피로. 옆구리를 관통한 총알. 기절한 새에 사라진 동료들. 그는 어떻게든 살아남아야만 했고, 적지 한가운데에서 어기적어기적 움직여야만 했다.

자신을 버리고 간 동료들에 대한 분노로.

끝까지 믿었지만, 결국 믿음을 저버린 이들에 대한 원한이 죽어 가던 그를 억지로 움직이게 만들었다.

그렇게 한참 동안 움직였다. 그리고 그 과정에서 많은 자들을 만났고. 죽이고 또 죽였다.

아마 그때 만들어졌을 것이다. 언제나 연우의 내면에 도사리면서. 이따금 악마처럼 속삭여 대는 괴물은.

『그러니 꺼내라.』

연우는 주마등에서 깨어났다. 다시는 꾸고 싶지 않은 악몽에서 겨우 깬 기분이었다.

우르드는 그를 더 깊숙하게 과거의 늪 속에 묶어 두려 하고 있었다.

그러다 문득. 저 어둠 너머에 있을, 우르드의 모습이 직접 보이는 것 같다는 기분이 들었다.

그녀는 분명 송곳니가 훤히 드러나도록, 환하게 웃고 있을 게 분명했다.

『네 내면 속에 있을, 괴물을.』

지금도 가슴속에 있는. 이 빌어먹을 녀석과 똑같은 모습으로.

"언제나 자신만만해하던 우르드께서, 이런 모습이라니. 그것참 보기 힘든 광경이야."

어둠으로 자욱한 우르드의 성역. 한쪽 구석에서 갑자기 뱀이 한 마리 불쑥 튀어나오더니 똬리를 틀면서 사람으로 변했다.

『헛소리할 거면 꺼져라, 헤르메스.』

우르드는 짜증이 잔뜩 섞인 목소리로 헤르메스에게 버럭 소리를 질렀다.

헤르메스는 자신의 지팡이, 헤럴드로 바닥을 가볍게 두들기면서 웃음을 터뜨렸다.

『고얀…….』

웃음이 이어질수록 우르드의 짜증은 커져만 갔다.

우르드는 원래 연우를 혼란스럽게 만들 생각이었다. 그녀가 봤을 때, 그만큼 과거가 난잡한 작자도 잘 없었으니까.

수없이 많은 과거와 미련을 가진 자들이 교차하는 탑의 세계라지만, 우르드가 봤을 때 연우는 그중에서도 단연 최고였다.

플레이어들은 대부분 희망을 안고 살아간다.

더 이상 이룰 것이 없었던 사람들은 이곳에서 더 큰 것을 이루려 하고, 살던 세상을 등지길 바라는 사람은 새로운 삶을 바란다. 누군가는 병든 친지에게 줄 약을 바라기도 한다.

어떤 이유가 되었건 간에, 희망을 안고 탑을 오르는 것이다. 그것이 그들이 살아가는 삶이었다. 현재고, 미래였다.

하지만 연우는 달랐다.

별다른 희망 없이, 오로지 탑을 오르기만 했다. 과거라는 속박에서 벗어나질 않았다. 아니, 스스로를 더 깊숙하게 밀어 넣었다.

그래서 그녀는 그 점을 자극했다. 우르드는 과거를 엿보는 신. 그렇게 과거를 끄집어내어 사람을 시험하는 건 아주 손쉬운 일이었다.

그리고 여태껏 그러했던 것처럼, 연우도 거기서 쉽게 벗어날 수 없을 거라고 생각했다.

하지만.

"이제는 사람을 현혹하는 것도 그만할 때가 되지 않았나? 저 밖에 있는 불쌍한 친구처럼 모두가 그대의 손에 놀아나기만 하는 건 아니야."

헤르메스는 문 쪽으로 슬쩍 고개를 돌렸다. 문가에는 우르드의 새로운 말을 기다리는 불쌍한 아이가 있을 것이다.

햅번. 하이 엘프의 여왕이 될 운명이었지만, 결국 종족이 주는 굴레를 벗지 못하고 새로운 굴레에 떨어지고만 불쌍한 아이.

그때, 어둠을 가르면서 한 여인이 저벅저벅 걸어 나왔다. 걸음을 옮길 때마다 마른 다리가 나타났다가 사라진다.

발끝까지 내려오는 긴 머리칼. 검은 동공 없이 흰자위로만 이뤄진 눈. 어둠에 반쯤 가려져 잘 보이지는 않지만, 전체적으로 관능미가 물씬 풍기는 미녀였다.

우르드는 잔뜩 짜증이 섞인 얼굴로 헤르메스와 마주 섰다.

녀석의 얼굴을 보고 있자니, 코웃음을 치면서 성역을 벗어났던 연우의 모습이 오버랩되는 것 같아서 더 짜증 났다.

코웃음. 그랬다. 연우는 감히 불경하게도 신인 자신을 앞에 두고 코웃음을 쳤다. 헛소리 말라는 듯이. 아니, 가소롭다는 듯이. 고작 이것밖에 안 되느냐며 비웃음만 던지고 성역을 훌쩍 떠났다.

분명 그가 어떻게든 외면하고 싶어 했던 과거를 억지로 끄집어냈다. 동생이 당했던 것처럼 연우도 비슷한 경험을 한 적이 있었다.

적진 한가운데에서 믿었던 동료들에게 버림을 받았고, 부상당한 몸을 억지로 이끌고 장장 150km나 되는 삼림을 건넜다.

그 과정에서 연우는 모든 감정을 버렸다. 분노도, 원한도, 복수심도 모두 버리고, 감정 없는 인형이 되어 버렸다. '카인'이라는 괴물은 그때부터 시작되었다.

나중에야 오해 아닌 오해가 섞여 있었다는 것을 알았다지만, 그때는 이미 모든 게 끝난 뒤였다.

연우는 그들을 두 번 다시 보지 않았다. 오히려 다음에 만난다면 죽이겠다는 눈빛까지 보였다.

그리고 잊었다.

그런 과거를 되짚어 줬다. 이번에도 똑같을 것이다. 다르지 않으니 배신당하기 전에 먼저 배신해라. 아무도 믿지 말고, 불신과 의심을 거듭하며 살아라. 동생과 똑같은 길을 걷지 말라고 속삭였다.

우르드는 연우가 절대 자신의 속박을 벗어날 수 없을 거라고 생각했다.

그녀가 여태 만났던 대부분의 사람들은 다 그랬다. 햅번도 그렇게 만났고, 그 외에 다른 인형들도 그렇게 '수집'한 것들이었다.

하지만 연우는 보란 듯이 발로 걷어차고 나갔다. 시련은 끝났으니 더 이상 볼일 없다는 듯 그곳을 나서 곧바로 17층으로 향했다.

우르드는 도저히 연우의 생각을 알 수가 없었다. 대체 그는 무슨 생각을 하고 있는 걸까?

누구보다 과거에 허덕이며 살아가는 주제에. 꿈이나 희망도 없어 환수도 함부로 깨우지 못하던 주제에. 어째서 속박을 벗어날 수 있는 걸까.

"운명의 실을 재단하는 그대로서는. 그래. 모르겠지. 그 모든 것들이 단순한 인형극으로만 비칠 테니까. 운명의 실 하나하나에 연결된 자들이 사실은 모두 자기 의지대로 움직이고 있다는 것을 모르니."

"웃기지 마라, 헤르메스. 실은 정해져 있다. 시작도, 끝도. 운명은 벗어날 수 없어. 우리가 보는 건 언제나 옳았다."

헤르메스는 어깨를 으쓱거렸다.

"뭐, 그대나 내가 보는 길이 다르니, 보이는 것도 다를 수밖에 없겠지."

우르드는 이를 갈았다.

"너희들, 올림포스의 것들은 언제나 그런 식이지. 찬탈자들 주제에."

"우리는 몇 번씩 극복을 했으니까. 하지만 그대들은 해내지 못했지. 그 차이일 뿐."

"하! 극복은 무슨. 결국 너희들도 비겁하게 제 아버지의 등에다 칼을 꽂은 것밖에 안 되는 것이면서. 그마저도 두려워 가둬 버렸던 것들이. 뭐? 극복?"

"늘 말하지만, 이런 건 이야기를 계속 길게 나눠 봤자 평행선을 달리기만 할 뿐이야."

우르드는 입술을 잘근잘근 씹었다. 헤르메스의 말이 맞았다. 서로가 추구하는 영역이 다르니 보이는 것도 다르다.

같은 신이라는 틀에 묶여 있어도, 저들과 자신들은 달랐다. 애초 태생부터가.

"너희들은 저 아이를 계속 지켜보고 있는 것 같던데."

저 아이. 연우를 말하는 것이다.

"나뿐만이 아니야. 아테나도 깊은 관심을 가지고 있지. 아레스나 디오니소스는 다르게 말할 것도 없고. 아니, 사실대로 말하자면, 우리들뿐만 아니라 모두가 관심을 두고 있다는 말이 맞을 거야."

연우가 용종의 유산을 두고 조금씩 제 입맛대로 고치기 시작했을 때부터.

인체에 절대 어울리지 않을 마려회로라는 기관을 제대로 다루기 위해 무공을 접목한다는 기상천외한 아이디어를 내보였을 때부터.

98층에 거주하는 대부분의 이들이 연우에게 관심을 보였다. 몇몇은 그를 어떻게 하면 사도로 받아들일 수 있을지 진지하게 궁리하기도 했다.

만약 사도가 되기 위한 최소한의 조건, 50층을 돌파한 랭커라는 것만 만족했다면 진즉에 여러 제안으로 몸살을 앓았을 것이다.

"그리고 그건 악마 녀석들도 마찬가지지."

"뭐?"

우르드는 뜻밖의 말에 크게 눈을 떴다. 아래층에 깊은 관심을 두는 신들과 다르게 악마들은 무슨 생각을 하는지 알기가 어렵다. 그런데 그들도 연우를 노린다고?

"특히 동부의 아가레스가 아주 침을 질질 흘린다는 말이 있어."

"……."

아가레스는 악마를 다스리는 72마왕 중에서도 2위에 해당하는 대악마. 파멸과 광기를 상징하고, 악마 중에서도 탐욕의 끝을 자랑한다.

그런 녀석이 나섰다는 것은…….

우르드는 그제야 한 가지 사실을 떠올릴 수 있었다.

연우에게서 엿보았던 기억의 한쪽 단편. 16층에 도착하기 직전에 관리자 라플라스를 통해 자신을 조심하라고 전했던 어떤 악마의 메시지.

그 이름 모를 악마가 아가레스였던 것이다.

우르드는 주먹을 꽉 쥐었다. 자신이 탐내려 했던 먹잇감을 노리는 자들이 이렇게나 많다. 그녀는 자신이 점찍은 것을 빼앗기는 것을 누구보다 싫어했다.

그때.

"그리고 무엇보다."

갑자기 헤르메스가 웃는 낯을 유지한 채 헤럴드로 바닥을 다시 한번 내리쳤다.

지이잉—

그러자 헤럴드가 짚어진 자리로 어둠에 깊은 파문이 그려지더니, 사방으로 퍼져 나가면서 주변을 그대로 잠식했다. 우르드의 기운으로 가득하던 성역이 크게 출렁이면서 그대로 와르르 무너졌다.

대신에 그 자리는 잿빛으로 가득한 파편화된 세상이 차지했다.

그리고 우르드 주변으로 엄청난 크기를 자랑하는 수십 마리의 보아뱀이 파편 위로 대가리를 치켜들면서 이쪽을 내려다봤다.

취익. 취익. 혓바닥이 날카롭게 번들거렸다.

"……!"

우르드는 수십 쌍에 달하는 뱀의 눈을 앞에 두고 몸이 뻣뻣하게 굳었다.

보아뱀은 한 입에 용은 물론 신까지도 삼킨다는 마물이

다. 그런 보아뱀은 헤르메스의 화신이자 권속으로서 절대적인 그의 힘을 상징했다.

"나도 있다는 것을 잊지 말았으면 좋겠어. 원래 저 친구를 먼저 점찍은 건 나였거든. 가뜩이나 다른 친구들도 자꾸 내 걸 탐내는 것 같아서 조금 짜증이 나던 마당인데. 이렇게 새치기를 하면 안 되지 않겠어?"

우르드는 주먹을 꽉 쥐었다. 헤르메스는 신들 중에서 유일하게 저승과 이승을 멋대로 돌아다니는 존재다.

때에 따라서는 하위 층계에 직접 현신(現身)할 수도 있었다. 그만큼 힘은 깎이겠지만.

그런 골치 아픈 녀석에게 낙인이 찍힌다면. 그때는 모든 게 끝이다. 당장 보아뱀들이 움직여 그녀를 먹어 치워도 할 말이 없었다.

결국 우르드는 한 발 뒤로 물러서야만 했다. 굴욕을 겪더라도 힘은 헤르메스에게 있었으니까.

"다행이군. 그나마 말귀를 알아듣는 것 같아서."

헤르메스는 빙긋 미소를 짓고, 다시 뱀으로 변해 땅 밑으로 사라졌다. 보아뱀들은 경고하듯이 우르드를 한 번 쏘아본 뒤에야 한 박자 늦게 사라졌다.

성역은 다시 우르드를 상징하는 검은색으로 덧칠되었다. 하지만 한 번 상한 그녀의 자존심은 쉽게 돌아오질 않았다.

"햅번."

"예. 주인이시여."

그때, 우르드의 명령에 따라, 어둠이 깔리면서 햅번이 나타나 조용히 고개를 숙였다.

연우가 떠났기 때문인지, 그녀의 턱밑에는 더 이상 그림자 낫이 남아 있지 않았다.

"삼켜라. 그 아이를. 어떻게든."

이쪽이 가질 수 없다면 부순다. 그건 우르드가 오랫동안 가져왔던 고집이었다.

게다가 우르드는 연우를 먼저 점찍었다고 했던 헤르메스의 말에서 기이한 느낌을 받았다.

그녀가 알고 있는 헤르메스는 바람 같은 신이었다. 자유분방하고, 얽매이는 것을 싫어했다. 때문에 힘은 추구해도 재물욕은 거의 없다시피 했다.

그런데도 헤르메스가 저렇게까지 날을 세운다는 것은 뭔가 꺼림칙했다.

헤르메스가 보였던 눈빛은 분명 탐욕이 아니었다.

'뭔가를 지키고자 할 때 보이는 눈빛.'

외부로부터 숨기고자 할 때. 소중한 뭔가를 도난당하지 않기 위해 꽁꽁 숨겨 둘 때에 보이는 눈빛이었다.

'뭔가가 있어. 뭔가가.'

우르드는 헤르메스가 연우를 그렇게 감싸고도는 데 이유가 있을 거라고 생각했다. 특히 아테나와 디오니소스도 연우에게 관심을 가진다는 대목이 뭔가 내키지 않았다.

녀석들은 찬탈자들이 눌러앉은 올림포스에서 유일하게 죄를 짓지 않은 2세들이다.

신들의 과거마저 점칠 수 있는 우르드였기 때문에. 뭔가가 이상한 낌새를 눈치챌 수가 있었던 것이다.

헤르메스는 절대 말을 길게 하지 말았어야 했다.

명령을 받은 햅번은 고개를 더 깊게 숙였다. 우르드가 깊은 생각에 잠긴 사이, 나타났을 때처럼 다시 공간의 문을 열고 조용히 밖으로 나섰다.

그 순간.

우르드는 갑자기 머릿속을 찌릿하게 울리는 느낌에 고개를 옆으로 홱 돌렸다. 멈추라고 말을 하려 했지만.

스걱―

이미 그녀가 말을 꺼내기도 전에 햅번의 머리통이 목에서 분리되어 바닥으로 떨어졌다.

길게 쭉 늘어났던 그림자가 햅번의 영혼을 안고 감쪽같이 사라졌다. 연우와 함께 사라진 줄 알았던 괴이는 사실 햅번의 그림자 속에 숨어 있었던 것이다.

만약 우르드가 햅번을 시켜 그에게 어떤 해를 끼치려 하면 즉각 반응할 수 있도록.

얼마나 잘 숨어 있었던지, 우르드는 괴이를 읽어 내지도 못했다. 아니, 정확하게는 헤르메스가 남긴 힘의 여운 때문에 감각이 무뎌져 미처 읽을 새가 없었다. 방심한 것도 있었다.

그리고 그런 방심의 결과는. 너무 끔찍하게 돌아왔다.

"꺄아악!"

우르드는 사라진 괴이를 쫓을 수가 없었다. 끔찍한 고통이 그녀의 신령을 뒤흔들었다.

사도는 신과 연결된 단말이자, 영육(靈肉)이다. 그것이 강제로 뜯겼으니 사지가 떨어져 나간 것처럼 고통스러울 수밖에 없다.

하물며 햅번은 우르드가 오랜 고생 끝에 겨우 손에 넣은 소중한 하이 엘프. 지고종이 지닌 가치는 그만큼 컸다. 당연히 돌아오는 반발도 클 수밖에 없었다.

신력(神力)이 흐트러지고 있었다. 우르드는 혼자만 갇혀 있는 세계에서 어떻게든 스스로를 지켜야 했다.

파르르. 어둠이 크게 요동쳤다.

그리고 그날, 16층은 갑작스러운 신탁의 중단으로 들썩거려야만 했다.

　　　　　*　　　　*　　　　*

[이곳은 17층, '하얀 바람과 푸른 물결'의 관입니
다.]

　연우는 푸른 포탈을 타고 새로운 층계로 넘어갔다.

　본격적인 층계 공략이 시작된 것이지만, 머릿속은 공략
에 대한 것보다는 우르드에 대한 짜증으로 가득했다.

　하지만 검은 팔찌로 귀속된 괴이와 햅번의 망령을 본 순
간, 짜증은 눈 녹듯이 사라졌다.

　지고종의 영혼은 하이 랭커의 영혼만큼이나, 아니, 그보
다 훨씬 구하기가 어려웠으니까. 하물며 신의 힘을 지닌 사
도라면 더더욱.

　아마 모르긴 몰라도 컬렉션에 수납된 햅번의 영혼에는
우르드에게서 강제로 뜯겨 나온 신력이 가득할 것이다.

　연우는 벌써부터 그 신력을 어디다 쓸지 고민이 들었
다.

　'물론, 이제부터는 앉은뱅이 세 여신과는 완전히 척을
진 것이지만. 당분간은 조금 귀찮긴 하겠어.'

　아마 세 신전에서는 어떻게든 우르드의 신력을 되찾기
위해 추격대를 편성할 게 분명했다. 어쩌면 용병 집단이나,

살수 집단을 고용할지도 몰랐다.

조금 귀찮을 것 같았지만, 잘되었는지도 모른다.

당장 레드 드래곤과 청화도에서 구했던 망령들은 죄다 괴이 집단과 샤논 등을 강화시키느라 써 버린 상태였으니까. 쉽게 보충할 수 있는 좋은 기회였다.

사실 연우는 우르드가 왜 자신을 자극하려는지 알 것 같았다. 막냇동생에 대한 복수도 할 겸, 장난감처럼 갖고 놀 생각이었을 것이다.

그래서 연우는 불쾌했고, 문을 걷어차면서 나왔다. 녀석이 어떻게 나설 거란 생각에 괴이를 거두지 않고 그림자에다 숨겨 두기도 했다.

또한.

성역에서 우르드가 지적한 건, 그도 자각하고 있는 사실들이었다.

과거의 경험, 동생의 일. 전부 연우로서는 사람에 대한 불신을 키울 수밖에 없는 일들이었다.

실제로 그는 아프리카에 머물던 중에도 누구 하나 쉽게 믿지 않았다. 탑에 들어설 때까지만 해도 모두를 의심하기만 했다.

하지만 지금은 다르다.

여러 사람들과 만나면서 변한 생각도 있었지만.

그의 마음속에는 동생이 일기장의 제일 끄트머리에 남겼던 마지막 두 줄의 글귀가 낙인처럼 깊게 남아 있었다.

형은 나에게 영웅이었어. 부디 내가 다쳤다고 해서 그 모습까지 잃지는 말았으면 좋겠어.

이 말이 있는 한, 그가 바뀔 일은 절대 없었다.
동생에게 부끄러운 형이 될 수는 없었으니까.

Stage 24.
고행의 산

"빌…… 어먹을……!"

"마지막으로 할 말은?"

"운명의 저주가 널 따를……!"

퍽!

연우는 더 이상 들을 가치도 없다는 듯, 발에 힘을 주어 마지막 남은 사제의 머리를 부쉈다.

그리고 주변을 홱 하고 둘러봤다.

키아아!

이미 주변은 전부 괴이 군단으로 싹 정리가 된 상태였다.

300명도 넘는 플레이어들이 전부 기이한 형태로 죽어 있었다. 팔다리가 강제로 꺾이거나, 뾰족하게 솟은 그림자 가시에 꿰뚫린 채로.

공통점은 하나같이 공포에 질려 있단 점이었다. 어떻게 설명할 수 없는 기이한 언데드들에 의해 당해 버렸으니.

그들은 전부 앉은뱅이 세 여신의 교단들에서 파견한 추격대였다. 여신의 축복을 받아 그들의 칼이 된다는 성기사들.

성전을 선포한답시고 길길이 날뛰었지만 결과는 허망했다. 그들 중 어느 누구도 연우에게 칼조차 휘두르지 못했다.

괴이 군단의 등장에 이리저리 혼란스러워하다가 결국 스스로 자멸하고 말았다. 용의 권능은 깨울 필요도 없었다.

스르르.

괴이들은 시체들을 안고 땅속으로 스며 사라졌다. 핏자국도 모두 지워져 주변은 언제 격렬한 전투가 있었냐는 듯 깨끗해졌다.

「이놈들로는 너무 심심하다고, 주인. 이것밖에는 없어?」

샤논은 재미없다는 듯이 칼을 어깨에 떡하니 걸치면서 투덜거렸다.

투구 아래에는 머리가 없었지만, 왠지 모르게 입술을 삐죽 내밀고 있을 것 같았다.

한령도 피가 뚝뚝 떨어지는 칼을 내리면서 동의한다는 듯이 고개를 끄덕였다.

사실 그는 아홉 자루의 칼을 전부 꺼내지도 않았다. 두 자루면 충분했다.

아마 이런 하류들과 칼을 겨뤘다는 것 자체가 그에게는 자존심이 상하는 일일지도 몰랐다.

"앞으로 더 많은 놈들이 올 테니. 걱정 마."

「뭐, 주인이 그렇게 말한다면야. 다음에는 좀 더 좋은 놈들이 있을 때 불러 달라고.」

샤논은 그렇게 말하고 한령과 함께 다시 검은 팔찌 속으로 사라졌다.

*　　　*　　　*

그 뒤로도 몇 번의 추격전이 있었다.

그리고 그때마다 녀석들은 대패를 했고, 연우는 제자리에 앉아 영혼들을 대거 수확하면서 괴이들을 계속 강화시킬 수 있었다.

녀석들이 많은 전력을 가지고 오면 가지고 올수록 연우에게는 더 좋았던 것이다.

상황이 이렇게 되자, 앉은뱅이 세 여신의 교단들은 결국 추적을 중지해야만 했다.

전력적 열세의 차이가 너무 크다는 것을 인정하고 만 것이다. 이대로 있다가는 신력을 되찾기는커녕, 그들의 교단이 뿌리째 뽑힐 지경이었다.

그동안 고용한 용병 집단이나 자객 집단도 너무 많아 자금적 소요가 컸다. 게다가 연우의 활약상이 소문이 나면서 어떤 곳들은 아예 의뢰 내용을 알고 거부를 하기까지 했다.

그러니 완전히 포기한 것이 아니더라도 우선 교단부터 정비를 하고 쫓으려 할 것이다.

하지만 연우는 그마저도 당분간은 여의치 않을 거라고 생각했다.

스쿨드 신전의 과오. 죽어 버린 우르드의 사도. 그리고 몇 안 되는 전력인 성기사들도 죽었다. 베르단디 신전이 아직 남아 있다지만, 그들은 다른 두 교단과 운명공동체였다.

당연히 세 교단의 신망은 바닥에 곤두박질치고 말았고, 그나마 남아 있던 신도들도 등을 돌리는 실정이었다.

신의 힘은 위엄에서 나온다.

그런 위엄을 잃었으니 당분간 세 교단은 쓸쓸한 겨울을 맞을 수밖에 없었다.

이것을 수습하기 위해서라도 당분간 연우에게 시비를 걸

만한 여유가 없을 것이다. 그만한 힘도 없을 테고.

'그럼 이제 이 신력은 어떻게 하는 게 좋을까?'

연우는 헙번의 영혼에서 강제로 뽑아낸 신력을 유심히 살폈다. 이것을 어떻게 다루는 게 좋을까 잠깐 고민했다.

우르드의 힘이 담겨 있는 결정체다. 당연히 이것이 지닌 가치는 무궁무진했다.

가장 먼저 떠오른 건 검은 팔찌의 권속들이었지만, 성향이 정반대이니 독밖에는 되지 않는다. 쩍쩍이와 마룽도 마찬가지. 녀석들도 악의 성향을 띠기 시작해서 신력은 큰 도움이 되지 못했다.

가장 효율적인 곳에 써야 한다.

결국 판단은 쉽게 내려졌다.

'비그리드.'

수많은 영웅들의 저주를 받은 이 마검이라면.

신력으로 충분히 때를 씻고, 보다 원래의 모습에 가까워질 수 있지 않을까?

최근에 아이기스와 성화의 영향으로 저주가 많이 씻겼다지만, 그래도 비그리드에 뿌리 깊게 박힌 저주의 근원은 사라지지 않았다.

연우는 오른손에 비그리드를 쥐고, 안쪽으로 신력을 조금씩 흘려 넣었다.

하나도 새어 나가는 일이 없도록.

　[빠른 속도로 정화가 이뤄집니다. '비그리드'가
신력을 무서운 속도로 흡수합니다. 35, 36, 37%……
61, 62%…….]
　[저주에 가려져 있던 성검의 힘이 조금씩 모습을
드러냅니다.]

비그리드의 검면을 타고 흐르던 핏빛 광채와 녹색 저주가
조금씩 옅어지기 시작했다. 대신에 그 위로 새하얀 서광이
올라오면서 검면에 적혀 있던 룬의 문양을 또렷하게 빛냈다.
　동시에 여태 어중간한 길이를 자랑하던 검신이 아주 조
금씩 늘어나기 시작했다.
　마검의 정화.
　저주를 모두 씻어 내고 숨겨졌던 성능을 모두 깨우려면
아직 더 많은 시간이 더 걸릴 테지만.
　이 정화 작업이 끝난 뒤 비그리드가 어떻게 변해 있을지.
뭇 많은 영웅들이 그토록 탐냈던 성검의 진짜 모습은
어떨지.
　연우는 벌써부터 궁금해졌다.

연우는 16층에 다다랐을 때처럼 다시 빠른 속도로 층계를 돌파했다.

이미 랭커에 버금가는 힘이 있다. 필요할 때에는 일기장의 내용과 용의 지식을 활용해도 된다. 당연히 하위 층계인 10층대는 쉬울 수밖에 없었다.

물론, 그렇다고 해도 연우는 절대 허투루 층계를 공략하지 않았다.

스테이지를 꼼꼼하게 훑고 다니면서 필요한 히든 피스를 모두 독식했고, 공적치를 잔뜩 모아서 각 층계의 기록을 전부 싹 갈아 치웠다.

물론, 명예의 전당에는 여전히 이름을 남기지 않았다.

그리고.

하루 사이에 20층까지 다다를 수 있었다.

[이곳은 20층, 고행오산(苦行五山)의 관입니다.]

'왔다. 여기까지.'

연우는 스타트 존에 서서 저 멀리 보이는 다섯 개의 산을 바라봤다.

가장 가까운 곳부터 먼 곳까지, 다섯 개의 산은 일렬로 길쭉하게 쭉 서 있었다. 하나하나가 가진 높이도 높아서 봉우리가 구름을 뚫고 하늘에 닿을 정도였다.

특히 뒤로 갈수록 산의 높이는 더 높아져 갔다. 세 번째 산부터는 산허리부터 새하얀 만년설까지 수북하게 쌓여 있었다.

그 외에는 전부 푸르른 숲으로 가득해 보는 것만으로도 속이 탁 트일 정도였다. 한 폭의 절경이 따로 없었다.

겉보기에는 그저 유람하기 좋은 곳으로 보일 테지만.

사실 이곳은 플레이어들이 항상 난색을 표하는 곳이었다. 다른 층계들도 마찬가지였지만, 그런 곳들은 하나같이 잘 찾아보면 얻을 것이 많았다. 하지만 이곳은 조금 달랐다.

얻는 곳이 아닌 시험하는 곳. 그들이 여태 이룬 성취를 확인하는 곳이었다.

10층, 백색의 관에서처럼. 탑은 매번 10개의 층계 단위마다 그 전까지 플레이어가 쌓은 기량을 모두 시험한다. 10층은 1층부터 9층까지, 20층은 11층부터 19층까지 쌓은 것들을 전부 시험하는 식이었다.

당연히 20층의 고행오산도 마찬가지였다.

이곳에서 사는 거주민들은 '오행산'이라고 부르는 이 산들은 5개의 산을 전부 건널 때까지 쉼 없이 플레이어들을 시험하기 때문에, 제대로 건너기 위해 다시 하위 층계부터 시작하는 자들이 속출할 정도였다.

그렇게 악명이 높은 곳이었지만.

사실 보통 플레이어들과 다르게, 20층은 연우가 기다리는 몇 개 안 되는 층계 중 하나였다.

[20층의 시련을 시작합니다.]

[시련: 신에 귀의하고자 하는 자는 언제 어디서나 스스로를 채찍질하고 혹독하게 몰아붙여 한계를 극복할 줄 알아야만 합니다.

이곳에 있는 다섯 개의 산은 그런 당신의 고행(苦行)을 도울 것입니다.

눈을 가려 현혹으로부터 떨어지게 할 것이고, 귀를 닫아 고요한 평정심을 갖게 할 것입니다. 냄새와 맛이 사라진 세상은 집착으로부터 당신을 자유롭게 할 것이며, 사라진 자극은 오롯이 스스로를 돌아볼 기회를 만들어 줄 겁니다.

하나의 산을 건널 때마다 하나의 고행이 주어질

것입니다. 다섯 개의 모든 고행을 극복하여 완전한
나를 갖추십시오.]

20층의 다섯 산은 각각 다섯 감각을 뜻한다. 하나의 산
을 오를 때마다 정해진 감각이 하나씩 사라지는 식이었다.

첫 번째 산에서는 시각이, 두 번째 산에서는 청각이, 세
번째 산에서는 후각이, 네 번째 산에서는 미각이, 다섯 번
째 산에서는 남은 촉각이 사라진다.

사람은 누구나 외부의 자극에 반응해서 생각을 하고 판
단을 내려 움직인다. 이것을 일절 차단시킨 순간에 남는 것
은 오로지 자아뿐이다.

그런 자아만을 가지고 저 험준한 마지막 산을 건너야 하
는 것이다.

본인에 대한 굳건한 신뢰가 있어야만 가능한 일이었다.

그렇다 보니 여러 플레이어들은 그런 제한된 감각에 익
숙해지지 못해 리타이어하는 경우가 많았다. 어떻게 어렵
게 통과한다고 해도, 학을 떼는 경우가 허다했다.

하지만 누군가에게는 너무 어렵기만 한 장소일지라도,
또 다른 누군가에게는 기회의 땅이 될 수도 있었다.

스스로를 단련하는 수도자들이 그러했다. 경지가 높을수
록 고행오산이 주는 압박감은 더 클 수밖에 없으니까. 그만

큼 스스로를 혹독하게 내몰아 더 단련할 수 있는 것이다.

그래서 20층은 하위 층계 중에서는 랭커들이 가장 많이 찾는 곳이기도 했다.

그리고 그런 만큼, 이곳은 더욱더 강해지고자 하는 연우에게도 알맞은 장소였다.

특히 무왕이 내준 숙제를 하기에는 더더욱.

연우는 인트레니안을 살짝 열어 안쪽에서 책자를 꺼냈다.

외뿔부족을 떠나기 전에 무왕이 선물이라면서 던져 줬던 비급. 여태껏 틈이 날 때마다 읽어 봤지만, 용의 지식을 빌려도 도저히 난해하기만 했던 절세신공.

〈음검(陰劍)〉

원래 음검은 무왕의 시험을 통과한 후에 추가 보상으로 받기로 된 무공이었다.

하지만 그동안 부왕은 연우가 아직 익히기 어렵다면서 지급을 미뤄 왔었고, 하산을 인정하게 된 그때에야 내준 것이다.

연우는 20층까지 오르면서 틈이 날 때면 비급을 꼼꼼하게 살폈다.

팔극권의 성취가 깊어지면서 비기도 조금씩 탐독하기 시작한 이때. 새로운 무공을 접하면 큰 도움이 될 것 같아서였다.

그리고 연우는 무서고를 몇 번 털었던 전적이 있을 만큼 뛰어난 이해력과 암기력을 가지고 있다. 당연히 비급의 내용을 몽땅 외우는 건 어렵지 않았다.

하지만 문제는 그게 전부라는 점이었다.

암기는 되는데, 이해가 되질 않았다.

이미 무공에 대한 전반적인 지식을 갖고 있고, 용체를 각성하면서 사고 능력도 비등하게 발전을 했을 텐데.

그런데도 첫 페이지를 넘기기가 어려울 만큼, 너무 어려웠다.

연우는 떠나기 전에 무왕과 나눴던 대화를 떠올렸다.

"사실, 음검은 양도(陽刀)와 함께 우리 일족이 오랫동안 꿈꿔 왔던 비원이다."

"비원이라니요?"

"뭐, 세상에 잘 알려지지 않은 것이긴 한데. 쉽게 말하자면. 음. 그래. 너 혹시 우리 일족의 기원에 대해서 혹시 아냐?"

"소호 금천이 탑을 열면서 그를 따라온 이주 종족

이라는 것만 알고 있습니다."

"얼추 맞아. 우리는 소호 금천에서 비롯된 선주
종족이고, 그분이 남긴 유산을 계승하고 발전시키는
것을 업으로 삼고 있지. 그게 무공과 진법 같은 것들
인데…… 유일하게 수천 년이 지난 지금까지도 손을
쓰지 못하는 게 딱 하나 있어. 빌어먹게도."

"설마?"

"그래. 음검과 양도. 소호 금천께서 부리셨다던
'태극혜 반고검(太極慧盤古劍)'으로 갈 수 있다는 두
무공을 성취해서 합치는 것. 그것이 우리들의 비원
이다."

태극혜 반고검.

그것을 말할 때에 보였던 무왕의 기이한 광기는 아직도
잊혀지가 않았다.

무왕은 말했다. 천재인 자신도 여태 손을 댈 엄두를 내지
못한 게 바로 음검과 양도라고.

외뿔부족의 새로운 전성기를 열었다는 평가를 받을 정도
로 뛰어난 무왕마저도 익히지 못한 무공. 당연히 탐이 날
수밖에 없었다.

덧붙여 무왕은 설명했다.

양도는 다행히 혜안을 단련한 에도라가 어떻게든 계승할 수 있었지만, 음검만은 아직 아무도 손을 쓰지 못했다고. 그러니 제자인 네가 계승을 해 보라고 말이다.

그리고 그 말에서.

연우는 무왕이 여태껏 음검을 맡아 줄 인재를 찾고 있었다는 것을 알 수 있었다.

외뿔부족에서는 계승자가 나오질 않는다. 그러니 외부에서 제자를 들여서라도 찾으려 했던 것이다.

아마 이전에 받았다던 두 제자들이 후보군이었겠지. 검무신과 그에 버금가는 재능을 지녔다는 사람.

'그리고 둘 다 실패했겠지.'

어쩌면 연우도 실패할지 모른다. 외뿔부족이 지난 수천 년 동안 공을 들여도 제대로 익히지 못한 무공이니만큼, 연우로서도 장담할 수는 없었다.

하지만 비급을 받았다는 건 최소한의 자격은 있다는 뜻이고, 연우는 음검이 탐났다.

아니, 음검뿐만 아니라 양도, 그리고 그 너머에 있다는 태극혜 반고검까지 탐났다.

탑을 열었다는 3인, 트리니티 원더의 소호 금천을 있게 했다는 무공.

손에 넣고 싶었다.

'해 보자. 어떻게든.'

그리고 이곳 고행의 산은 그런 수련을 하기에 가장 알맞은 장소였다.

생각을 정리한 연우는 발걸음을 옮기기 시작했다.

저 앞에 보이는 첫 번째 산자락으로.

"어? 저 사람?"

"독식자?"

"독식자가 여긴 왜……."

"설마 저놈도 현상금을 노리는 건가?"

"아냐. 독식자는 아직 저층 구간의 플레이어라고 했어. 그러니까 시련을 깨러 온 것일 수도……."

산어귀에 이르렀을 때 즈음.

연우는 북적대는 인파를 볼 수 있었다. 딱 봐도 수백 명은 될 것 같은 숫자. 그들의 시선이 전부 연우에게로 쏠렸다.

연우는 대체 무슨 일인가 싶어 고개를 갸웃거렸다.

20층에서는 플레이어들 대부분이 조용히 통과하고자 하는 경향이 강했다.

물론, 처음 시련을 시도하는 플레이어들은 그러기가 힘들었지만. 그 외에는 대부분 개인 수련에 집중하고자 하는 사람들이 많다 보니, 저절로 그런 분위기가 만들어진 것이다.

그런데 어귀에 모인 사람들은 꽤 소란스러웠다. 그중에서 산을 오르려는 사람들은 거의 없어 보였다.

연우는 감각 영역을 확장시켜서 그들을 쓱 훑어봤다.

대부분 20층을 통과했을 것 같은 실력자들. 수련을 하러온 것 같지는 않아 보이는데 여기는 왜 온 걸까?

살짝 의문이 스쳤지만, 자신의 일이 아니었기에 관심을 거뒀다. 현재 연우는 어떻게 하면 음검을 얻을 수 있을지에 대해서만 궁리할 뿐이었다.

연우가 가까이 다가가자, 인파가 저절로 갈라져 길을 만들었다.

이미 연우가 레드 드래곤과 청화도의 전쟁에서 큰 활약을 벌이고, 세미 랭커를 꺾었다는 사실은 잘 알려져 있었다. 때문에 플레이어들은 연우를 경계하면서도 부딪칠 생각은 하지 않았다.

연우는 인파 사이를 가로질러 산어귀에 들어섰다.

그러자 눈앞으로 메시지가 떠올랐다.

[첫 번째 산에 입장했습니다.]
[첫 번째 고행, 시각 차단이 진행됩니다.]

마치 어두운 방에 홀로 켜져 있던 촛불을 확 꺼 버린 것처럼 시각이 저절로 닫혔다.

갑작스러운 암전 때문에 살짝 놀랐지만, 이미 예상하고 있었기 때문에 크게 개의치는 않았다.

'어두운 게 불편하긴 하지만.'

연우는 아예 눈을 감고 다른 감각에 집중했다. 마력이 넓게 퍼지면서 공감각이 일어났다.

주변에 있는 사물의 생김새와 분포, 지형 지리 따위의 여러 정보들이 뒤섞이면서 머릿속에 새로운 지도를 그려 냈다.

[감각 강화]

연우는 튜토리얼의 A구획에서부터 공감각을 사용해 화살들의 움직임을 읽어 낼 정도로, 감각에 있어서는 누구보다 자신이 있었다.

거기다 용의 감각까지 곁들어지면서 감각 강화의 숙련도는 80%에 달해 있었다. 그에게는 패시브 스킬이나 다름없었다.

덕분에 시각이 차단되었어도 그만큼 다른 감각들이 저절로 일어나면서 움직이는 데는 크게 무리가 없었다.

'생각보다 너무 쉬운데.'

일기장에는 분명히 20층에서 아르티야 멤버들 대부분이 고생을 했다고 나와 있었다.

잘 활용되던 감각이 갑자기 차단된다는 것은 그만큼 큰 멍에를 지고 가는 것과 같았으니까. 그리고 플레이어의 기량을 시험하는 곳인 만큼 '불편'을 극복하는 것이 가장 어려웠다고 했다.

하지만 연우는 예상했던 것보다 별다른 불편을 느끼지 못해 시큰둥했다.

이래서는 고행이 되지 못할 텐데. 다른 산을 계속 건너다 보면 괜찮아지려나. 그런 생각이 자꾸 들었다.

하지만 연우처럼 갓 산을 오르려던 다른 플레이어들은 그렇지 않은 모양이었다.

"으! 젠장. 역시 불편해 죽겠네. 이래서 대체 어떻게 움직이라는 건지."

"시간은 많으니 일단 천천히 움직이자고. 서로 인지 영역이 혼란스럽게 엮이지 않도록 주의하고."

"이쪽에 길이 있는 것 같다."

플레이어들은 자신들끼리 부딪치지 않도록 일정한 간격을 벌리면서 천천히 움직였다. 마치 장님이 초행길을 걷듯 느릿하게 움직였다. 그러다 익숙해진 뒤에야 속도를 더하고 있었다.

'20층까지 왔다면 감각을 어느 정도 단련한 상태일 텐데. 시각에 저렇게 의존을 하고 있다고? 말이 되나?'

다만, 연우는 그런 플레이어들이 쉽게 이해가 되질 않았다.

단순히 시각 하나 차단했을 뿐인데. 왜 저렇게 더듬거리는 것일까. 게다가 다른 사람들과 거리를 벌린 채 큰 소리로 대화를 나누는 모습은 우스꽝스럽기까지 했다.

저래서야 누군가와 싸울 때. 아니면 시련을 극복할 때에 돌발 상황으로 눈이 멀어지게 되면 제대로 대처나 할 수 있을까 하는 생각이 들었다.

특히 서로 간에 몸을 멀찍이 떨어뜨리는 건. 감각 영역이 겹치면 혼란스러워지니 조심하기 위한 차원인 것 같은데. 그런 모습도 한심스럽기만 했다.

자신의 감각 영역도 제대로 인지하지 못한 상태로 어떻게 그 많은 시련들을 통과한 건지. 이해를 못 할 정도였다.

연우는 순보를 밟아 그런 녀석들 사이로 빠르게 스쳐 지나갔다.

"어?"

"뭐가 지나깄어?"

"바람 아냐?"

멀어지는 녀석들의 말을 귓등으로 흘려들으면서 순보에 속도를 더했다. 산을 오르는 내내 어귀에 있던 사람들과 비슷한 광경을 여럿 볼 수 있었다.

사실 연우는 아직 자각하지 못하고 있었지만, 연우가 한심해하는 것과 다르게 다른 플레이어들이 혼란스러워하는 건 아주 당연한 일이었다.

그가 지나면서 봤던 몇몇 플레이어들 중에는 세미 랭커까지는 되지 않더라도 꽤 괜찮은 실력자들이 더러 섞여 있었다.

시각 정보는 사람이 받아들이는 외부 정보의 절대 다수를 차지한다.

비록 플레이어가 되어 여러 수련을 거치면서 다른 감각들의 상승으로 그 비중이 커진다고 하더라도, 여전히 시각 정보에 의지하는 비중은 높을 수밖에 없기 때문에 불편을 겪는 것이다.

그래서 첫 번째 산에서부터 많은 플레이어들이 고역을 면치 못하는 것이고.

실제로 20층의 시련에 도전하는 플레이어들 중 절반 이상이 첫 번째 산에서 발이 묶이는 이유이기도 했다.

다만, 그들도 시련을 통과하기 위해서 어떻게든 방법을 찾아야 했고, 실제로 자신들만의 방법을 찾아 다음 산으로 넘어갔다.

방법은 간단했다.

바로 적응이었다.

그래도 20층까지 왔다는 것은 그만큼 뛰어난 자질과 재능, 감각을 지니고 있다는 뜻.

그렇다 보니 시각이 차단되었어도 처음에만 불편을 느낄 뿐. 시간이 지나면서 천천히 주어진 상황에 적응해 나가며 산을 오르는 속도에 박차를 가한다.

그리고 그 과정에서 그동안 시각에만 의존했던 버릇을 버리고, 다른 감각을 세밀하게 다룰 수 있게 된다.

이때 흔히 강해지는 감각이 청각.

그리고 당연한 말이지만, 다음 산에서는 청각을 닫음으로써 다른 감각을 더 세밀하게 다룰 수 있도록 만든다.

그다음에는 후각과 미각의 순서대로 이어진다, 촉각까지 닫히면서 외부로부터 철저하게 차단되는 것이다.

플레이어는 그럴 때마다 더 많은 적응의 기간을 필요로 한다. 물론, 식량을 구하는 건 알아서 처리해야 할 몫이었다. 이 과정에서도 분쟁이 빈번하게 발생했다.

이렇듯 여러 힘든 과정들을 모두 헤치고 나왔을 때. 20층을 통과했을 때에 플레이어들은 한순간 확 풀리는 감각 때문에 큰 현기증을 느낀다.

그러다 정신을 차리고 나면. 그때부터는 깊은 환희에 잠기곤 했다.

여태껏 보지 못했던 여러 세계를 만끽할 수 있게 되니까. 감각도 그만큼 세밀해져 마력도 더 섬세하게 다룰 수 있고, 스킬의 컨트롤도 그만큼 세밀해져 높은 성장을 이룰 수 있었다.

그래서 20층은 얼마나 잘 적응을 하는지가 관건이었다. 아니, 정확하게는 어떻게 '버텨 내는'지가 관건이었다.

그리고 어떻게든 불편을 감수하는 인내를 기르고, 한계마저 뛰어넘었을 때에 주어지는 환희는 어떻게 말로 표현할 수 있는 게 아니었다.

물론, 다른 층계들처럼 못 해낸다면 도태되기 마련이었지만.

다만, 연우는 이미 이런 과정을 처음부터 숱하게 겪었었기 때문에, 별다르게 다가오질 않았다.

그는 언제나 스스로를 혹독하게 몰아붙였다.

한계를 시험하고, 극복해 냈다. 그리고 지체하지 않고 바로 다음 한계에 도전해서 다시 뛰어넘는 것을 하루에도 몇 차례나 반복했다.

연우는 이미 하루하루가 늘 고행의 연속이었던 것이다.

그게 익숙해져서 크게 자각하고 있지 않을 뿐. 20층이 주는 고행은 언제나 있는 일의 연장선에 지나지 않기 때문에 별다른 감흥으로 와 닿지 않았다.

그래서 연우는 너무 쉬워서 하품만 나오는 이 시련을 어떻게 해야 그 난이도를 높일 수 있을까 고민했다.

음검을 수련할 수 있을 거란 부푼 마음을 안고 왔다가, 별다른 소득도 없이 실망만 잔뜩 얻고 갈 수는 없었으니까.

그래서 연우는 차라리 스스로에게 족쇄를 걸기로 했다.

입고 있던 모든 아티팩트를 인트레니안에다 집어넣었다. 활동하기 편한 옷으로 환복하고, 손에는 크라슈나의 단검만 쥐었다. 가면도 처음 탑에 들어올 때 썼던 평범한 것으로 바꿨다.

그러자 여태껏 육체에 힘을 불어넣던 여러 옵션이 사라지면서 몸이 축 가라앉았다.

연우는 그것으로도 모자라 외부로 넓게 확장시켰던 감각 영역을 축소시켜서 자신에게만 국한했다.

외부 정보가 사라지면서 머릿속에 자연스럽게 그리시던 모든 그림이 저절로 사라졌다. 선명하던 모든 게 사라지니 무거운 뭔가로 가슴을 꾹 누른 듯 저절로 답답해졌다.

마력회로도 걸어 잠갔다. 쉴 새 없이 유동하면서 육체 곳곳에 활력을 불어넣던 힘이 사라져 공허함만 남았다.

당연히 자연스럽게 펼쳐지던 모든 스킬 작용이 사라지고,

용의 감각도 사라지면서 평범한 인간으로 전락하고 말았다.

그렇게 강한 연우를 이루던 모든 것을 벗어던졌을 때. 그를 외부로부터 보호하던 모든 장벽이 사라졌을 때.

그는 자기도 모르게 크라슈나의 단검을 쥔 손에 바짝 힘을 주었다.

[임의로 마력회로의 가동을 중단했습니다. 경고! 외부로부터 어떤 위험이 있을지 모릅니다. 마력을 운용하십시오.]

[임의로 감각을 차단했습니다.]

[임의로 스킬을 차단했습니다.]

[임의로…….]

……

털끝이 팽팽하게 섰다. 세포가 빳빳하게 일어나는 것 같았다. 허리가 저절로 쭈뼛 서서 주변을 쉴 새 없이 경계했다.

연우는 마른침을 삼켰다. 긴장감이 등골을 타고 흘렀다. 가슴이 크게 방망이질을 쳤다.

그는 언제나 감각 영역을 활성화시켜 자신을 보호해 왔다. 그래서 외부에서 어떤 일이 있어도 스스로를 보호할 자신이 있었다. 그러나 그게 전부 사라지니 가슴이 서늘해질 수밖에 없었다.

이제 그는 그저 조금 강한 인간밖에는 되지 않았다. 여전히 강한 육체적 능력은 남아 있겠지만, 그게 전부였다.

어디서 기습이 있을지 모른다는 긴장감. 어떤 돌발 상황이 벌어질지 모른다는 불안감. 앞으로는 어떤 위기가 닥쳐도 미리 예측하거나 인지하지 못하고 임기응변으로만 대처해야 했다.

마치 아무것도 없는 황량한 곳에 홀로 던져진 기분이다. 탑으로 향하는 게이트를 처음 열었을 때에도 이렇지는 않았던 것 같은데.

마치 처음에 기초 훈련만 받고 아프리카로 파병되었을 때 같았다. 눈먼 총알이 수없이 날아다니고, 언제 어디서 벌어질지 모르는 테러는 늘 죽음의 위기를 친구처럼 두게 했다.

지금이 딱 그랬다.

그래서 연우는.

'이제야 조금 낫군.'

조금 기뻤다.

여태껏 새로운 힘을 얻는 데에만 집중했을 뿐이지, 이렇게 육체를 처음부터 단련해 볼 생각은 한 번도 가지지 못했으니까.

이럴 줄 알았다면 진즉에 시도해 볼 것을.

하지만 반대로 이런 것을 처음 시도해 보기 때문에 더 얻을 수 있는 게 많겠다는 생각이 들었다.

무엇보다 연우는 적이 아주 많았다. 언제 어디서 그에게 원한을 품은 녀석들이 달려들지 모르기 때문에 바짝 긴장하고 있어야만 했다.

어떻게 보면 위험을 자초하는 것으로도 보이겠지만. 아니, 그것이 맞았지만.

연우는 도리어 크게 만족해하면서 다시 등산을 시작했다.

＊　　　＊　　　＊

공감각을 일절 차단시키고, 오로지 제한된 감각만으로 산을 오르는 건 절대 쉬운 일이 아니었다.

하다못해 돌부리의 위치를 제대로 파악하지 못해도 넘어져 굴러떨어질 수 있었고, 자잘한 나뭇가지 따위는 피할 수 없기 때문에 몸에 생채기도 많이 남았다.

한 발자국, 한 발자국, 더듬거리면서 천천히 움직이긴 해도, 연우는 다른 사람들에 비해 비교적 빠르게 움직일 수 있었다.

일단 용체로 각성한 덕분에 스스로 제약을 걸어도 기본적으로 다른 플레이어들과 피지컬이 다를 수밖에 없었다.

체력은 두말할 것 없거니와, 코와 귀도 예민해서 웬만한 위험 요소는 특별한 문제가 되지 못했다.

처음에는 불편했던 육체적 제약도 시간이 지나면서 점점 익숙해진다는 것 역시 연우가 어려움 없이 나아갈 수 있게 도와주었다.

그래서 연우는 첫 번째 산의 정상을 찍고, 아래로 내려가기 시작할 무렵부터는 음검에 대해서 고민해 보는 여유도 가질 수 있었다.

물론 단단히 주의하는 건 잊지 않았다. 발이 삐끗하기라도 하면 절벽 아래로 추락할 수 있었으니.

'음검은 보통 무공들과는 현저히 궤를 달리해. 그 속에 담긴 의미들을 이해하지 못하면 도저히 깊게 파고들 수가 없어.'

보통 무공은 크게 형(形), 식(式), 초(招), 의(意)라는 네 단계로 이뤄진다.

형은 형태를 뜻한다. 무공에 필요한 수십 수백 개의 세세한 동작들이 여기에 해당하며, 이것들이 모여 의미 있는 흐름인 식을 이루고, 다시 식이 뭉쳐서 본격적인 힘을 발현하는 초를 형성한다.

그러다 초가 합쳐지면, 그 속에 숨겨져 있던 커다란 의미가 나오게 된다.

퍼즐이 따로 나눠졌을 때에는 무슨 그림인지 모르지만, 하나로 합쳐지면 커다란 그림이 되듯이. 무공이 가진 진짜 의미를 파악하면 그때부터는 다양한 응용과 변칙이 가능해질 수 있었다.

하지만 음검은 반대였다.

순서가 역순이었다.

의, 초, 식, 형. 의미부터 먼저 파악해야만 음검을 이루는 전체적인 흐름을 짚을 수 있고, 점점 더 세밀하게 안쪽으로 파고들 수 있는 방식이었다.

그러다 안쪽에 있는 모든 끝자락을 잡았을 때. 비로소 그때부터 음검을 습득할 수 있었다.

'보통 수련을 꾸준히 하면서 의미를 조금씩 깨닫기 마련인데. 이건 정반대니 도전할 엄두부터가 나질 않아. 게다가 내용은 스님들 선문답처럼 뜬구름으로 보일 뿐이고. 아니, 차라리 신화나 성경에 가깝나?'

시초에 거인이 일어나 모든 것을 갈랐다. 위로 오른 것은 빛이 되어 아래를 비추고, 아래로 내린 것은 저들끼리 뭉쳐 세상을 단단하게 떠받쳤다. 그런 단단함은 경직을 불러와 오늘날의 세상을 구축하고, 꽃을 틔우면서 여러 개의 열매를 맺었으니······.

대체 여기 어디에 의미가 숨어 있고, 초식이 담겨 있다는 건지. 에도라가 익혔다는 양도의 내용은 모르지만 아마 이것과는 크게 다르지 않을 게 분명했다.

그렇다면 에도라는 대체 어떻게 이것을 이해할 수가 있었을까?

연우는 살짝 가볍게 한숨을 내쉬다가 다시 궁리에 잠겼다. 그는 어느새 첫 번째 산행을 끝내고, 두 번째 산으로 들어서고 있었다.

[두 번째 산에 입장했습니다.]
[두 번째 고행, 청각 차단이 진행됩니다.]

청각까지 닫힌 순간, 연우는 아주 잠깐 자신이 밀실에 갇힌 것 같다는 느낌을 받았다.

사람이 눈 다음으로 가장 많은 외부 정보를 받는 기관이 바로 귀. 거기다 이미 마력까지 닫았으니 의식이 꽉 닫힌 듯한 느낌을 지울 수가 없었다.

연우는 아주 잠깐 주춤거렸다. 이런 상황에서는 아무 도움 없이 한 걸음이라도 옮기는 게 너무 위험했다.

첫 번째 산은 바람이 나무에 부딪치는 소리나 갖가지 나무와 꽃 냄새를 통해 거리를 분산할 수 있었다지만.

청각이 닫힌 지금은 아예 그럴 수도 없기 때문이었다. 후각에만 의존한 채 움직인다는 것은 그만큼 미친 짓이었다.

촉각과 미각도 있다지만, 이 두 감각이 외부에서 받아들이는 정보는 보통 직접 접촉을 하지 않으면 안 되기 때문에 큰 도움이 되질 못했다.

이미 비슷한 상황을 A구획에서도 겪어 봤으니까.

당시에 제일 많이 성장한 감각은 사실 시각과 청각이었다.

때문에 바짝 긴장이 되었지만.

반대로 그만큼 재미가 있을 것 같았다.

연우는 다시 천천히 걸음을 옮겼다.

아무래도 다시 익숙해질 때까지 음검에 대해 고민하는 건 미뤄야 할 것 같았다.

*　　　*　　　*

예상했던 대로, 후각에만 의존한 채 산을 오른다는 것은 정말 위험한 짓이었다.

냄새로 사물의 거리와 위치, 모양을 감지한다는 것은 거의 불가능에 가깝다.

바람이 불어오는 방향이나 세기에 따라서 냄새가 짙어질 수도, 범위가 넓어져서 못 맡을 수도 있기 때문이었다.

그래서 연우는 최대한 상체를 아래쪽으로 낮추면서 혹시 있을지 모를 장애물에 대비했다. 여기에 몇 번 능선 아래로 구를 뻔한 위기를 겪으면서 조금씩 해결 방법을 찾았다.

그건 크게 도움이 안 될 거라고 생각했던 촉각이었다.

바람은 산자락을 타면서 여기저기로 부딪치고 꺾이면서 갖가지 냄새를 실어 온다. 예민해진 후각은 이것을 바탕으로 주변에 무엇이 있는지를 대략적으로 감지하고, 촉각은 바람의 세기를 통해 정확한 위치를 파악한다.

물론, 몇 안 되는 정보를 세세하게 분석해서 빠른 판단을 내려야 했지만, 다행히 깊어진 사고 능력은 매번 빠르게 결과를 내놓았다.

그러다 잘못된 판단이 내려지면 이리저리 구르고 넘어지다가 수정되어 알맞게 안착되었다.

다만, 그 과정이 조금 험난해서 연우의 입에서는 처음으로 단내가 퍼졌다.

세 번째 산에 들어섰다.

코가 마비되었다. 여태껏 외부 정보를 파악할 수 있었던 마지막 주요 감각이 사라지자, 움직임은 조금 더 조심스러워졌다.

오로지 이리저리 부딪치며 날아온 바람을 피부로 느끼는 것만이 연우가 길을 읽을 수 있는 유일한 방법이었다.

아니, 어렴풋하게나마 감지할 수 있는 건 하나 더 있었다.

'각 물체가 가진 파장.'

두 번째 산을 겨우 넘어 아래로 내려올 때쯤, 연우는 촉각을 통해 아주 희미하게나마 이질적인 다른 뭔가를 느낄 수가 있었다.

바람에 섞여 오는 수많은 것들이, 사실 따지고 보면 서로 다른 느낌을 담고 있다는 점이었다.

처음에는 너무 미세한 차이라서 크게 구분할 수가 없었다. 그저 바람에 꽃가루나 비슷한 다른 뭔가가 섞여서 느끼는 것일 뿐이겠거니 하고 여겼다.

하지만 점점 시간이 지나고, 미세한 차이를 구분하기 위해 가속화된 사고 능력으로 분석을 거듭하면서 분별을 할 수 있게 되었다.

어떤 것은 파문 모양으로 퍼지고 있었다. 어떤 것은 위아래로 크게 요동쳤고, 또 어떤 것은 좌우로 좁고 빠르게 움직였다.

그런 차이점들을 간파하고, 구분을 짓다 보니, 어느새 각 물체마다 독특하고 고유한 파장을 뿌려 댄다는 사실을 깨달을 수 있었다.

물론, 그런 차이는 사고 능력을 가속화시키면서 촉각에 그만큼 집중하지 않으면 곧바로 놓쳐 버릴 만큼 아주 미세했다.

그래서 연우는 계속 전투 의지에 집중할 수밖에 없었고, 의식을 자신만의 세계에 가둔 채 한참이나 시간이 흐르는 것을 느껴야 했다.

그러다 보니 연우는 외부 시간이 얼마나 흘렀는지 체크할 겨를이 없었다.

해가 지고 뜨는 것을 확인할 길이 없는 데다가, 가속화된 의식을 유지하는 것만으로도 외부와 거의 유리되다시피 했으니까.

['전투 의지'의 스킬 숙련도가 대폭 상승하는 중입니다. 31, 32%…… 45, 46%…….]

[스킬을 유지한 지 상당한 시간이 지났습니다. 계속된 사고 가속으로 뇌에 막중한 부담이 갈 수 있습니다. 자칫 정신과 육체 간에 시간적 괴리에 빠질 수 있는 위험이 있습니다. 충분한 휴식을 권고합니다.]

[스킬을 유지한 지 너무 오랜 시간이 지났습니다. 사고 과부하에 잠길 수 있습니다.]

……

[위험합니다. 자동적으로 용의 지식에 접촉하여 사고 능력을 대폭 향상시킵니다.]

……

['전투 의지'의 스킬 숙련도가 대폭 상승했습니다. 62.2%]

하루?

이틀?

어쩌면 한 달이 흘렀을지도 모르는 일이었다.

다만, 연우가 체감하는 시간은 그보다 한참이나 길었다. 사물이 뿌려 대는 고유 파장에만 의지한 채로 천천히 걷고, 또 걸었다.

사실 그건 연우로서도 조금 묘한 느낌이었다.

그는 그동안 오감을 여러 가지로 뒤섞는 공감각을 통해 사물의 위치와 움직임을 빠르게 판단했다. 그리고 그다음 에는 마력을 넓게 퍼뜨리면서 사물을 판별해 공감각을 극 대화시켰다.

언제나 그가 주체가 되어 감각을 능동적으로 사용하고, 이를 통해 습득한 정보를 바탕으로 주변의 변화를 빠르게 판단했다.

하지만 이번에는 정반대였다.

언제나 활성화되었던 감각은 모두 닫혔고, 도움을 주던 마력도 스킬 유지 외에는 되도록 쓰지 않았다.

오로지 외부의 정보를 일방적으로 받기만 했다. 피동적 인 입장이 되어 주변 상황과 변화를 파악했다.

그러다 보니 여태껏 마력이나 오감으로도 감지할 수 없 었던 파장이 보였다.

파장은 여태껏 연우가 살면서 느꼈던 것들과는 크게 이 질적이었다.

각 물체가 뿌려 대는 고유 파장은 그 모양도 다 달랐지 만, 세기에도 엄청난 차이가 있었다.

어떤 것은 무겁고, 어떤 것은 가볍고. 또 어떤 것은 빠른 것 같으면서 다른 어떤 것은 너무 느려서 미처 감지를 하지 못할 뻔한 적도 있었다.

하지만 대부분 공통적인 특징은 있었다.

강한 건 강하고, 약한 건 약했다.

아무리 높다란 나무라도 속이 썩어 문드러진 것이면 파장이 약했고, 작은 바위라도 단단하고 무겁다면 파장이 아주 강했다.

연우는 왜 그런 차이가 날까 고민을 하다가 한 가지 결론에 이르렀다.

'존재감.'

연우는 머릿속으로 개념을 정리해 나갔다.

'사람과 사물은 누구나 존재감을 가지고 있어.'

다른 말로는 기세라고도 한다.

'범접할 수 없는 존재감을 가진 자는 기세만으로 상대를 주눅 들게 만들어. 위엄으로 다른 사람을 이끌 수도 있고. 반면에 존재감이 약한 자는 언제나 잡아먹히는 입장이 되지.'

생명체는 누구나 본능적으로 이런 존재감을 감지할 수가 있다. 상대에게서 풍기는 존재감에 악의가 섞이면 자기도 모르게 위압감이 들거나, 상대와 나의 차이를 빠르게 판단 내리는 게 바로 그런 대표적인 예였다.

연우가 지금 감지하고 있는 것이 바로 그런 존재감이었다.

'하지만 보통 생명체가 느끼는 존재감은 다른 감각적 정보도 뒤섞여서 혼탁해. 하지만 이건…… 그보다 더 안쪽에 있는 근본이야.'

[계속된 단련을 통해 영혼을 일부 감지할 수 있게 되었습니다. 영압(靈壓)을 깨달았습니다.]
[누구도 쉽게 이루지 못할 업적을 이뤄 냈습니다. 추가 공적치가 제공됩니다.]
[공적치를 3,000만큼 획득했습니다.]
[추가 공적치를 2,000만큼 획득했습니다.]
……
[더 많은 단련을 통해 보다 높은 성취를 이룰 것을 권고합니다. 영압을 깨달아야만 격을 이룰 자격을 얻게 됩니다.]

'이게 영압이란 건가?'
영압에 대해서는 연우도 들어 본 적이 있었다.

강한 영혼일수록 풍기는 파장은 커지기 마련이며, 격이 상승할 때마다 파장은 무게까지 더해져 공간을 짓누르기까지 한다.

쉽게 말해, 영압이란 영혼의 무게라 할 수 있었다. 격을
갖춘 자들이 반드시 이뤄야 하는 힘. 그리고 상대의 영압을
정확하게 파악하는 것은, 하이 랭커가 싸움에 임할 때 가장
먼저 밟아야 하는 수순이었다.

여태껏 연우는 플레이어들을 상대하면서 그런 강렬한 것
들을 느껴 오기만 했다.

특히 무왕과 여름여왕 같은 절대자들이 내뿜던 위용은
등골을 서늘하게까지 만들었다.

덕분에 격이 높은 존재들에 대해 파악하는 건 어느 정도
익숙해졌지만, 반대로 격이 한참 낮은 것들에 대한 건 그렇
지 못했다.

보다 작은 것을 느낄 수 있어야. 아주 세밀하게 파고들
수 있어야 상대의 근본을 더 빠르게 파악할 수 있을 텐데.

뜻하지 않게 감지 범위를 넓힐 수 있는 방법을 찾아냈다.

그래서 연우는 더 세세하게 각 물체들의 내실을 파악할
수 있었다.

파장을 통해 물체가 어떤 상태인지 대략적인 유추를 할
수 있었다. 아직 시험해 보지는 않았지만, 생명체가 가지는
사고 판단도 어느 정도 파문으로 유추하는 게 가능할 것 같
았다.

정보 창이나 용마안으로 파악할 수 없었던 범위까지. 겉이 아닌 속까지 더 깊숙하게 꿰뚫어 볼 수 있게 된 것이다.

그리고.

이런 파장에 자극을 받을 때마다, 점차 적응이 되면서 사고 속도도 빨라짐에 따라, 연우의 내부에서도 뭔가가 꿈틀거렸다.

그것은 여태껏 느끼지 못했던 '새로운' 감각이었다.

처음에는 낯선 상황에 놓인 사람이라면 누구나 느낄 법한 단순한 위기감이었지만, 영압을 세세하게 구분 지을 수 있게 되면서 위기감도 세밀하게 다룰 수 있게 된 것이다.

위기감은 보통 살아나고자 하는 욕망이다. 그리고 본능에 가까운 감각이기 때문에 위협이 있을 때 빠르게 감지해서 몸을 반사적으로 움직이게 한다.

오감과는 전혀 별개인 감각.

평소에는 절대 인위적으로 끌어올릴 수 있는 감각이 아니었지만, 기회가 주어진 지금이라면 충분히 단련을 해서 다룰 수 있을 것 같았다.

그리고 오랜 경험을 통해 본능적으로 알 수 있었다.

이 감각을 의지만으로 다룰 수 있다면.

또 다른 시야가 열릴 것이라는 걸.

　　　　　　*　　　　*　　　　*

「오? 벌써 육감을 단련하고 있다고? 여유가 났을 때 가르쳐 주려고 했는데, 이렇게 무지막지한 방법으로 단련할 줄이야.」

연우는 처음으로 허기가 지자 근처의 작은 토굴에 자리를 잡고, 인트레니안에서 식량을 꺼내 가볍게 끼니를 때웠다.

그리고 자신의 성취를 확인하기 위해서 샤논과 한령을 소환해서 대화를 나눴다.

수련은 누군가의 피드백이 있을 때에 더 뛰어난 효과를 발휘한다.

샤논과 한령은 무술에 있어서는 연우보다 월등히 뛰어난 경지를 디뎠던 자들. 자신이 지금 올바른 길을 가고 있는 게 맞는지 확인을 하고 싶었다.

'육감?'

두 데스 나이트와 대화를 나누는 건 어렵지 않았다.

어차피 이들은 육성이 아닌 심어로 대화를 하는 존재들이었으니까. 연우도 이들과의 연결 고리로 생각만 전달하면 그만이었다.

샤논은 연우의 반문에 피식 웃으면서 대답했다.

「그새 잊었나? 허초를 파악해야 할 때에 반드시 깨달아야만 한다고 했던 감각.」

'기억나지, 당연히. 다만, 이게 육감일 줄은 몰랐어. 그저 영압을 이용한 기술로만 생각했으니까.'

「영압?」

샤논이 그게 무슨 뜻이냐며 고개를 갸웃거렸다.

그래서 연우는 자신이 터득하고 있는 것들에 대해서 설명했다. 최근에 감지하기 시작한 물체의 파장, 영압. 그리고 영압을 역으로 이용해서 새로운 감각을 깨운 것까지.

그런데 설명이 이어질수록, 샤논의 몸이 부르르 떨렸다. 말은 하지 않아도 사념이 강렬하게 요동치고 있었다.

「뭐? 그런 말도 안 되는!」

감정은 딱 하나. 경악.

연우는 이해를 할 수 없어 고개를 갸웃거렸다. 육감을 깨달았다면 좋은 것인데, 왜 저런 사념을 풍기는 거지?

그래서 한령 쪽으로 의식을 돌렸는데.

「…….」

여태껏 아무 말도 하지 않고 있던 한령은 더 깊은 침묵을 지키는 중이었다.

뭔가 생각을 정리할 필요가 있는 것 같았다. 진중한 성격인 그도 사념이 살짝 흔들리는 게 느껴졌다.

그러다 한령이 가만히 입을 열었다.

「확실히 육감이 본능과 무의식을 이용하는 것이니만큼, '영력(靈力)'으로 가는 관문이긴 하지만…… 아무래도 순서를 반대로 짚은 것 같은데.」

「그러니까 그게 말이 되냐고! 이런 미친……!」

연우는 도통 이해할 수 없는 대화에 눈살을 찌푸렸다.

'둘 다 쉽게 설명해. 영력은 또 뭐지?'

한령이 고요한 목소리로 대답했다.

「영압이 격에 따라 성장하는 영혼의 무게라면, 영력은 거기서 파생되는 힘을 뜻합니다. 흔히 마나 스트림에서 마나를 끌어오는 역할을 하는 것이 이 영력이기 때문에, 영력이 강할수록 마력의 등급도 높기 마련이지요.」

한령이 말을 이어 나갔다.

「다만, 이 영력은 철저한 무의식의 영역이기 때문에, 평소에는 깊숙하게 잠재되어 있습니다. 그러다 경지가 오르면서 이것을 열고자 하고, 그러기 위해서 무의식의 관문이라 할 수 있는 육감을 열게 됩니다.」

육감은 본능에 기반을 두기 때문에, 의식과 무의식의 경계선에 위치한다.

육감을 제대로 통제할 수 있다면, 비로소 무의식을 다룰 수 있는 권한을 얻게 되는 것이다.

「다만, 무의식은 전체 의식 중에 80%를 달할 정도로 너무나 깊기 때문에 쉽게 접근할 수 없는 영역입니다. 자칫 잘못 다뤄서는 자아가 망가지거나, 입마에 빠질 염려도 크기 때문에 아주 조심히 다루지요.」

연우는 한령의 말을 대충이나마 이해할 수 있을 것 같았다. 결국 무의식에 들어야만 비로소 영혼에 닿을 수 있고, 그때부터 아주 조금씩이나마 영력을 다룰 수 있게 된다는 의미였다.

그런데.

'나는 관문도 열지 않았으면서, 영력을 이용해 거꾸로 안쪽에서 관문을 시작해 버린 셈인가?'

샤논의 새된 비명 소리가 퍼졌다.

「그게 그렇게 쉽게 이야기할 수 있는 게 아니라고! 이건, 어? 쉽게 말해서 그런 거라고. 너, 건물에 들어갈 때 어떻게 해?」

'뭘 어떡해? 당연히 정문으로 들어가겠지. 방해꾼이 있으면 치울 테고.'

「그래. 정문으로 들어가거나, 아니면 쪽문으로 들어갈 생각을 하겠지? 그런데 너, 주인, 인마. 너는 지금…….」

소드 브레이커를 잡고 있는 샤논의 손길이 부르르 떨렸다.

「먼저 옥상으로 훌쩍 뛰어넘어갔다가, 도로 1층으로 내려가고 있는 거나 마찬가지라고!」

*　　　*　　　*

[98층의 여러 신과 악마들이 당신을 신기한 눈으로 관찰하고 있습니다.]
[몇몇 신들이 허탈하게 웃습니다.]
[몇몇 악마들이 당신을 두고 진지한 논의를 나눕니다. 누군가가 강한 의견을 내놓았습니다.]
[헤르메스가 흐뭇한 미소로 당신을 바라봅니다.]
[우르드가 분노 섞인 눈빛으로 당신을 노려봅니다.]

인간의 정신은 크게 두 가지로 분리할 수 있다.

사고 활동이 벌어지는 표층 의식과 여러 재능이 숨어 있는 잠재의식.

잠재의식은 흔히 무의식이라고도 표현되며, 영혼의 본질에 닿을 수 있는 통로이기도 하다.

바다로 치면, 바다 밑바닥에 닿기 위한 심해라 할 수 있는 것이다.

플레이어들은 언젠가 이런 무의식을 완전하게 다루고자 한다. 그래야만 오롯이 영력을 손에 넣어 육체라는 감옥에서 탈피하고, 영적인 성장을 이루어 '격'을 완성할 수 있을 테니까.

흔히 말하는 우화등선(羽化登仙)이나, 니르바나(Nirvana), 악마화(Diable) 등의 '초월'을 이루는 것이다.

'그게 그렇게 대단한 일인가?'

「그걸 지금 말이라고……!」

샤논은 당장에라도 쥐고 있는 칼로 연우의 뒤통수를 세게 후려치고 싶었다.

그놈의 제약 때문에 그럴 수가 없는 게 억울할 지경이었다.

'하지만 난 영압을 느끼는 것만 할 수 있을 뿐, 영력은 아직 다루지 못해.'

「……그것까지 벌써 다뤘으면 주인이 짱 먹었겠지. 이미 저어어어기이 77층으로 뛰어가지 않았을까?」

샤논이 땅이 꺼져라 한숨을 내쉬었다.

한령이 곧바로 부연 설명을 덧붙였다.

「영력은 하이 랭커들도 쉽게 다룰 수 없는 힘입니다. 검무신이나 여름여왕도 일부만 다룰 수 있을 뿐이고요. 영력을 자유롭게 다룬다는 것은 완전체(完全體), 즉, 영혼을 완성하고 육체를 탈피한 진정한 초월자가 되었단 뜻이니 말입니다.」

격을 완성한 경지.

「그리고 그런 자를 두고, 흔히…….」

'신, 혹은 악마라고 부르지.'

연우의 말에 한령은 크게 고개를 끄덕였다.

「그렇습니다.」

진중한 목소리가 퍼져 나갔다.

「주인께서 영력을 다루는 건 아직 시기상조입니다. 아직 영혼이 그만큼 여물지도 않았을 뿐더러, 자칫 잘못 다루게 되면 영혼이 그만큼 쇠락해지고 말 테니까요.」

마나 스트림으로부터 언제든 보충이 가능한 마력과 다르게, 영력은 영혼에서 나오는 힘이기 때문에 보충할 수가 없다.

그러니 영력을 개방하는 것은 흔히 영혼이 크게 성장해서 무한한 영압을 지녔을 때에나 가능한 일이었다.

「다만, 영압을 감지할 수 있다는 것만으로도 남들은 쉽게 닿을 수 없다는 영역에 첫 단추를 꿴 셈이니, 그 이후는 보다 쉬워질 겁니다. 육감을 단련하는 건, 두말할 것도 없겠지요.」

샤논이 팔짱을 끼면서 시큰둥한 목소리로 말했다.

「그러니까 일단은 영압을 감지하는 것과 마찬가지로, 육감을 외부로 팽창시키는 것에 대해서 고민해 봐.」

연우가 눈을 가늘게 좁혔다.

전혀 생각지도 못한 훈련 방식이었으니까.

'팽창? 육감을?'

「육감도 결국에는 감각의 일종이니까. 무의식에만 머물게 아니라, 의식으로 나아가서 외부로까지 닿아야지. 그럼 저절로 영력이 외부로 나아갈 수 있는 통로가 만들어진다고 보면 돼.」

'채널을 만드는 거라고 보면 되겠군.'

「비슷해.」

언젠가 영력을 외부로 방출할 시기가 올 테니. 그 전에 만들어져야 할 게 영력이 방출될 길이고, 그 길이 바로 육감이란 뜻이었다.

연우는 샤논, 한령과 대화를 나누는 내내 살짝 기분이 고양되었다.

영압과 영력. 영혼을 다룬다는 것은, 초월자가 되기 위한 본격적인 수행을 시작한다는 뜻.

격이 높은 존재로 거듭나기 위해, 더 높은 수준으로 올라서기 위해, '진짜' 고수라고 할 수 있는 영역에 다다랐다는 뜻이기도 했다.

연우는 여태껏 자신이 밟아 왔던 길들을 떠올렸다.

개인적인 노력도 따랐다지만, 대부분 기연의 연속이었던 것들. 크게 보면 동생이 닦아 준 길을 걸었다고 봐도 무리는 아니었다.

하지만 이제부터는 달랐다.

여전히 동생이 일기장에 남긴 히든 피스의 위치는 꽤 있다지만, 그래도 이제는 오로지 연우가 자기 힘으로만 쌓아야 하는 길이었다.

이후부터는 연우가 어떻게 계획을 하고, 어떻게 길을 밟느냐에 따라서 성장이 천차만별로 달라질 테니까.

그리고 연우는 스스로 첫 단추는 잘 꿰었다고 자부하고 있었다.

'하지만 앞으로가 더 중요하겠지.'

연우는 생각을 정리하면서 육포를 입에 넣어 씹었다.

＊　　＊　　＊

「맛은 어때?」

'고무 씹는 맛이야.'

「으핫핫. 이해해. 나도 네 번째 산을 건널 때에는 정말이지 짜증이 단단히 났으니까.」

샤논은 네 번째 산을 오르는 연우의 뒤를 조용히 따르면서 기분 좋게 웃었다.

네 번째로 차단된 감각은 미각. 움직이는 데는 별 불편함이 없었지만, 생활하는 데 큰 불편함이 따랐다.

맛을 느낄 수가 없다 보니 뭔가를 입에 넣는 것만 해도 충분히 고역이었다.

육포는 고무를 질겅질겅 씹는 것처럼 질기고 떫은맛이 났고, 물을 마실 때에는 시궁창 물을 마시는 것처럼 헛구역질이 났다.

미각을 완전히 차단한 정도가 아니라, 아예 다른 맛이 느껴지도록 조작되어 있는 것이다.

연우는 인상을 팍 찡그렸다.

이래서는 아예 그나마 남은 식도락도 포기하란 뜻이었으니 조금 짜증이 났다. 아무래도 20층의 시련은 고행이라는 테마에서 절대 벗어날 생각이 없는 모양이었다.

그래도 끼니는 때워야 하니 남은 육포를 입 안에 밀어 넣으면서, 연우는 어제부터 연습하던 것을 계속 시도했다.

육감 방출.

존재감을 조금씩 넓혀 나가면서, 파장을 느끼며 주변에 있는 것들을 탐색해 나가기 시작한다.

그건 마력을 방출해서 주변 일대를 샅샅이 뒤지던 것과

는 또 전혀 다른 느낌이었다.

파장과 파장의 사이사이를 넘나들면서 물체를 조금씩 확인해 가는 과정은 마치 세상의 이면을 자유롭게 활보하는 듯한 기분을 느끼게 했다.

게다가 샤논과 한령이 주는 조언을 바탕으로 여러 가지 시도를 해 보니 제법 할 만하다고 느꼈다.

[영력을 다루는 법을 일부 터득했습니다.]

[영압을 더 자세하게 감지할 수 있게 됩니다. 육감을 방출하여 자신의 존재감을 드러내는 법을 터득했습니다.]

[영혼의 격이 성장합니다.]

……

그러다 보니 드디어 다섯 번째 산에 이르렀을 때에는, 마력 방출에 조금 못 미치는 범위까지 육감의 영역을 넓힐 수가 있었다.

조심스러웠던 움직임이 자연스러워졌다. 발걸음도 주저하는 기색이 없었다.

남들이 본다면 눈으로 보고 있는 게 아닐까 싶을 정도로.

실제로 연우는 촉각까지 닫히면서 사실상 모든 감각이

닫힌 셈이었지만.

이상하게도 주변에 무엇이 있는지 저절로 느껴졌다. 세상의 이면에 있는 것들이 고스란히 전해지면서 새로운 세계를 보았다.

마치 제3의 눈이라도 가진 듯한 기분이었다.

그리고.

연우는 갈팡질팡하던 중에 한 번 방향을 잡기 시작하자 빠른 성장을 이룰 수가 있었다.

['감각 강화'의 스킬 숙련도가 대폭 상승합니다.
82, 83%…… 96, 97%…… 100%.]

[축하합니다! '감각 강화'의 스킬 숙련도를 Max 치까지 달성하는 데 성공했습니다.]

[스킬과 관련된 모든 능력치가 향상됩니다.]

[힘이 10만큼 상승했습니다.]

[민첩이 12만큼 상승했습니다.]

……

[스킬과 관련된 새로운 깨달음을 얻었습니다. 상위 스킬을 오픈합니다.]

[스킬 '육감(Six Sense)'이 생성되었습니다.]

['육감'의 스킬 숙련도가 대폭 상승하여 빠른 Max치를 달성하는 데 성공했습니다.]

……

[플레이어의 능력치를 산정하여 새로운 스킬을 탐색합니다.]

[상위 스킬 '영감(Inspiration)'을 오픈합니다.]

……

['영감'의 스킬 숙련도가 대폭 상승하여…….]

……

감각 강화 스킬이 마스터리되고 난 뒤, 그 뒤로 여러 상위 스킬들이 생성되었다가 다시 마스터리되어 사라지기를 반복했다.

탑의 시스템이 연우의 성취에 걸맞은 스킬을 찾기 위해서 계속 탐색을 진행하는 것이다.

비록 지금은 강제로 봉인시킨 상태라지만, 용의 감각도 더해지면서 스킬은 변화를 계속 이어 나갔다.

그리고.

[스킬 '초감각(超感覺)'이 생성되었습니다.]

드디어 메시지는 한 곳에 다다랐다.

　[초감각]

　넘버링 95

　숙련도: 0.0%

　설명: 오감과 육감을 하나로 합쳐, 기존에 감지할 수 있었던 감각의 영역을 월등히 뛰어넘는 인지를 가능케 한다.

　＊직관(直觀)

　숙련도가 높아질수록 탐색 범위도 점차 넓어지며, 투여된 범위 안에 있는 사물의 본질을 쉽게 파악할 수 있다. 때에 따라서는 미래 예지에 가까운 예감도 발휘하며, 이데아(Idea)를 일부 엿볼 수도 있다.

　＊자동방어기제

　돌발 상황이 발생했을 경우, 이를 감지할 수 있는 속도가 빨라진다. 또한, HP가 10% 아래로 내려가는 위기 상황 발생 시, 하루에 단 한 번 잠력을 폭발시켜 모든 능력치가 최대 200%까지 상승할 수 있다.

'초감각이라고?'

연우는 새롭게 생성된 스킬을 보고 크게 놀랐다.

기존에 주어진 스킬을 단련해 마스터리를 이루고, 상위 스킬들을 계속 개척해 나가다가 자신만의 시그니처 스킬을 완성하는 것이 흔히 랭커들이 밟으려는 길이긴 했다.

하지만 상위 스킬을 개척하는 건 쉽지 않은 일이고, 얻는다고 해도 이것을 관리하는 건 훨씬 더 어려웠다.

당연한 말이지만, 상위 스킬은 하위 스킬에 비해서 숙련도를 높이는 게 더 까다로울 수밖에 없기 때문이었다.

그래도 '단계'가 있기 때문에 끽해야 몇 단계 위의 스킬을 내놓을 거라고 생각했는데.

하지만 시스템은 연우가 생각했던 것보다 훨씬 높은 결과물을 던져 주었다.

초감각.

감각 계통 스킬에 있어서는 다섯 손가락 안에 꼽힐 만큼 대단하다는 넘버링 스킬이 떡하니 만들어진 것이다.

생각지도 못하게.

['초감각'의 스킬 숙련도가 상승하는 중입니다.

2, 3%…….]

그리고 그마저도 빠른 속도로 숙련도가 오르는 중이었다.

사실 이건 어찌 보면 아주 당연한 일이었다.

감각 강화로 단련된 뛰어난 오감. 마력회로를 이용했던 세밀한 감지력. 산자락을 덮을 만큼 넓은 범위. 영압을 이용한 육감. 그리고 용의 감각까지.

이 모든 것들이 깔끔하게 융합되었다.

당연히 뛰어난 스킬이 나올 수밖에 없었다.

연우는 육감의 영역이 더 세밀해지면서 빠른 속도로 팽창하는 것을 느낄 수 있었다.

마치 '나'가 계속 확장되고 있는 듯한 느낌.

그건 어떻게 말로 표현할 수 있는 게 아니었다. 연우는 수없이 어그러지는 갖가지 정보의 홍수 속에서 정신이 흐려지는 게 아닐까 싶을까 싶을 정도로 아찔한 느낌을 받았다.

용체를 각성하면서 의식이 확장되었던 것과는 또 다른 느낌이었다. 그때는 그릇을 강제로 넓히는 것이었다면, 지금은 그 속에 내용물을 꾹꾹 눌러 담는 것 같았다.

그리고 더불어, 연우는 그런 정보의 홍수 속에서도 어떤 '흐름'을 볼 수가 있었다.

보이지 않던 것들이 보였다.

느낄 수 없었던 것들이 느껴졌다.

그게 무엇인지는 쉽게 깨달을 수 있었다.

마나 스트림(Mana Stream).

대자연의 이면 속에서, 대기를 따라 도도하게 흐른다는 마나의 거대한 물줄기를 확연하게 체감할 수 있었다. 그리고 거기서 잔가지처럼 무수히 많이 파생되는 여러 지류들까지 볼 수 있었다.

그것은 연우에게 새로운 신비로 다가왔다. 제3의 눈이 확 크게 트이는 듯한 느낌이었다.

연우는 초감각을 통해 주변 환경이 너무 선명하게 감지되자, 혹시 자신의 다른 감각들이 전부 열린 게 아닌가 하는 생각까지 들었다.

그래서 혹시나 하는 마음에 몸 상태를 파악했지만, 여전히 오감은 닫혀 있었다.

연우는 자기도 모르게 몸을 부르르 떨었다.

초감각만으로도 이렇게 많은 것들을 감지할 수 있는데. 만약 이곳에서의 시련을 끝낸 뒤에 모든 감각이 열린다면?

그때는 또 얼마나 많은 것을 느낄 수 있을지 도무지 짐작이 가질 않았다.

「주인.」

그리고 그것을 멍하니 지켜보던 샤논이 떨떠름한 목소리로 그를 불렀다.

연우는 몸을 타고 흐르던 환희를 누르고, 샤논이 있는 곳으로 의식을 돌렸다.

'왜?'

「난 판트란 놈이 왜 주인을 보면서 매번 그렇게 탄식을 터뜨렸는지 알 것 같아.」

'음?'

「재수 없어.」

'……'

「와! 이게 말이 돼? 남들은 평생 노오오려어억 해도 얻을 수 있을까 말까 하는 걸 누구는! 어? 이렇게! 어?」

샤논은 주먹으로 가슴팍을 두들기면서 분통을 터뜨렸다. 억울해 죽겠다는 투였다.

하긴 오랫동안 50층으로 올라가 보려고 그렇게 노력했지만, 뜻을 이루지 못했던 그로서는 억울할 수밖에.

하지만 그러다 샤논은 땅이 꺼져라 한숨을 내쉬었다.

사실 샤논은 연우를 옆에서 지켜보면서 그가 얼마나 스스로를 혹독하게 몰아붙이는지를 잘 알고 있었다.

생전에 수련이랍시고 했던 것들이, 당시에는 죽을힘을 다해 노력했다고 생각했던 모든 것들이, 사실 연우와 비교하면 전부 어린애 장난에 지나지 않았다.

연우는 모든 감각과 능력을 봉인시키면서 산을 오르는 미친 짓을 저질렀다.

발을 조금만 삐끗해도 절벽 아래로 추락할지 모르는 상황에서. 위험한 상황을 몇 번이나 돌파하면서, 한계를 극복하면 더 큰 시련을 스스로에게 씌워 새롭게 도전했다.

어찌 보면 자기 학대에 가깝게 보이기도 했다. 이런 사람을 두고 말도 안 되는 성취를 이뤘다고 생각할 수는 없겠지.

아니, 오히려 연우의 자질은 범재에 가까웠다. 다만, 그것을 승부욕과 오기, 그리고 명석한 판단력으로 극복할 뿐이었다.

그렇게 기대했던 것보다 훨씬 좋은 성취를 이뤄, 연우도 내심 흡족할 때 즈음.

『……음?』

『누구의 기질(氣質)이지? 이런 걸 가진 자가 있었나?』

『그러게? 이런 게 있으면 내가 모를 리가 없는데. 야! 너누구야?』

『여기 와서 새롭게 깨달음을 얻은 모양인데. 오, 막내. 드디어 네가 그렇게 원하던 신입이다. 신입 받아라.』

『야야야야! 너 누구야아?』

갑자기 머릿속으로 갖가지 목소리가 불쑥 들어와 머릿속을 어지럽게 만들었다. 검무신이 펼치던 것과 똑같은 어기전성이었다.

연우는 단번에 목소리의 주인들이 누구인지 알 것 같았다.

'사두(Sadhu)!'

갖가지 고역을 겪게 하는 20층 중에서도, 당연한 말이지만 다섯 번째 산이 가장 고통스러운 곳이었다.

모든 감각을 억지로 걸어 잠가 자아를 어둠 속에 유폐시키고, 지독한 고독을 극복케 하면서 어떻게든 산을 넘도록 만들었으니까.

그리고 그건 능력이 뛰어난 랭커들에게도 어렵긴 마찬가지였다. 아니, 오히려 더 어려웠다. 이룬 게 많으면 많을수록, 경지가 높으면 높을수록, 다섯 번째 산에서 받는 압박감은 그보다 더 클 수밖에 없었으니까.

벽에 부딪쳐 더 성장하지 못한 수많은 플레이어들이 다시 20층을 찾는 이유도 바로 여기에서 비롯된 거였다.

다만, 그런 사람들은 정말 방법이 보이질 않아 지푸라기라도 잡는 심정으로 온 것일 뿐. 20층이 좋아서 재방문하는 건 아니었다. 오히려 악에 받칠 정도로, 20층은 저주스러운 장소였다.

하지만 세상에는 별의별 변태들이 가득한 법이다.

그런 고독과 고통, 압박 따위를 즐기는 놈들이 있었다.

고행을 이어 나가면 이어 나갈수록 남들은 알지 못하는 쾌락을 얻고, 새로운 자유를 얻을 수 있다나?

미친놈들이었다.

다만, 그들은 스스로를 이렇게 부르곤 했다. 고행 속을 걷는 수련자, 행자(行者)란 뜻의 '사두' 라고.

쉽게 말해 사두는 다섯 번째 산에 틀어박혀 개인 수련에만 집중하는 은거인들이었다.

그들은 다른 플레이어들에게 방해를 받고 싶지 않았던지, 산자락 곳곳에 흩어져 있었다.

누군가는 절벽 한가운데에 있는 동굴에. 누군가는 산등성이 아래쪽의 깊은 숲 속에. 또 누군가는 강물 속에 있는 자도 있었다.

하지만 초감각이 만들어지고, 인지 영역이 빠른 속도로 팽창해 산자락을 뒤덮으면서 그들을 감지하고 말았다.

당연히 그들도 오랜 수행으로 육감이 발달할 수밖에 없었고, 자신들을 물색하는 어떤 '느낌' 을 감지했다.

그렇게 해서 쩌렁쩌렁하게 울린 어기전성이 모두 다섯.

그리고 그 속에 담긴 기질을 읽은 순간.

'강하다.'

연우는 주먹을 꽉 쥐었다.

하나하나가 대단한 실력을 가진 자들이었다.

특히 두 사람은 바할이나 도무신이 와도 과연 상대할 수 있을까 싶을 정도로 뛰어난 강자였다. 하이 랭커인 것 같은데, 대체 누굴까.

그리고.

쐐애액—

연우는 이쪽을 향해 빠른 속도로 날아오는 뭔가를 포착할 수 있었다.

마치 나는 새처럼, 순보를 밟은 연우와 비교해도 절대 뒤지지 않을 정도로 눈 깜짝할 새에 이동해 인근에 있던 나무 위에 착지했다.

탁!

자신들을 감지할 수 있을 정도로 뛰어난 감각을 지닌 실력자가 누군지 궁금했던지. 그들의 말마따나 신입이 누군지 확인하고 싶었던 플레이어는 연우를 확인한 순간 자기도 모르게 크게 놀랐다.

『어? 너는?』

연우는 왜 그러나 싶어 아직 제어가 익숙지 않은 초감각을 이리저리 움직여 상대를 훑다가, 마찬가지로 깜짝 놀랐다.

아주 익숙한 기질이었으니까.

튜토리얼에서 인연을 맺었지만, 리타이어를 하면서 그 뒤로 연락이 닿질 않았던 사람.

'칸?'

〈다음 권에 계속〉

DREAMBOOKS★